「はじめまして。
私はアリー＝デュオと申します」
なんで土の中から掘り起こされて
普通に自己紹介してるのあなたは。

「冒険者に二言はありません」
アリー＝デュオ
「伊達にゲームにふけるインドア系ニートを長年やってないからな」

「ケチ言うな！　私は女神だよ」
ルー
エイシ

寄生してレベル上げたんだが、
育ちすぎたかもしれない

寄生してレベル上げたんだが、育ちすぎたかもしれない

伊垣久大
ill.そりむらようじ

口絵・本文イラスト
そりむらようじ

装丁
木村デザイン・ラボ

ガキンッ！

急に硬い音を立ててシャベルが止まった。

町外れの荒れ地、気持ちのいい青空の下、俺は乾いた地面に穴を掘っていたのだが、突然地面が硬くなった。

目を凝らすと一部土の色が変わっている。

硬い土が集中しているらしく、ちょっとやそっとシャベルを突き立てても、入り込む余地がない。

「これじゃ掘るにも掘れないな、どうするか……」

思えば朝から結構長い時間掘り続けてるな。打つ手を考えがてらちょっと休もうか。

仕事は他にもあるけれど、焦る必要はないことだし。

俺は穴の傍らに座り一休みし、東にある森の方に何とはなしに目をやる。

そこの入り口に見覚えのある女冒険者がいた。

その女冒険者は、狼《おおかみ》型のモンスターや、歩く木のようなモンスターと戦っている。その戦いぶりは安定していて、危なげなく見ていられる。

そして見えているものはもう一つ。彼女の背中へと、俺の手の先から光の線が向かっている。

『寄生』していることを示す光の先で、女冒険者はモンスター達を蹴《け》散《ち》らす。

《マーシナリー　13→14》

すると俺の眼前の空中に、文字が表示された。

お、来た来た。レベルアップ。いい調子だ。

《呪術師　8→9》

さらにもう一丁。森で戦っていた人とは他の寄生先の人もモンスターとの戦闘に勝利したらしい。

そこで得た力が俺に入ってきている。

《呪術師　9↓10》《スキル　軟化の呪《しゅ》　習得》

おおっと、続けてレベルアップ。この速さは大物倒したかな。それにしてもさすがの成長速度。

おまけに新スキルもゲット。これは爽快《そうかい》。

「モンスターと戦わなくても、他の人が戦えば俺もレベルが上がるなんて美味《おい》しすぎる話だな。新しいスキルを覚えられるし……あ、もしかしてこれ」

穴を掘るのに今覚えたスキルが使えるんじゃないか？

パラサイト中のクラス《呪術師》のスキル《軟化の呪》。これを掘りたい場所の地面にかけてやると。

「お、成功。効くんだね、物にも」

ものは試しとやってみたが、地面がみるみる柔らかくなっていく。

そこにパラサイトして身につけた別のクラス《鉱員》のスキル《対地特効》を働かせてやると相乗効果で――よし、掘れるぞ。さっきまで鉄みたいだった地面がプリンみたいに柔らかく感じる。

これも《パラサイト》のいいところ。普通一人では身につけられないような複数のクラス、複数のスキルを組み合わせて単体を遥《はる》かに超える効果を生み出せる。

調子がよくなると疲れを忘れるもので、俺は穴を掘りすすめていく。

「何かあるにせよ空振りにせよ進めていけばわかること、か」

この調子なら兎と草の方もなんとかできそうだ。本当にいいクラスにスキルだなあ。自分が何をしていようと穴を掘っていようと、寄生している人が育てば自分もレベルアップできるんだから。

これからもどんどん育って多くのスキルを身につけやれることも増えていくはず。

このスキル《パラサイト》があれば。

一章　パラサイトからパラサイトへ

平日の昼間に、俺は自室でパソコンの前に座っていた。

長期休暇中の学生ではない。週末出勤で平日休みの仕事をしているわけでもない。夜勤だとか、有給休暇とかそういうわけでもないし主夫でもない。

二十数年間、俺は定職についたことがない。大学を卒業した時に就職できなかったことをきっかけに数年間、どこかで働いたり学んだりは一度もせず実家に寄生している。この生活は怠惰で楽で、一度漬かるとなかなか抜け出す気にならないのだ。

教育を受けていない。職に就いていない。職業訓練を受けていない。俺は、鳥海栄司《ちょうかいえいし》は、今や完全にニートの要件を満たしてしまっている。

「これから先、どうなるのかねえ」

他人事《ひとごと》のようにつぶやいたそのときだった。

不意に凄《すさ》まじい突風に吹かれたような衝撃を感じ――。

「……おーい。……起きろー……あ、起きた起きた！」

女の人の声で気がつくと、なんだかよくわからない白っぽい空間にいた。

何も無い白い空間できょろきょろする俺。それを見下ろすように女の人が立っている。

今しゃべったのは、この人のようだ。他に誰もいないし。

……え、なにこれ。

っていうかどういう状況!?

「起きたみたいだね。よかった、よかった。おはよう」

「あ、うん。おはようございます――じゃなくて！　なんで普通に挨拶《あいさつ》してるの⁉　誰？　どこ？なに？」

明らかに俺がさっきまで居た自分の部屋でもないし、目の前にいるのも自分の家族じゃない。こんな露出度の高い家族はいない。

「あー、まあ簡単に言うと、あなたはあなたの世界から吹っ飛ばされちゃった」

「吹っ飛ば――？」

「ちなみに私は女神ね、女神ルー。ホルム――あなたから見れば異世界ってことになるかな、異世界ホルムの女神。初めまして、ジャザーの人間」

「い、異世界？」

カツラや染めているのとは違う自然なピンク色の髪。髪型はというと、髪を顔の両サイドに垂らして結わえている。髪から顔に目を移すと、ちょっと気の強そうな感じの凄《すご》く整った顔立ちだ。

そして服装は、なんといったらいいのだろう、白い布を幾重にも巻き付けたような、古代ギリシャの人が着てそうな、たしかトーガという服に似たものを着ていて、うっかりすると色々はみ出そうで、透けそうで、実に素晴らしい。素晴らしい……のだけど、普段異性と接することのないニートにはあまりにも刺激的ですよこれは。

「――おーい。おーい、聞いてるー？　私が話してるんだからちゃんと話してる方を見なさい」

「あっ。はい」

そうだ、見えそうとかそんなこと考えてる場合じゃない。とんでもないことを伝えられたんだから。

自己紹介を終えた自称女神は、俺にも名前を尋ねると状況の説明をした。

それによると、実はこの世には俺のいた世界とは別の世界があるらしい。

そして世界を正常な状態に保つには、その二つの世界の『気』をたまに循環させる必要があるらしい。そうしないと流れが止まった川が腐るようにダメになるということだ。

その際、両方の世界の境界に一時的に穴を開けるのだが、たまにそれに巻き込まれて人や物が気と一緒に穴を通ってしまうことがある。そうすると、異世界にいってしまうわけだ。

そしてなんというか、あんのじょう俺がそれに巻き込まれたらしい。

さらにあんのじょう、戻ることはできないらしい。世界の間に穴を開けることはできるけど、穴を出入りするのは偶然の産物でしかないとか。

どうしたものかと途方に暮れる俺に、女神は自分の世界の説明を続ける。

曰《いわ》く、異世界ホルムには魔法やスキルといったものがある。ホルムでは研鑽《けんさん》を積むことで人々が持つ可能性がクラスというものとしてあらわれ、このクラスを磨くことでスキルが身につく。

「それでもって、クラスを磨いてスキルを身につけるとお得ってわけだよ」

女神はお茶漬けみたいにさらっと言ってるけど、俺からすれば結構非常識なことなんだ。もうちょっと重々しく話してくれてもいいと思います。

まあ重くても軽くても事実が変わるわけじゃないけど。

ああ、まさか別の世界に来てしまうなんて、さすがに予想したことなかったよ。しかもその世界は俺のいた世界にはなかった特殊な特性があるような世界だなんて。

でも異世界でも職業みたいなものやそれで身につけたスキルが大事ってのは、元の世界とたいして変わらないらしい。異世界でもあなたが身につけたスキルを教えてくださいとか言われるんだろうか……う、嫌な思い出が。

いやいやそんなことを考えるより今は状況を集中して把握しよう。わけのわからないことに巻き込まれてしまってるんだから。

女神はちらりと考えこむ俺の顔を心配するようにのぞき込んだが、すぐに強気な顔になって腕を組み、説明を続けた。

「もとの世界には戻せないけど、その代わり異世界で過ごすのに不自由ないようにはしてあげる。聞いて驚くといいよ！　今話したクラスを、三つも身につけさせてあげよう！」

普通の人はよくて一つのクラスしか持たず、一つも目覚めないものも少なくない。二つのクラスを持つ者は希《まれ》で、三つとなれば世界的な天才らしいのだが、そのクラスを女神の力で三つ好きなものを身につけさせようというのだ。

「オリンピック選手と学者とピアニストになれるようなものか、それは凄い」

「ふふふ、私の力なら人間の潜在能力を引き出すくらい軽い軽い。魔道師でも剣士でもどんとこいだよ。それだけの才能があれば、見知らぬ世界でも余裕でやっていけるはず。それに、しかも、なんと！」

やたらもったいぶって、ルーは俺の鼻に人差し指を押しつけてくる。結構リアクションがウザいタイプだ、この女神。

「スキルには複合スキルというものがあるのだよ」

「複合——なるほど、多分だけど二つのクラス次第で合わせ技を覚えられるんだね。たとえば剣士と魔道師で魔法剣とか」

「お、おおう。鋭いねエイシ。その通り、常人ではそうそうたどり着けない複数クラスの領域、そこにたどり着くと超強力な複合スキルが身につけられるんだよ。それにしても、いったいどこで習ったの」

「説明書を読んだのさ」

というのはもちろん冗談だが、普通の職業じゃなくて魔道師やら剣士やらのスキルって話なら俺は得意分野だ。伊達《だて》にゲームにふけるインドア系ニートを長年やってないからな。

でもだからって、ゲームみたいな現象がある世界に本当に連れて行かれても困るけど。

女神は感心した様子で俺の周囲をゆっくり回りながら観察するように眺めている。こっちも角度を変えて見られて眼福眼福。

と、そこで、俺はちょっと真面目に考える。

もう異世界に行くしかないのは動かないようだ。

だったら、せいぜいいい条件でいけるように、スキル選択を頑張ろう。元の世界に未練がまったくないと言ったら嘘になるけど、うじうじくよくよしていても仕方がない——それに、こういう機会、心の底では待ってたのかも知れない。停滞した日々から新たな一歩を踏み出すチャンスを。それがどんなものであれ。

だから。

「ルー、クラスを。俺にクラスを。最高の組み合わせを早く探したい」

「おうおう、そんなにがっついちゃって、うい奴よのう。でもそういう現金でわかりやすいのってこっちも助かるから好きだよ。それじゃあ、エイシの可能性を探るよ。びりっとするかもだけど男の子だから我慢しなさい」

そう言うと女神は俺の胸に手をかざし、掌《てのひら》から光が溢《あふ》れ俺の体を覆っていく。おお、なんか本当に神の力っぽい。

「よし、見つかった！」

女神の言葉とともに光が消え、空中にゲームのウィンドウのような映像が出現した。なるほどここに俺の可能性がクラスとして表示されるんだな。魔法やスキルにしろこれにしろ、俺にとっては慣れやすくて嬉《うれ》しいね。

さて、何がくるかなー。やっぱり戦士あたりが基本かな。でも俺は体力あるほうじゃないし、やっぱり魔法使いか。あー、でも錬金術師ってのもいいなあ、化学割と好きだったし。

まず、ウィンドウの一番上に出てきたのは《パラサイト》という文字。

あまりいい響きではないけど、まあそういう可能性があっても選ばなければいいのだから問題はない。ウィンドウにはだいぶ余白があるし、これからどんどん出てくる他のもっと格好よくて役に立ちそうなのを選べばいいのだ。

……。

……。

……。

……。

「さあ、選んで」

空白が目立つウィンドウの隣に、表情の消えた女神の顔があった。

「あのー……選んでといわれても、一つしか出てないように見えるんだけど。パラサイトしかないんだけど。たしか、可能性の中から好きなのを選べって――」

「全部」

女神は気まずそうに言い放つ。

「全部。これで。エイシの才能」

「…………。冗談、だよね？」

女神はふるふると首を振る。

結ってある髪があわせて揺れる。

白い世界に桃色の髪はよく映えるなあ…………ちょっと待て。

「最初に三つ選べるって言ったよね⁉　ということは普通は三つ以上あるってことだろ⁉」

きっと普通は五、六個はあるはずだ、そうじゃなきゃ選べないし。

それなのに俺の可能性は一個だけなんて何かが間違ってる。

「うん、今まで巻き込まれた人はだいたい二十個くらいはあった」

思ったより多かった。

というか普通二十あるのに俺は一個だけって、俺の才能のなさやばくない？

マジやばい超やばい逆にやばい。語彙《ごい》力が貧困になるほどやばい。

「正直、私もびっくりしてるよ。まさかここまで可能性のない人間がいるなんて……」

女神と同じく頭を抱えるしかなかった。

自分ではもう少しろくでもある人間だと思ってたよ。あはははは――というか恥ずかしい。錬金術師にしようかなーとか妄想してたのがすっごく恥ずかしくなってきた。

来年の話をしたら鬼が笑うというけど、これが知られたら女神も笑うよ。そもそも俺が自分で笑っちゃうよ。

しかしやる気を出しかけた瞬間に出鼻をくじかれたな。可能性ゼロとは。

「なんとかならないかなあ……そうだ！　神様の力でなんとか二つ増やせないかな？」

「それは無理」

即答である。

「神って言ってもできることとできないことがあるんだ。才能が少しでもあれば、私はそれを引き出して数十倍にすることもできるよ、そりゃね。でもエイシには才能が無いの。少ないんじゃなくて無いの。ゼロには何をかけてもゼロなんだ」

うっ、容赦なさすぎです女神様。

女神ルーは拳《こぶし》をぐっと握り、力強く言う。

「ゼロには何をかけてもゼロなんだ」

「二度言わないでいいよ！」

はあ。どうやらどうあがいても俺の可能性は一つしかないらしい。しかもパラサイト＝寄生って、まさに俺じゃないか。ちゃんと当たってるところがまた腹が立つな。

「まあ、そういうわけだから、潔く諦《あきら》めよう。ほら、男の子だし」

「男の子ならなんでも我慢できると思ったら大間違いだからね」

でも、まあ、考えてみれば一つ才能があるだけでもいい方か。

ルーも言っていた、異世界では一つでもクラスがあれば悪くはないと。

俺も少なくとも一つはクラスを得られるわけで、人並以上ではあるんだから、まあなんとかなるだろう。我ながら結構楽天的で暢気《のんき》な性格と思うけど、前向きに考えて悪いこともないさ。

「わかった。ルー、そのパラサイトってクラスの力、引き出して」

「よく言った！　私も初めて見たクラスだからどうなるかわからないけど、さあ、行くよ……！」

ルーがさらっと爆弾発言をした気がしたが、止める間もなく再び俺の胸に手をかざし、柔らかい光が俺を包み込む。

身体《からだ》の内側から何かが湧き上がってくるような感覚がして、光はどんどん強くなり、目の前の白はどんどん濃くなり、そして全てが白に染まった。

☆

気がつくと、そこは森の外れだった。

周囲を見渡すと、背後には木々が林立し、前方には草原と長々伸びる道らしきものがある。

ここが、異世界ホルムなんだろうか？

首をかしげたそのとき、体長六十センチ以上ある羽が六枚あるトンボが豪快な羽音を鳴らしながら俺の目の前を飛んでいった。

異世界だここ。

「本当に夢とかじゃなかったんだ」

とそのとき、足元に便箋《びんせん》と鞄《かばん》が落ちていることに気付いた。手紙には『起きたらすぐ読むこと！ルー』と書いてある。

『おはよう、エイシ。多分わからないことだらけだろうから、私がこのホルムのことを教えてあげる。まず自分のステータスを見たいと念じてみて』

手紙なんて書いてくれたのか。言われてみれば、転移するときのことは色々言われたけど、転移した後のことはほとんど聞いてなかったっけ、真面目に読むとしよう。

ええと、ステータスを見たいと念じるんだな。

ステータスステータスステータス——。

「おおっ！　なんか出た！」

念じると、空中に映像が浮かび上がった。そこにはこう書いてある。

《名前》　エイシ＝チョウカイ
《クラス》　パラサイト１
《体力》　25
《攻撃力》　20
《防御力》　30
《魔力》　40
《魔法攻撃力》　35
《魔法防御力》　45
《敏捷《びんしょう》》　40
《スキル》　パラサイト

うわあ……本当にクラスがパラサイトだ。改めて見ると本当に酷いと思う、クラスが寄生虫って、俺にだって五分の魂があるんだぞと主張したいね。

名前はまあ、普通だな。順番とか表記とかはこの世界流にしたってところだろう。

能力は……よくわからない。数字だけ見ても、一般的な値がわからないとなんともいえない。

とりあえず肉体派よりは魔法タイプってことはなんとなくわかるけど。まあ体力はないですよね、俺インドア派ニートですし、もやしですし。

『できた？？　この世界では自分の能力がいつでも可視化できるの。ちなみに、説明で察したかもしれないけど、スキルを使うのも念じればできるし、そういう特別な力を使いたいときはとにかく念じるべし！　慣れないうちは声に出すといいかもね』

なるほどねえ、今さらだけど魔法みたいな力が本当にある世界って認識したよ。

「魔法にスキルか。……結構面白そうかもな」

実際に未知の生き物や不思議な現象を目の当たりにして、俺の中では困惑や不安より好奇心が勝りつつあった。

元々割と深刻にならない性格ってこともあるし、興味をひかれると、飛んで火に入る夏の虫みたいにふらふら～と寄っていきたくなっちゃうんだよね。いや、火に入っちゃだめだけどさ。

空を見上げると、翼が四枚ある鳥が渡っていく。

未知の世界、ちょっとわくわくしてきたかもしれない。

そして俺は新世界ホルムに一歩を踏み出した。

☆

森を出てすぐにあった街道を俺は向かって左に歩いていった。

そうしてしばらく歩くと、特にトラブルもなく町にたどり着く。

街道があるということは町もあるとはわかっていたけど、思ったより近くにあったのは運がいい。

砂漠とかに転移してこなくて助かった。

ローレルというらしいこの町は石造りの建物がいくつも並び、土を均《なら》した道路があり、いかにも中世ファンタジーにありそうな町並みだった。

アスファルトやコンクリートがない、こういう景色の中を歩くのは新鮮だ。もとの世界でも滅多に出歩いていないということはこの際気にしないことにしておきます。

何はともあれぷらぷらと歩きつつ、この世界の町の様子を探る。

目抜き通りの人通りはそこそこで、道行く人の服装は地味目で簡素な感じだ。当然、現代日本とは似ても似つかない格好。

目に映る物全てが新鮮で、なんだか空気も新鮮で美味《おい》しい気がする。肌で感じる未知の世界に、期待感上昇中。

通りには結構いろんな店が面していて、露店も出ている。

俺は試しに露店で果物を一つ買ってみた。値段は銅貨五枚。

ここでは硬貨は銅貨、光銅貨、銀貨、光銀貨、金貨、光金貨と六種類あり、光銅貨一枚は銅貨十枚、銀貨一枚は光銅貨十枚、光銀貨一枚は……という十倍ごとの価値になっているようだ。これもルーの手紙に書いてあった。最近賽銭《さいせん》が少ない、信仰心が足りないという愚痴と共に。

また手紙には言葉が通じるようにもなってるはずだとも書いてあったけど、実際読み、書き、聞き、話し、全て問題ないようだ。買い物するときにも困らなかった。

果物の値段や、他の露店に売っている品物の価格から判断すると、銅貨一枚20円くらいの価値だろうか？

この世界での物価がもとの世界の物価にぴったり比例しているなんてことはないだろうけど、とりあえずしばらく生活するのに困らないくらいの金はありそうだ。

そんなことを考えつつ歩いていると、食堂が視界に入り……そういえばお腹減ってきたな。町の構造もある程度把握できてきたし、ちょうどいい頃合いかな。

俺はこぢんまりした食堂に入った。昼頃ということもあり、まあまあ人が入っていて賑《にぎ》わっている。

空いている席に座り、注文をウェイターに伝える。

さてと……これならいけそうだ。

俺は念じ、スキル《パラサイト》を発動した。

やり方はステータスを出したときと同じ。パラサイトのスキルを使いたいと念じてみる。すると、俺の右手が光をまとった。

これが店に入ったもう一つの理由。スキルを試してみたかったのだ。

ステータスを見た時にはスキルの説明は見ることができなかった。クラスの詳細なんかもダメだったし、細かいことまで全てを知ることはできないらしい。なので推測するに、この光った手で触ったものにパラサイト――つまり寄生できるんじゃないかなと思う。

そしてニート的には寄生と言えば金銭だ。つまりここに来ている客の誰かに寄生すれば、俺の昼飯代を払ってくれるんじゃないかなあ。

それなら、金の心配をせずにのんきに異世界でも暮らせて安心。

まさに俺に相応《ふさわ》しいスキル。我ながら結構酷い発想だけど、さあて、誰に奢《おご》ってもらいますか。

俺は店内を見渡し、隣のテーブルで一人肉料理を食べている男に目をつけた。席を立ち、そっちへ向かっていきながら。

「すいませーん、店員さん、ちょっと追加が……わっ！」

店員を呼び止めようとしつつ、わざと身体のバランスを崩し、支えにするように男の背中に手を置く。男は俺の方に顔を向け、睨《にら》んでくる。

「すいません、食事の邪魔をしてしまって……。ちょっと転びそうになってしまって……」

申し訳なさそうな顔で頭を下げると、男はふんと鼻を鳴らして食事を再開した。

その時にはもう、俺の手から男の背中に、金色の光が繋《つな》がっていた。

よし。これがきっと、寄生の証だ。

誰も何も言わないことから、スキルを使った俺だけが認識できる、誰に寄生したかの証だろう。

俺は自分のテーブルに戻ると、普通に食事をしながら、寄生した男が動くのを待つ。

……おっ、席を立った。

寄生すると言ったら金銭や住処《すみか》のイメージがある。だから男はきっと、ここの料金を俺の分までおもむろに払……わないぞ、おい。しかも店から出ようとしてるし……ちょっと待った！

俺は大慌てで会計を済ませ、通りを歩く男を見つけてあとをついていく。

おかしい、どういうことだ。

他人にお金の世話をして貰《もら》えるという酷い能力じゃないのか？

未だ俺の手から男の背に光の糸は伸びているから、スキル自体は発動しているはずなんだけど……何も起きないなあ。とりあえず様子を見るしかないか。

男は通りをずっと歩いて行く。俺も先ほど見た店や建物の間を通り抜け男の後をついていく。ずっとつかず離れずの距離で後を追っていくと、男はついに町を出てしまった。

しかも大きな街道を通るのではなく、道のない場所を歩いて行く。ただ、そこは草がほとんどなく地面が露出している。何人にも踏み固められたように。

いったいどこにいくんだろう？

寄生の効果も気になるけど、男の向かう先も気になってきた。

男と同じ方向へ向かっている者は結構いる。

いるんだけど——客層というか歩いている人の層がなんか、町と違う。

皆が武装していた。戦士っぽい出で立ちや魔法使いっぽい出で立ちの人など色々いるが、皆今すぐにでも戦えそうな格好をしている。ちらほらではなく、全員。

これ、もしかしてやばいところに向かってない？

ニートが行っちゃいけない場所に行こうとしてませんか？

思いつつも引き返す踏ん切りもつかず、男の後を歩き小高い丘を一つこえると、突然草原の中に茶色い土がむき出しのエリアがあらわれ、その中央に、ぽっかりと口を開けた地下への入り口が、俺を出迎えた。

ダンジョンだ。

あのローレルの町をぷらぷらと歩いている時に、ちらっと小耳に挟んだ。迷宮パイエンネというダンジョンが、町の近くにあると。

きっとそれがこれだ。見るからに地下深くまで続いていそうな大穴で、武装した者がここに向かっている。状況からして間違いないだろう。

俺が後をつけてきた男は大穴の前で気合いを入れると、中に入っていく。

俺はちょっと迷って——仕方なくあとをつけるのは諦めた。

モンスターがいるようなところにさすがに入っていくことはできない。彼我の力関係がわからないまま行く度胸はない。ダンジョンの中に興味はあるんだけど——さすがに無理無理無理。

ルーの手紙によると、この世界にはスキルや魔法だけでなく、モンスターやダンジョンも存在しているとあった。

俺の中の好奇心は未知の者達のもとへいけいけと言ってるけれど、でもいって痛い目にあったら洒落《しゃれ》にならない。興味はあるけど失敗の可能性のある危ない橋は渡りたくないんです。そんな勝負をかけるのは少しばかり、いやかなり無理です。

ちなみにモンスターを倒していくとクラスのレベルが上がるらしい。モンスターの存在を成り立たせている力を得ることができ、それがクラスの力になるとか。

しかたなく、俺はダンジョンの周囲をうろつき始めた。

すごく不審者だと思う。でも、何もせず帰るのもなんだしなあ。じゃあ何をやるのかと言われても困るけど、それを考える意味でも、ダンジョンにやってくる人や、ダンジョンから怪我《けが》をして出てくる人を見つつ、しばらくうろうろとダンジョンの近くを探索していた。

「……それにしても」

服装、相当浮いてるな。町中でも思ったけど。

いまだに部屋着のままだし、ちょっと人目につかないところで着替えた方がいいか。

「たしかこいつの中に服が――お、あったあった」

俺はスペースバッグから衣服を取り出した。

これは異世界に来た時にルーからの手紙と一緒においてあった鞄だ。手紙に説明が書いてあったが、いろんな物を収納できる魔法の鞄らしい。中にはすでに飲食物、衣服、あとこの世界のお金が入っていたので、早速活用させてもらっている。

バッグの使い方を見たついでに、手紙の続きに俺は今一度目を通す。

『バッグはちゃんと使えた？　そのバッグと中身は私へのお供え物だから遠慮なく賜っていいよ、

追加サービス。普通は異世界から来させちゃった人には不自由ないように三つのクラスを目覚めさせるのにエイシは一つしかできなかったから……ごめんね><。でも、なんとかなると思うからあんまり腐らないでやっていってちょうだい。結構ここもいいところだからさ』

ルーは結構いい奴だと思う。

こんな手紙も書いてくれるし、クラスが一つしかないのも俺が能なしなだけでルーが悪いわけじゃないのに、苦労するだろうからって道具をくれるし。なんだかんだ気遣ってくれてる。

☆

《クラス》　パラサイト　1→2

それは突然だった。

手紙をしまった瞬間、前触れなく俺の前にもう見慣れた画面があらわれ、そんな表示がなされた。

え？

なにこれ？

なんかレベル上がってる？

俺なにかしたっけ。

《名前》　エイシ＝チョウカイ

《クラス》　パラサイト２
《体力》　26
《攻撃力》　20
《防御力》　30
《魔力》　41
《魔法攻撃力》　35
《魔法防御力》　46
《敏捷》　40
《スキル》　パラサイト

慌ててステータスを開いてみると、たしかにレベルが上がっている。

なんでだ？　本当に何もしてないんだけどな。たしかモンスターとかを倒すとその存在の力が経験となってクラスのレベルが上がるって話だけど、俺はモンスターなんて――。

――いや、待て待て、もしかして。

あっ、まさか！

俺は首をぐるりと回して迷宮入り口の方を向く。

わかったかもしれない、このスキルの正体。

俺はモンスターを倒してないしモンスターがいる場所にも行ってない。でも、いるじゃないか。

俺と『繋がってる』モンスターが出てくる場所にいる人が。

寄生した人がモンスターを倒し力を得ると、それが俺にも入ってくる。

レベリングを寄生できるスキルってことだったんだ。
これがあれば労せずしてクラスをどんどんレベルアップできる。しかも一緒にいるだけどころか、離れたところで寝てるだけでも強くなれる。これは凄い。
俺は確かめるために草の上にあぐらをかいた。そのままじっと待っていると、再び。
《パラサイト　2→3》
やっぱり上がった。確定だ。
寄生の効果を確信していると、さらにレベルが上がっていく。
《パラサイト　3→4》
まだまだ上がる。
《パラサイト　4→5》
どんどん上がる。
《パラサイト　5→6》
《ダブルパラサイト　取得》
新スキル来た！
ダンジョンの入り口を行き交う人に目もくれず、ガンガン上がっていくレベルに見入っていると、レベルアップだけでなく新スキル登場。ここに来てついにテンションは最高潮に到達だ。
「このスキルは、名前的にはパラサイト二回できるってことか？」
二人に寄生するという発想が今までなかったけど、元々は一人だけ限定だったのかな。それが二人にできるようになったと。二人になれば当然成長効率は二倍、これは素晴らしい。
俺は早速ダンジョンの入り口の方へと行き、ダンジョンへ入っていく人に、すれ違いざまに躓《つまず》いてこけるふりをしてぶつかりつつ、手の甲で触れる。

「あっと、すいません」

「はは、迷宮探索で疲れたの？　気をつけなよ」

戦士らしい出で立ちのその人は、軽く言うとダンジョンへと向かって行った。その背中には、光の印がついている。成功だ。

ダンジョンから少し離れたところで力を入れてみると、俺の手から二本の光の線が出ている。それは少しの長さで溶けるように消えているが、間違いなく二人に寄生できているようだ。

その証拠に、しばらくたつと俺のパラサイトのレベルが7に上がった。レベルが上がるにつれだんだんレベルアップが遅くなっていっている感じがしていたのだが、また速くなったのは二人分入っているからだろう。

「さて、と」

俺は迷宮に背を向け、ローレルの町へと引き返す。

この際だから実験しておきたいことがあった。自分の持っている最大の強みであるスキルについて知っておいて悪いことはない。

それは、対象から離れていてもスキルが有効かどうかだ。どれだけ離れてもパラサイトし続けられるのか、それともある程度の距離が離れたり、あるいは時間経過などで効果が切れるのか。

まずは距離からということで俺は町に向かって引き返すが、一向に消える気配はない。ついにはローレルの町中に到着したが、二人分の寄生がしっかり残っている。かなり遠距離まで届くようだ。

これはかなり嬉しいね。町にいても、迷宮に行った人にかけたスキルは切れないわけだ。

さあ、もっと調べよう。

空き地を見つけ、そこで暢気に昼寝をしている町人にまぎれてくつろぎつつ、俺はスキルを検証してみた。

その結果、わかったこと。

一つ。誰に寄生したか確認したいと思うと、寄生した時に俺の目に映っていた相手の姿を見ることができる。

二つ。寄生をやめようと念じると、解くことができる。別にもう一度相手に接触しなければいけないということもなく、いつでも線を切れる。

ただ、もう一度寄生しようと思ってもそれは、その場ですぐというのは無理だった。おそらくもう一度同じように触れる必要があるのだろう。

三つ。寄生できるのは合計二人まで。

二人に寄生している時に、さらに力を使おうとしても使えない。ただ、一人解除すると、また使えるようになるので入れ替えは自由。

他人に寄生してレベルを上げることに特化したスキル、いやクラスだな。調べてる間にもレベルが上がって、もうレベル8にまでなってしまったし、このまま行くとあっという間に強くなれそうだ。まだレベルが低くてレベルアップに必要なモンスターを倒して得られる力が少なかったからってこともあるんだろうけど、それにしても早い。

「これ、いけるかも」

これだけ高速で強くなれるなら、モンスターがいるような異世界でも、やっていける。

そんな希望がふつふつと湧いてきました。

スキルを気が済むまで調べたころには日が暮れかけていたので宿を探すことにした。

迷宮を目指す人がいるからか宿は結構多く、空き部屋がある宿を見つけるのも容易だった。

早速俺は七日間の宿泊を申し込む。案内された部屋は広くはないけれど片付いていて、掃除もキチンとされている様子で清潔だったのは嬉しい。

世界の転移には疲れが伴うのか、久しぶりにたくさん歩いた疲れからか、ベッドに倒れ込むように横になると、俺はすぐに眠りに落ちていった。

☆

起きたら朝だった。疲れてたんだなあ、やっぱり。

ベッドに座りステータスを見たりスペースバッグを使ってみて、やっぱり夢じゃなく現実だと実感した俺は、宿を出た。

そしてある場所へ向かおうとして……現在、絶賛迷子中。

たしかにマリエちゃん——宿屋の子に聞いたとおり歩いたはずなんだけどなあ。どこにも目的地の影も形も見えやしないぞ。

目に入るのは劇場や広場や魔道具屋や工房などばかり。色々な施設が通り過ぎていく。

はあ、もう自力で探すのは諦めるか。時間の無駄っぽいし。

ということで、俺は近くを歩いていた腰に剣を差した男の人に声をかけたのだが、幸運なことにその人はまさに冒険者ギルドに登録している人で、詳しく場所を知っていた。

「冒険者ギルド？　それ、まるっきり反対側だぜ」

「反対って、逆ってことですか？」

「そりゃあ、それ以外ないだろ。冒険者ギルドは――」

予想外の言葉に間の抜けた返事をしてしまうと、冒険者は笑いながら頷《うなず》く。

昨日、迷宮の周りをうろうろと情報収集していたとき、この町には冒険者ギルドがあるという話を耳にした。

迷宮を行く人の中にはそこに所属している人も多く、色々と依頼なんかがあってお金も稼げるし、それに俺にとってはそれ以上のうまみがありそうなので、今日はそこに行こうと思っていたのだ。

異世界生活二日目から目的意識を持って動くなんて俺ってアグレッシブだな。なんてたいしたことないことで自画自賛できるハードルの低さは大切にしていきたいです。

まあ時間はたっぷりあるけど予定は一つもないし、見知らぬ町を散歩がてら歩いて行くのは面白いし、道に迷ってもなかなか悪くないね。

「――って道順だ。ほら、反対だろ？」

「たしかに。まさに右も左もわからないって感じですね。東と西ならわかるんですけど。あはは」

「あんた初めてか、冒険者ギルド。依頼か？」

男は乾いた表情を浮かべて、普通に話を続ける。

あれ、受けてない？　というか無反応？

さすが異世界、ジョークセンスも異なるのか……！

俺にセンスがないという可能性はとりあえず棚に上げておく。

「いえ、そうじゃないんですけど、一応登録しようかなあと。場所もわかったことですし、気を取り直して向かいます。ありがとうございました」

「待て待て、案内してやるよ、また道に迷わないように」

「いえ、そこまでしてもらうのは申し訳ないです」

「気にすんなって！　俺も用があるし、冒険者ギルド利用者の新人には親切にしてやらなきゃな、先輩として」

冒険者は俺の背中を叩《たた》き、朗らかに言う。

まあ、そこまで言うなら案内してもらっちゃうか。また迷うのも嫌だし。

「じゃあ、お願いしてもいいですか？　右と左くらいはわかるつもりなんですけど、東と西はわかってないみたいなので」

俺は礼を言って、男冒険者と冒険者ギルドまでの道行きをともにすることにした。

しばらく歩くと、男が足を止め、手を伸ばし指す。

「着いたぜ。あれだ」

「おー、ここが」

重厚で大きな建物がそこにはあった。汚れや欠けた外壁などが目立つが、むしろそれが荒くれ者の巣って感じの雰囲気がある。

「ありがとうございます」

「いいってことよ。そうだ、乗りかかった船だし、俺が口きいてやろうか」

口きいて？　どういうことだろう？

俺が首を傾《かし》げると、男はやれやれというように肩をすくめた。

「やっぱり知らなかったか、初めてって言ってたから多分そうだろうと思ったんだよ。なんのツテも無い奴がいきなり行って登録なんてさせてもらえるわけないだろ？」

言われてみれば、こういうところに参入するのに誰かの紹介がいるってのはありそうな話だ。

と、視界に広げた手のひらが入って来た。

「まあ、何かの縁だ、俺が話つけてきてやるから、登録料をよこしな。光銀貨五枚。信用料金みたいなもんを登録時にギルドに預ける必要がある。その金を預けてくれ」

登録料とはちょっと予想外の展開だ。

敷金みたいなもんかな。それにしても光銀貨五枚は安くないぞ、むしろ相当高い。

でもここまで案内してくれたし、悪い人じゃなさそうだし、それにここを逃したら、いつこういう風に紹介してくれる人が出るかわからない。後でも結局お金がかかるなら今やってしまう方が手っ取り早いか。

しばし考えてから俺は貨幣を取り出し、男に渡そうとする。

だが一瞬、手が止まった。

本当に、男の言葉をそのまま信じていいのだろうか。たしかに親切だけど、たしかにこの世界のことなんか俺は何も知らないけど、でも、この人が本当のことを言っているかどうかは保証はない。

そうだ、初対面なのにここまでしてくれるっておかしくないか？　俺が逃げたらどうするんだ？

まるで、金を払うよう誘導してるみたいで――。

「ちょっと、何やってるのよ」

その時、俺たちに声がかけられた。

反射的に手を引っ込めてそちらを見ると、そこには女冒険者の姿が。

「ギルドのすぐ側《そば》でカツアゲ？　いい度胸してるじゃない」

「いえ、登録しようと思って、その紹介料を渡しているんです」

「紹介料？　なにそれ？　ギルドにいけばすぐ登録できるけど？」

「え」

振り返り、男の方を見た――ときにはもう、道案内してくれた男は踵《きびす》を返して走り出し、路地に姿を消そうとしているところだった。

「やっぱり騙《だま》してたのか！」

「あはは、危ないところだったわね。いくら渡そうとしてたの？」

「光銀貨五枚です」

俺のことばを聞くと女は目を見開いた。

「うわっ、そりゃ痛いわね。私が通りかかって運がよかった。まったく、ああいうことやられると冒険者の評判が悪くなるから困るのよね」

と言いながら女は冒険者ギルドへと歩いて行く。この人も、冒険者ってことらしい。

「どうしたの？　あなたも用があるんでしょう？」

「あっ、そうだった」

「心配しなくても友達料なんてとらないから安心していいわよ」

女冒険者は、親しげに笑いかけてきた。

☆

女冒険者の名前はヴェール。

銀髪のショートカット、明るくて快活そうな顔、目も口も大きくて、いかにもノリがよさそうなキャラだ。マントを羽織り、その下は短いパンツとシャツという軽装。剣士かシーフか、そんなタイプに見える。雰囲気からすると年齢は俺と同じくらいに見えるけど、こなれた感じがするし、冒険者歴はなかなか長そうだ。

冒険者ギルドは外見の厳つさに比べて、中は結構普通にほのぼのしていた。

テーブルがいくつかある大きなホールになっていて、そこで冒険者らしき人が結構な数くだを巻いている。奥にはカウンターがあり、事務作業をしている受付の人が二人いる。

「ウェンディ！」

「あ、ヴェール。んー、そちらの方はぁ？」

「新人冒険者。登録したいんだって」

受付のウェンディという名前の女の人は手早く書類とペンをカウンターの上に出してきた。

「それではここの書類に書き込みをお願いします」

名前、戦闘経験、他の冒険者ギルドでの登録の有無、クラスなど記入する箇所がある。

用紙を眺めていると、横に立っているヴェールが話しかけてくる。

「エイシって字はかける？　書けないなら代筆してあげるわよ？」

「大丈夫、書けるよ、ありがとう。ウェンディさん、クラスって書かなきゃダメですか？」

「記入は任意ですが、書いてくださると仕事をおすすめしやすくなります。たとえば炎のスキルを使える者をよこしてほしいというような依頼もありますから」

「なるほど、そういうパターンが。冒険者ギルドに登録する人って、だいたい皆クラスもってるのかな。ヴェールも？」

「ええ。私はマーシナリーっていうクラス。近接戦闘の能力が高くて、そういう関連のスキルが得意よ……こんな、風にね！」

ヴェールは近くのテーブルにあった木のスプーンと金属製の器を手に取った。

「スキル《強撃》！」

突然鈍い音を立て、金属の皿が抉《えぐ》り切られる。

「うわっ！」

俺が歓声を上げるのと同時に、ひゅうとギルド内から歓声が上がる。

「うおお――金属なのにこんなにあっさり。これがマーシナリーのスキル」

「ええ。武器と筋力を強化して、強烈な一撃を食らわせるスキルね。柔らかい素材の武器でもそこそこ戦えるようになるのよ。強い武器ならより一層」

これは凄い。木で金属を抉るなんて。

スキルを身につければこんな芸当ができるようになるのか。

俺は感心して抉られた器から目を離せずにいた。

「ま、これでもマーシナリーのクラスじゃ初歩的なスキルよ。能力値もマーシナリーは攻撃力や防御力が上がりやすいし、これくらいは軽い軽い」

「あのー、ヴェール」ウェンディがじろりと目を向ける。「得意げなところ悪いんだけど……お皿壊さないでよぉ！」

ウェンディが頬を少し膨らませヴェールを睨んでいた。

そりゃそうだ。

怒られつつ、ちゃんと代わりのお皿持ってくるから勘弁して、などとなだめるように言うヴェールの背中にさらっとソフトタッチで俺は早速パラサイトした。

そして二人がわやわやとやりとりをしている間に再び登録用紙に記入していくが。

んー、パラサイトってあんまり書きたくないな。

女神のルーでも見たことないって言ってた珍しいクラスだし、スキルの特性的にもあまり人には知られたくない。ちょっと損するかも知れないけど、どうせメジャーなクラスじゃないみたいだし、ここは未記入でいくことにしよう。

そして残りの必要な箇所を記入して提出。

地味に持病の欄があったりしたのが、なんか本当に申込用紙っぽくてツボに入りました。たしかにこういう稼業なら既往症とか大事だよね、うん。

「本当に健康？　体が資本だから、何かあるなら忘れず書いておいた方がいいわよ」

「大丈夫、病気は風邪くらいしかひいたことないから」

「そう。ならいいわ、うん」

ヴェールがうむうむと頷き、その様子を見たウェンディが呆《あき》れ顔《がお》を俺に向けた。

「お節介なんですよねぇ、ヴェール。悪い子じゃないんですけど。世話焼きも度が過ぎるとお母さんっぽいよ？」

「誰がお母さんよ。こんな大きな子供のいる歳《とし》じゃないわ」

「そういう言い方もちょっと古いんですよねぇ。あ、できました？　エイシさん。ありがとうございます。はい、たしかに必要事項は記入されてますね」

受付のウェンディは申込用紙をチェックすると、今度は一枚の硬質な白色のカードを出してきた。

ギルドカードと言って、ギルドでの情報や成果が記録されるらしい。先日見たあの迷宮で見つかった、あらゆる歴史を記録すると言われる秘法を調べて作った道具だとか。

「他にも結構色々と見つかることもあるみたいよ、パイエンネの迷宮。冒険者も依頼のためや、依頼関係なく宝目当てで行く人は多いわ。それと、鍛錬のためにもね。モンスターも宝以上にたっぷりいるから。でも、危険なところだから、慣れないうちはあまり無理しない方がいいわ」

「へえ、そういうところなんですか。大丈夫、僕は無理をしないことには定評がありますから」

あははーーと愛想笑いをウェンディにされつつ、登録は終わった。

なんか凄いレアなお宝があるみたいだし、迷宮もそのうち一度は入ってみたいなあと思いつつ、でも危険なのは嫌だなあと思いつつ、とりあえず空いてるテーブルについて一休み。

ヴェールとウェンディはまだカウンター越しに話している。雑談か、あるいは用事があったのかもな。お互いよく見知った顔みたいだ。

さて、それじゃあこっちはこっちで第一の目的を果たそう。

寄生相手の選定の始まりだ。

俺がここに来た第一の目的は冒険者として依頼をこなすことじゃない。いずれやるかもしれないから登録だけはやっておいたけど、何よりも寄生相手を探すのが目的だ。

ここなら冒険慣れしている人もいるはず。実力がある人の方が強いモンスターと戦うだろうから、入ってくる力も多くなる。

優秀な冒険者に寄生して、ガッツリレベルアップ。それが今日の目標。

まだまだギルドの仕事はしない。冒険者ギルドも結構面白そうではあるけど、パラサイトでガッツリ強くなってからだ。

安全が確保されてから、楽になってから、これ大事。まあ、ちょっと冒険したら楽しそうだなという気持ちもないではないんだけど……いやいや、まだ機会じゃない。いいタイミングを待ってから、冷静に。

その時のためにもいい相手にまずはパラサイトだ。

十分に選定し、俺は偶然冒険者ギルドにいたCランク冒険者に寄生することができた。さりげないソフトタッチを敢行した結果だ。

冒険者はF～Aまで階級がつけられていて、クラスにあった依頼を受けることができる。そして上ほど人数が少ないので、Cランクはかなり上位、トップクラスということだ。

とにもかくにも、やることをやったので俺は冒険者ギルドをあとにして、それからは町をぷらぷら歩いて色々見つつ、町の外も獣やモンスターが出ない範囲で歩いたりしつつ過ごした。

《パラサイト　11↓12》

せっかくなので買い物もしよう。

まずは服。起きた時に気付いたのだけど、着替えがない。

その他にもナイフや『普通の』荷物袋、紙とペンとインクなどなど、日用雑貨を購入した。

《パラサイト　12↓13》

そんなこんなで一日過ごして宿に帰ってきた時には――。

《パラサイト　13↓14》

「上がった上がった。ガンガンレベルが上がってくれると何もしなくても楽しくなってくるな。いや、むしろ何もしないでレベル上がる方が楽しいかもしれない」

買い物してる時に突然レベルアップの映像が出た時なんか、気分がよくて財布が緩んじゃったね。

今も頬が緩んでます。宿の自室で夜に一人で。割と不気味な絵面である。

「あ、そうだ」

スキルやレベルは注目してたけど、肝心の能力値をじっくり見てなかった。

さあて、どれくらい強くなってるかな。

《名前》　エイシ＝チョウカイ
《クラス》　パラサイト14
《体力》　37
《攻撃力》　27
《防御力》　40
《魔力》　58
《魔法攻撃力》　48
《魔法防御力》　50
《敏捷》　55
《スキル》　トリプルパラサイト

トリプルパラサイトのスキルはパラサイトとかダブルパラサイトに上書き、というかパワーアップして変化したって感じなんだな。

さて、それでは能力の方はどうなって……あれ？

前もこのくらいだったような気が……。

レベルは上がってるよな、うん。でも攻撃力とか体力とかたいして増えてないような気がする。

間違いない、絶対大して変わってない。

たしか前にステータスをメモってたんだが……あった、これだ、レベル7の時のステータス。

『《名前》　エイシ＝チョウカイ
《クラス》　パラサイト7
《体力》　31
《攻撃力》　23
《防御力》　35
《魔力》　50
《魔法攻撃力》　41
《魔法防御力》　47
《敏捷》　48
《スキル》　ダブルパラサイト』

「おいおい、まじですか」

レベルは7も上がったのに能力値全然増えてないじゃないか。それぞれ10も増えてない。1レベルにつきだと1くらいしか上がってないぞ。

俺は冒険者ギルドのことを思い出す。たしかあの時、ヴェールにステータスのことも聞いたのだけれど、攻撃的なクラスなだけあり攻撃力は１５０を超えてるって言っていた。しかも戦闘向きのスキルも身につけてた。

あの時は、今は低レベルだからステータスに差はあるけど、レベルが上がっていけば追いこせると思ってたのに、これじゃレベル50になろうが100になろうが全然足りない。

ステータスの上昇率が加速してる様子もないし。しかもレベルは高くなるほど上がりにくくなるだろうし。

「あはははは……はあ」

パラサイトごときがレベルを上げたところで大して強くなれないってことなのかな。あまりにも厳しい現実過ぎるでしょ、それは。

「なんか、レベルが上がって喜んでたのが虚しくなってきたな……」

俺はぽつりとつぶやいた。

レベル上がっても強くなれないいんじゃなんのためのレベル上げなんだか。そもそも張り切って寄生する意味あるのかな。

もしステータスが上がらなかったらモンスターと会ったときとかどうすればいいんだ。迷宮にもこの調子じゃ行けないし、それどころかどこに行くにも危なっかしくて異世界でも外にうかつに出られない。この世界でやっていけるのかなあ。

考えるほど憂鬱《ゆううつ》な気分になっていき、俺はベッドに腰を下ろしたままうなだれた。

くっそー、異世界でサクサク強くなって楽々暮らしていけると思ってたのに騙された。

やけ食いじゃーとばかりに俺は買ってきた焼き菓子を口に押し込むようにむさぼる。

《パラサイト　14↓15》

口の中ぱさぱさになっていたらまたレベルが上がった。でもどうせ能力は上がらないんでしょう……ん？

《スキル　パラサイト・クラス　習得》

パラサイト・クラス？

これまでのパターンと違うな。次は四つかと思ったんだけど、そういう感じの名前じゃない。クラスって言ったら、剣士とかパラサイトとかのクラスのことだろうけど……見てみるか。

俺は荷物袋から魔道具屋で購入したレンズを取り出した。

このレンズは解析レンズという魔道具で、スキルなどのステータスについての詳細を知ることができる。作るのが難しくランダムで壊れることがあるというので、使うか迷っていたのだが、新スキルを覚えたことだし使ってしまおう。

せっかくだし、元々覚えていたスキルの詳細も見ることにして、ステータスを表示。

まずはトリプルパラサイトからだ。

・《トリプルパラサイト》触れた相手三人に寄生できる。寄生した者が得た力の三倍の量を自分も取得できる。

え？

ええ？　まじですか、この効果。

三人になるだけじゃなくて、三倍になるのか。それってつまり、実質九倍ってことじゃないか。

道理でレベルアップが速いはずだ。

普通に考えたらレベルが上がるほど、どんどん遅くなるのに、多少は遅くなってもそこまでは変わらなかった。スキルを覚えるたびに一気に力をもらえる量が増えてたからだったんだな。

これは凄い。それに、ちょっと安心した。

危険を冒してモンスターと戦ってるのに、それで得た経験を横取りしてたらちょっと申し訳ないと思ってたんだよな。でも本来得る分は本人も得られて、その上で俺が余分にもらってるならなんの遠慮もいらないな、本人は損してないわけだし。

Win-Win――ではないけど、オッケーだ。これからもガンガンパラサイトしていこう。

さて、それじゃあ決意したところで次にこのあたらしいスキルはなにか見てみようかなと、解析レンズをさらに使う。

《クラス　マーシナリー　0→1》

《スキル　近接武器マスタリ　習得》

詳細を見ようとした瞬間、そんな表示があらわれた。

俺はもちろん、クラスはパラサイトであって、マーシナリーではない。それなのにマーシナリーのレベルが上がる。もしかして、これって――。

・《パラサイト・クラス》　寄生した者が得たクラスの力をそのまま取得する。

それが新スキルの説明だった。

……なるほど。そういうことだったのか。

《名前》　エイシ＝チョウカイ

《クラス》　パラサイト15　マーシナリー1

《体力》　43

《攻撃力》　31

《防御力》　43

《魔力》　59

《魔法攻撃力》48
《魔法防御力》51
《敏捷》57
《スキル》トリプルパラサイト　パラサイト・クラス　近接武器マスタリ

ステータスを見ると、クラスが追加され、スキルが増え、能力値もしっかり増えている。

「これがパラサイトの真骨頂だったのか」

寄生している他のクラスについている人が成長すると、俺もそのクラスを身につけて成長できる。

これを利用すれば、スキルも能力も、どんどん加算していける。しかも、三人から三倍の速度で。

このスキルこそがパラサイトの核心だったんだ。

「くくく……はっははは！」

俺、始まったかもしれない。

☆

それからしばらく時間が経《た》った。

いやもう、笑いが止まらないね。

《名前》エイシ＝チョウカイ
《クラス》パラサイト17　マーシナリー6　魔道師5　剣士5　神官3　狩人《かりゅうど》3

《体力》77
《攻撃力》68
《防御力》60
《魔力》72
《魔法攻撃力》59
《魔法防御力》59
《敏捷》70
《スキル》トリプルパラサイト　パラサイト・クラス　近接武器マスタリ　強撃　魔道具マスタリ　魔法の矢　剣マスタリ　連続剣　ディスペル　弓マスタリ　マジックブレイド

今のステータスはこうなっている。

パラサイト・クラスを身につけてからまだちょっとしかたっていないのにこの状態。スキルがたっぷり、能力値もパラサイトのレベルだけ上げてた時より遥《はる》かに上昇している。

スキルは色々な効果を持っているものがある。
○○マスタリというスキルはその武器の扱いがうまくなるという効果で、練習用の安い剣を買ってみたけど、剣道なんかやったことない俺でも、体が覚えてるみたいに自然と剣を振るえた。
さらにその武器を扱っている間は攻撃力が上がるって効果もあるらしい。

個人的に嬉しいのが魔法の矢。これは魔道師レベル5で覚えたスキルだが、名前の通り魔法が使えた。いやあ、俄然《がぜん》異世界って感じがしてきたね。パラサイトの時点でも魔法と言えば魔法ではあったんだろうけど、やっぱりこういう攻撃魔法が欲しかった。

さらに、俺はもう手に入らないと思っていた例のスキルを身につけた。それは女神ルーが最初に言っていた複合スキル。

複数のクラスを身につけた者だけが手にできる、クラスの組み合わせによって覚えられる強力なスキルだ。

マジックブレイドがその複合スキル。

剣士と魔道師がどちらもレベル5になったら覚えた。効果は凄いのかどうかまだよくわからないけど、剣が魔力属性を帯び威力がアップするらしい。魔力属性ってのが有効なのかねえ。モンスターと一回も戦ってないからよくわからないんだよな、まだその辺。

「いいな、これ」

俺は自分のステータスを見つめながら、一人部屋でほくそ笑んでいた。

いろんなスキルが身につくと、その使い道を色々想像してしまう。

そうなると、実際に使ってみたくなる。冒険者ギルドの依頼を受けたり、迷宮に行ったりして。

こういうの妄想するの楽しいんだよなあ。むしろ実際に体を動かすより楽しいことすらあり得る。

さすが元ニートらしい楽しみ方だと自分でも苦笑しちゃうね……今もニートだった。

「それはいいとして、まずはスキルとクラスをたっぷり集めてからだな」

ちょっと真顔になりつつつぶやき、俺は決意を新たにする。

一つ手に入れると二つ欲しくなり、二つ手に入れると三つ欲しくなる。そしてたくさんスキルが身についたら、やっぱりもっとたくさん欲しくなるものなんだよね、人間って。

あ、ちなみにはしゃいでスキルの詳細見てレンズ三つおしゃかにしました。

ついてなさすぎだと思うんだ、うん。

パラサイト・クラスを覚えてからは俺は方針を少し変えた。

モンスターを倒したときに得られるその存在が持っていた力、言ってみれば経験値みたいなものだけど、それをどう入手するかの方針だ。

せっかく強い人を見つけたけれど、他人が得たクラスの経験値を得ることができるなら、いろんなクラスを集めるために寄生先を色々変えていこうと。

もちろんこれまでどおりパラサイトのレベルも上がる。パラサイトと寄生した人の持ってるクラス、両方のレベルが上がるようになったわけだ。

そんなわけで、冒険者ギルドに行き、色々な人に触っている。

寄生先を変えることでクラスを集めようと思っているのだけど、やはりある程度レベルを上げてスキルをいくつか覚えてから他クラスに乗り換えたい。

しかし具体的にどのくらい一つのクラスのレベルが上がってから別のクラスに乗り換えるかは難しいところだ。じっくりやるか、サクサク寄生先を変えるか、それが問題だ。

悩みつつ宿屋で待機していると、また新しいスキルを覚えた。
・《パラサイト・インフォ》 寄生した者の情報を得る。
簡単に言うと、寄生している相手のクラスとレベルがわかるというものだ。

寄生先がもう持ってるクラスの低レベルだったりしたら、さっさと寄生をやめて他の人にやりなおせるので地味に便利。

俺以外の人も自分のステータスを見ることは同じようにできるらしいけど、俺も俺以外も他人のステータスは見ることができない。

だからこういうスキルは助かる。わかるのはクラスとレベルだけだけど、それだけでも知らない人にいきなり尋ねるわけにもいかないから。

クラス《パラサイト》のスキルって、基本的に寄生をパワーアップさせるようなのばっかりなんだなと、これまでのスキルを見て思った。徹底してるなパラサイト。

そして今日も俺は冒険者ギルドへと向かう。

もう慣れたもので、毎日見る顔がほとんどだ。

さて今日は誰に寄生しようかと考えていると、よく知った彼女の顔を見かけた。

「あら、エイシじゃない。調子はどう?」

「ヴェール。まあ、ぼちぼち」

以前と同じような、身軽な服にマントを羽織るという出で立ちで俺に声をかけてきた。

「嘘。私もよく来てるけど、全然依頼を受ける様子がないじゃない」

「う」

まいった。

ここに来てるのは寄生先を見繕ってるとは言えないし。

というかヴェールにも寄生してるし。

「ええと、どの依頼をやろうかと色々あって迷っちゃって。あはは、優柔不断なんだよね」

ヴェールは腕を組み、うんうんと大げさに頷いた。

「わかるわ、うん。冒険者になったばかりだから慎重になってるんだよね。私とは正反対ね。私なんて、こう、これだと思ったら突っ込んじゃうタイプだから。ちょっと見習いたいわね。あはは」

頭の後ろに手をやり、口を大きく開けて笑うヴェール。

と、そのままの位置に手をおいたまま、俺の顔の前に身を乗り出して来た。

「でも、行くときはがつんと行かないといつまで経っても冒険者デビューできないわ。よし、わかった。私が選んであげる。さあ」

「え、いや、俺は……」

「ほらほら、立った立った！」

俺の腕に自分の腕を絡めて、ぐいっと引き上げる。

なんて強引な――いや、これは、豊かな胸も一緒に俺の腕に押しつけられて――。くっ、この感触……なんて……なんて……ああ……。

と力が抜けている間に俺はカウンターの前につれていかれてしまった。

しまった！

「ウェンディ！　初心者向けの依頼よろしく！」

「ヴェール、あなたが初心者向けってどういうこと……あら、エイシさん、こんにちは」

「あ、こんにちは」

先日俺の登録をやってくれたギルドの受付のウェンディのもとへ俺は強引に連れて行かれる。

「もしかして、一緒にお仕事です？」

「いや、そういうわけで――」

「そうよ！」

ええー！

まじですか。ちょっとちょっとヴェールさん、返事が早す――。

「わかりましたぁ！　ついにやる気になったんですねエイシさん！　これが難度低くていいと思い

ますよぉ」

ウェンディも速かった。

さっと書類を取り出し、俺たちの前へ置く。すかさずヴェールは書類を手に取り、顔を俺の顔にくっつけ一緒に見せてくる。連携いいね君達。

でも、だが、そんなことより。

これは、わかっててやってるのか。

俺が女に縁なき男と知ってさっきから肌をくっつけてくるのか、ヴェールは？

誰に対しても親しげに話しかけてくる明るい女の人にどきっとして舞い上がって、もしかして俺のことが好きなのかもと勘違いしてしまう、もてない男に特有の悲しき習性を突かないでほしい。だが俺はもう騙されないぞ、一度引っかかって悲しい思いをしたトラップに二度はかからない。こういう人って誰に対しても親しげなだけなんだ。俺が特別では決してないんだぞ、エイシよ、忘れるな。

俺は平静を装い書類を見る……もちろん内心は心臓バクバクでくっついてる頬に全神経集中してます、はい。
・インプ討伐　・ローレルウルフ討伐　・スクリの実採取
などなどが、ウェンディが出してくれた依頼だ。やはり討伐や採取が多い。

「さあ、どれがいいかしら」

しばらく考えてから、俺は口を開いた。

「じゃあ、ローレルウルフ一つ」

「うちは食堂じゃないですよぅ」

ニートになったきっかけは就職活動の失敗だった。どこの会社に申し込んでも、何度選考を受けても落選に次ぐ落選。

さらにただ入社試験に落ちるだけでなく、いわゆる圧迫面接というもので精神をゴリゴリ削られ、俺のガラスのハートはどんどんダメージを受けていき、そしてついには砕け散った。

俺は就職活動を放棄した。

今年やらないからって一生できないわけじゃない。状況がよくなってからやればいいさと自分と家族に言い聞かせて。

幸か不幸か、経済的にはうちの家は俺一人の食費くらいなら余裕があったので、俺は実家に寄生することができた。そして予想どおりに、俺はその後何年経とうが就職活動を再開することなく今に至り、そして実家に寄生するニートをやっていた。

ある意味焦らない性格なんだろうなと自分では思う。焦らないから、現状を維持してしまう。

それともう一つ、もう一度挑戦するのが嫌だったってのもある。

そもそも落選したのは、自己アピールがうまくないとか色々理由はあるだろうけど、結局成功するまで続けなかったことだと思う。一つの業種に集中して成功するまでやるとか、そういう性格ではなかったこともだし、なにより、また失敗してあんな惨めな気分になるのが嫌だったから。

そんなこんなで、別に働かなくてもなんとか生きてけるからいいかと日々を過ごしていた。

「それが、こんな形で働くとはなあ」

まあ冒険者を職業と言っていいのかは非常に怪しいけど、とりあえず仕事ではあるはず。

人生何がどう転ぶか本当にわからない。俺の場合はわからなすぎだと思うけど。

今、俺とヴェールはローレルの町の東にある森の中に来ている。

ローレルウルフという狼《おおかみ》がここには生息しているのだが、最近数が増えて森の外に出てきて家畜を襲うことがあるらしく、退治して欲しいという依頼をこなすために。

こういうことはちょくちょくあるため、数が増えすぎないよう定期的に討伐依頼が出るとのこと。

森について、依頼書に書いてあるよくローレルウルフが出るポイントへ向かうと、すぐさま狼たちはあらわれた。

二匹の茶色い毛の狼が、俺たちを威嚇するように唸《うな》っている。

「来ちゃったよ」

「来ないと討伐できないわ」

「それはそうだけど。今にも飛びかかってきそうだし。だって野生の狼だよ？」

簡単な依頼だと言ってたし、傍らに熟練者がいれば安全だと思ったからやってるけど、こうして対峙《たいじ》するとやっぱり逃げたくなる。

だけど。

レベルがサクサク上がるのは気持ちいい。それで能力が上がってスキルもたくさん身につけた。となれば、それを確かめたくなるのは当然だ。危ない橋は渡りたくないけれど、だからって、ずっとやらずにいられるはずがない。

先が見えない危険な勝負なら、いくら確かめたくても依頼を受けたりなんかしない。そんなことは俺の性格じゃない。けれど、今は成功の確率が十分見込める。よく知ってる人のお墨付きがあって、側で見てるのだから。

「すぅーはぁー」

俺は深呼吸をしながら、以前購入した剣を取り出す。

だったら、今が一番のチャンスだ。

そして、剣を構える。

同時に二匹の狼は襲いかかってくる。

「はあああ！」

俺は正面から迎え撃つ。

剣を構え、牙《きば》を剥《む》きだして襲いかかってくる狼にすれ違いざまに一太刀入れる。

その動きは自分でも驚くほど自然で滑らかで、素早い身のこなしで、強烈な斬撃で一撃のもと狼を仕留めてしまっていた。

しかも、二匹同時に。

これが二連撃《連続剣》のスキル――。

俺は振り返り、地面に倒れている二匹のモンスターを見て信じられない気分になったが、でも確かに自分がやったという感触を手のひらに感じていた。

「すごいじゃない、エイシ。あんなこと言ってたのに、余裕だったわね」

ヴェールの拍手を聞きながら、俺は実感した。

「うん。俺、本当に強くなってたみたいだ」

あっさり二匹の討伐対象を倒した俺は、さらに森を進んでいき、またもやあらわれたローレルウルフをまたもや余裕で斬り捨てた。

その様子を見て、ヴェールは感心したように頷く。

「凄いわね、その剣技。速いし強い。素早さが売りのローレルウルフがこんなにあっさり。しかも正確に急所を狙ってるし、なんで躊躇《ちゅうちょ》してたのかわからないわ」

「用心深い性格なんだ、モンスターの強さを知らなかったから」

「Fランク依頼の時点でそんな危険な可能性はないけどねえ。実戦をつまないままひたすら長年修行でもしてたの？」

「まあ、そんなところ」

実際は一週間くらいだけどね！

「もっと早くデビューしてもよかったのに。まあでも、ともかくそれなら大丈夫そうね。いったん別行動しましょう、そっちの方が早く倒せるわ」

「え、別行動？」

「何心配そうな顔してるのよ。その実力なら問題ないわよ。仕事は早く終わることも大事！　ってことで私はこっちの方をやるわ。そっちはよろしく」

言うが早いか、ヴェールは左手の方へ小走りで行ってしまった。思い立ったらって感じの性格だな、本当。俺も人のことは言えないか。

「それにしても、一人か。でもまあ、この依頼は大丈夫っぽいかな、余裕だったし」

それから俺は一人でウルフを探しはじめた。

問題なく数匹を討伐したが、まだ魔力も体力も十分残っている。魔法を使うと魔力が、物理系の技を使うと体力が消耗するが、どちらもまだまだ残っていて、余裕で戦える。

「この調子でいこ――――っ⁉」

突如として、頬に冷たいものを感じた。

即座に不気味な気配の方向へ警戒を向けると、そこにはこれまでとは明らかに異なる狼の姿。

銀色の毛並みを持ち、今までのローレルウルフより二回りほど大きく、サファイアのような青い瞳《ひとみ》を持った狼が、血のように赤い口の中をのぞかせ、牙を剥きだし俺を睨んでいる。

危ない危ない、あと少し気付くのが遅れたら先手をとられるところだった。

と構えた瞬間、予想外の行動を銀狼はとった。

開いた口から、氷のブレスを吐いてきたのだ。

「なっ！」

急いで横に跳び、寸前で回避する。

ぎりぎりのところで直撃は避けたが、俺の背後にあった木の幹が凍り付き、穴だらけになり、音を立てて倒れていく。

なんだこの威力、魔法みたいなのを使う狼までいるとか、聞いてないぞ。

というか明らかに見た目が違うんだけどこれ別のモンスターじゃないのか⁉

服の端が凍ってパリパリになっている、結構危ないところだったぞ、これ。

直撃したら終わってたかもしれない。調子乗っててすいませんでした。

気合い、入れ直そう。

スイッチを切り替えると同時に、銀狼は再びブレスを吐いてきた。だが今度は余裕を持って回避し、回り込むように近づいていく。危ない相手ではあるが、これならやれないレベルじゃない。落ち着いていけばブレスも見切れる。多分ここいらの狼のボスだろう、全力でたたっ斬る。

「ブースト！」

この数日の宿屋待機の成果で新たに身につけたスキル《ブースト》を発動し一時的に身体能力強

化！　スピードとパワーを増した一撃を食らえ！

一気に接近、俺にかみつこうとした牙をよけ、逆に伸ばした首にスキル《強撃》によってパワーをさらに増した斬撃を思い切り振り下ろした。

短く、だが吹雪のような断末魔をあげ、銀狼の命は消えた。

「……ふー」

なんとかなったな。

新手が出てきたのは予想外だったけど、早速いろんなクラスのスキルを身につけといたことが役に立った。きっちり使って行けば結構戦えるもんだなあ。

思った以上のできに満足していると、木々の合間からこちらへ向かってくるヴェールの姿が見えた。手を大きく振るとヴェールが速度をあげ、すぐに俺たちは合流した。

俺は成果を報告する。

「結構倒せたよ、六匹やっつけた」

「…………」

「なんか一匹は色も大きさも違って、魔法みたいなのも使ってきて特別な奴だったんだよね」

「…………」

「あれってなんだったんだろう……ヴェール？」

ヴェールは一言も発さず、口を半開きに開けたまま固まっていた。

どうしたんだろうと思い視線を追うと、銀狼をじっと見ている。

「そうそう、あれがその変わったモンスターだよ」

「コキュトスウルフ」

「へえ、そういう名前なんだ。結構手強かったよ」

「エイシが倒したの？　一人で？」

ヴェールはそれこそ凍り付いたようにぎこちない動きで俺の方にゆっくりと向いた。なんだなんだ、どうしたんだ。

「そうだけど。なんかまずかったかな」

次の瞬間、ヴェールは解凍されたように俺に飛びつき、肩をつかんでまくし立てた。

「まずいなんてもんじゃないわ！　あいつはＣ級のモンスターよ⁉　多分うちの町に常時いる中で一番腕のいい冒険者でなんとか互角ってくらいの！」

え、まじで？

そんなやばい奴だったの？

「それに首を一刀両断なんて、その剣でそんなことができるなんて。こいつの毛皮は鋼のように硬くて普通は魔法じゃなきゃ倒せないのに」

え、まじで？

たしかに他の狼に比べるとかなり手応えあると思ったけど、斬れちゃったよ？

ヴェールだけでなく俺も驚いていると、ヴェールが俺の顔をじっと見つめてきた。

「……凄いわ、エイシ。あなたってこんなに強かったのね」

「いやあ、まぐれというかなんというか」

「謙遜《けんそん》しなくてもいいわよ、凄いんだから凄いって言っちゃいなさいよ。……お礼を言わないとね。もしコキュトスウルフに出会ったのが私だったら、きっとやられてた。逃げることすらできずに。エイシがいないままこの討伐やってたら、死んでたわ。命の恩人ね、ありがとう、エイシ」

ヴェールは俺の手を両手でしっかりととり、祈るように礼をする。

やがて顔を上げると、ヴェールは顔を赤くしていた。

「なんだか恥ずかしくなっちゃった。偉そうに先輩ぶってたけど、エイシの方がずっと実力者だったなんて」

「全然！　そんなことないって！　俺はモンスターは倒せたけど、本当に冒険の基礎とか知らないし、町のことも知らないし、色々教えてもらって助かった。ヴェールが背中押してくれなかったらずっとまごまごしてるだけだっただろうし、こっちこそありがとう」

俺はヴェールがした以上に深々と腰から曲げて礼をしかえす。

頭を上げると、ヴェールは驚いたように俺を凝視していた。

どうしよう。見つめられると視線の持って行き方に困るなあ。

それからもヴェールはずっと俺を凝視していて、俺はまったく落ち着かないまま狼退治の報告の続きをしたのだった。

☆

冒険者ギルドに報告すると、建物の内はざわめきで満たされた。

ヴェールが説明し、ウェンディが大きな声で驚き、いやもう本当、注目されなれてないからどうすればいいのか立ち方に困る。

まあ、何はともあれ初依頼は成功し、さらに結構価値のあるらしいコキュトスウルフの牙の宝玉も手に入れられて、万々歳ってとこだな。

全て後処理が終わると、俺は宿屋に戻った。

マリエちゃんにいつもどおりにお帰りなさいと言われると無性にほっとする。いつも頑張ってるなあと頭に手をぽんと乗せて答えると、顔を赤くして固まってしまった。

部屋に戻ると、報酬を確認もせずにベッドにダイブ。

「はー、疲れた。なんか戦うより疲れたよ」

あんなに注目の視線を浴びたり色々言われることには慣れてないんだよなあ。

もっと静かにまったり暮らすために、強い魔物はなるべくもっとひっそり倒すようにしよう。

しかし物や金を手に入れるには、依頼をこなさなきゃいけないわけだし、そういうのが簡単にできるってわかったのはよかった。成長に関してはパラサイト最強なのは変わらないだろうけど、あまり心配せず、やりたいことやっても大丈夫そうだ。

《パラサイト　19↓20》

お、レベル上がった。やっぱりあのコキュトスウルフは経験値多めだったのかな？

《スキル　パラサイト・ゴールド　習得》

しかも新スキルもだ……しかし、このスキル名、もしかして。

俺は解析レンズを使いスキルの詳細を見る。

レンズはあっさり割れたが、しかし、もうそんなことはどうでもよさそうだった。
・《パラサイト・ゴールド》寄生した者が得た金を自分も得ることができる。
依頼でお金稼ぐ必要もなくなったよ！

お金を得ることができるっていうのがどういうことかってのは、翌日の朝にわかった。

「え？　なにこれ？」

寝ぼけ眼をこすりながら目を向けた枕元に、きらきら光るものが――。

「お金じゃないか！　なんでこんなところに！　誰かがくれ――あ、まさか」

寝ぼけた頭が回転しはじめて理解する。

「例の新スキル《パラサイト・ゴールド》だ」

枕元に積まれた貨幣を見て最初は何が起きたのかと思ったけど、これはきっと、昨日一日の間に寄生している人が稼いだお金を得ることができたんだ。

もっと正確に言うと、トリプルパラサイトの力で、寄生相手の稼いだ額の三倍があるのだと。

ということはつまり……おおざっぱに計算すると、三かける三で、他の人の九倍の収入が寝てても入ってくる計算になる。

これもう生活のために依頼とかまったく必要ないですね、はい。

いや本当にこれ凄い。

お金があれば衣食住全部、この異世界ホルムでもなんとかなる。馬車に乗って他の町にも行けるだろうし、やりたくない依頼をお金のためにやる必要もない。

逆にやりたい依頼をやるために、高級で高性能の装備をそろえることもできるし、あるいは毎日だらだらデカダン生活を満喫してても何も問題なし。

この世界での暢気な毎日が約束されたようなものじゃないか。

「枕元においてあるなんて、サンタクロースからのプレゼントみたいだな。ありがとうパラサイトサンタさん」

我ながら酷い命名だと思った。

二章　寄生してレベル上げたんだが、育ちすぎたかもしれない

宿に引きこもってもいいし、町をぷらぷらしてもいいし、森をふらふらしてもいい。思う存分好きにできる。

というわけで、それからは朝夕宿で食事をしつつ、昼は宿にいて、暇つぶしにマリエちゃんの仕事を宿で手伝って談笑したり、宿の親父さんの新作料理の味見をしたり、そんな流れで昼飯も宿で食べるようになったり、より一層外に出る必要がなくなった。三つ子の魂百までである。

そうこうしているうちにもレベルは上がり、お金は貯《た》まり、宿の親父との友好度も上昇していく。

そんなこんなで気がついたら《クアドラプルパラサイト》ってスキルが身についた。

お察しの通り、四人に寄生でき、効果は四倍。

さらに寄生が捗《はかど》ってしまい、さらに引きこもってしまう。

もう馴染《なじ》みすぎて宿の他の客からただいまとか挨拶《あいさつ》されちゃうレベルです。

「でもさすがに飽きてきたな」

と思ったのは、そんな生活がしばらく続いた後だった。

だらだらした生活って、異世界では結構難しい。ＰＣないと間が持たないなあ、実際。

逆に言えばＰＣがあればどれだけ部屋に閉じこもっててもまったく飽きることなく無限に時間つぶせてたから恐ろしい。

あれは人間を堕落させるために悪魔が発明したと言われたら納得してしまうね。

長年続けた習慣は心地いい。とはいえ、そうしなきゃいけない必要もない。枷《かせ》無くやりたいよう

にやれるのだし、腰を伸ばして散歩がてら外に出ることにしようか。

と、その前に。

「色々寄生したし、またステータスを見てみようかな」

《名前》　エイシ＝チョウカイ
《クラス》　パラサイト21　マーシナリー13　魔道師6　剣士7　神官10　狩人《かりゅうど》12　呪術師8　闘士3　鉱員8　シーフ10
《体力》　144
《攻撃力》　120
《防御力》　108
《魔力》　125
《魔法攻撃力》　101
《魔法防御力》　115
《敏捷《びんしょう》》　127
《スキル》　クアドラプルパラサイト　パラサイト・クラス　パラサイト・インフォ　パラサイト・ゴールド　近接武器マスタリ　強撃　魔道具マスタリ　魔法の矢　剣マスタリ　連続剣　ディスペル　弓マスタリ　ブースト　タフネス　祈り（美しい）　ホリ・ジョウズ　腕力アップ　鷹《たか》の目　地形適応：森　地形適応：洞　剣折の呪《しゅ》　泥濘《でいねい》の呪　タフネス　命中補正　マジックブレイド　ハイアタック　ハイアタック　正邪印　マジックアローレイン　鷹の目　見切り……

クラスがガッツリ増えたため、スキルがさらにガッツリと増えている。それぞれのクラスのスキルに加えて複合スキルもあるので、もはや自分でも何が何だかよくわからなくなってきてます、はい。

まあスキルはたくさんあって嬉《うれ》しいのだが、それよりも俺が確認したいのは、能力値の方だった。以前ウェンディに尋ねたところ、あのギルドの一般的な冒険者のステータスは平均120とか130とかそのくらいかなあと言っていた。

つまり今の俺とそう変わらない。

クラスが普通は一つしかないのに能力が高いのは、鍛錬を重ねている分、クラス以外の素の能力が俺よりは上ってことなんだろうけど、それよりも不思議なのは、俺がコキュトスウルフのような強力なモンスターを倒せたことだ。このステータスじゃかなり厳しいと思うし、凄《すご》く硬いというコキュトスウルフを斬れた理由がない。

「一般的な冒険者並の程度のステータスなのになあ」

とステータスを眺めていて、違和感に気付いた。

同じスキルが二つある？

タフネスやハイアタックなど、同名スキルが二つある。気になって詳細を見ると、覚えたクラスが異なっている。別々のクラスで同じスキルを覚える場合があって、それで二つあるようだ。

その瞬間、はっと気付いた。

まさかと思い、俺は能力値に対して解析レンズを使い詳細を見る。

「——そうだったのか」

ハイアタックが常に攻撃力1.4倍。剣マスタリが剣装備時に攻撃力と敏捷1.3倍。近接武器マスタリで近接武器装備時に攻撃力防御力1.2倍。腕力マスタリで常に攻撃力1.2倍。地形適応：森で森にいるときに全ステータスが1.15倍……。

などといったパッシブスキル——条件を満たせば自動で効果を発揮するスキルがあり、これらはその中でも能力値を増す効果がある。

そして、これらは同名のものも含め、全て効果が重複していたのだ。

つまり、俺の攻撃力は基礎の値に1.4×1.4×1.3×1.2×1.2×1.15＝約4倍の補正が常にかかっていた！

さらにアクティブスキル、つまり使った時だけ効果のあるスキルとして俺はブーストで攻撃と敏捷を強化し、強撃で一撃に限り威力を上げた。それぞれ3割アップと3割アップ。

この効果もあわせれば——おそらく、俺はコキュトスウルフに通常の7倍近い威力、攻撃力にして700以上の斬撃を食らわせたということになる。

うん、そりゃ死ぬわ。

ためしに剣を手にとって解析レンズを攻撃力に使ったら、一部スキルが働いてない今でも120（440）って出てる。普通じゃ基礎値しか見えないけど、詳しく見ると補正込みの値が見えるってこと、今知ったよ。

でも、わかった。これだったんだな。

普通この世界の人は一つのクラスしか持っていないらしい。実際、今まで俺が寄生したなかで二つ以上のクラスを持っている人は一人もいない。

その場合はこの手のスキルはたいして重ならない。たとえば剣士なら剣マスタリだけしかない。それにアクティブスキルをかけあわせても、せいぜい二倍もいくかどうかってところだ。

それが、俺の場合だと十個ちかくの能力アップが重なりに重なった。それら全てが乗算でかかっていくため、数が増えると爆発的に効果が増してしまい、本来あり得ない超補正がかかったのだ。1.3倍も十回続ければ1000%以上にもなる。

複利の怖さがよくわかるね、借りたお金はすぐに返さないと。

他の能力値も同じようにガッツリ上昇していたわけだな、どうりで狼《おおかみ》の攻撃もひらひらかわせるし、魔法も一撃必殺だったと。ある意味数の暴力。

倍々ゲームでテンション上がってしまった俺は、自信とやる気が溢《あふ》れるままに、散歩どころか宿を出てダッシュした。

もちろん変な目で見られました、はい。

☆

宿を出た俺はやがて落ち着くと、しばらく露店で食べ歩きなんかをしつつ、遠回りして久々に冒険者ギルドへ向かった。

「あ、エイシさぁん！　どうしたんですか最近全然姿を見せてくれなかったじゃないですかぁ」

俺の姿を認めたウェンディが、カウンターの向こうから両手で手招きをする。

「最近はのんびりしてたんですよ」

「この前の依頼でレアなものを見つけましたもんね。しばらくはお仕事しなくても大丈夫で羨《うらや》ましいです。私もバケーションしたいなぁ」

それが原因で余裕があったわけじゃないんだけどね。

とはいえ羨むウェンディの視線に対しそんなことは言わないけど。

「依頼、ありますか？」

「ええ、もちろん。あの、でも、申し訳ないんですけどまだEランクまでしかご紹介できないのですぅ」

おずおずと言うウェンディに、俺は首を振る。

「当然ですよ、俺はFランクですし。依頼も普通のをこなしただけです。たまたま大物を一匹ものにできたけど、そんなのまぐれかもしれないし、たいしたことじゃないです。ランクをすぐに上げられるはずありません」

「そう言っていただけると助かります。ありがとうございます」

ウェンディは両手を胸の前で合わせ、目を潤ませて頭を下げる。

「でも、たいしたことではありますよ。エイシさんがやっつけてなければ、誰かがあの森で犠牲になってたかもしれませんから。それじゃ、依頼は……これです！」

積まれる書類の束。

俺はそれを順番に見ていく。

どれをやろうかなと思案していると、ウェンディが数枚の紙を抜いて俺の前に示す。

「これがおすすめですよ。難度の割に報酬がいいんです。今度エイシさんが来たらおすすめしようと目をつけてたんですよ」

ウェンディおすすめの依頼は、たしかに報酬は高めのものが多い。

さほど高くないものもあるが、そういうのは依頼を達成するのが容易であるのだろう。

俺は礼を言いつつ、ウェンディおすすめから一つ、それ以外から二つ選んで依頼を受けることにした。

「ポリウ草の採取、穴掘りの手伝い、ピープラビット討伐……最初のはともかく、残りの二つは……ちょっとやめた方がいいですよ」

ウェンディが俺の耳に顔を寄せ、ひそひそ声になる。

「どっちも大変な割に報酬が安くて、長い間やり手が見つかってないんです。そんなのより、もっと割がいいのにした方がいいですって。他の人に遠慮しなくてもいいですよ、この前の功績もあるんですから」

そしてウェンディおすすめの依頼を目の前でひらひらとちらつかせるが、俺は首を振った。

ぶっちゃけてしまえば、《パラサイト・ゴールド》があるから、報酬なんてどうでもいいわけで。このランクなら、はるかにスキルで入ってくる金額の方が多いし、割にあうとかあわないとか大差ない。だったら個人的に興味が湧いた奴をやる方がいい。

「いえ、いいんですよ。僕はあまり気にしないので、報酬の効率とか。もっと必要な人のために残しておいてください。それでは」

俺はさらっと言うと、ウェンディの視線を受けながら冒険者ギルドをあとにした。

・穴掘りの手伝い《ゴミを埋める穴を掘ってくれ》
そして、第一の依頼の場所へときた。

シンプルすぎる依頼に、これは冒険者がやることなのかと疑問を抱きつつ、だが俺はある予感がしていた。

常識的に考えて、こんなしょうもない依頼があるはずない。

ならばこれはゴミ穴と言いつつ実は裏の意図があるのでは？

そして提示されている報酬とは別の素敵なものが裏の報酬として手に入るのでは？

そう考えてこの依頼を受けたのだ。一見みすぼらしいものには裏があると相場が決まっているんだ、俺にはわかる。

「じゃあ、早速穴を掘ってくれ、溜《た》まりに溜まってるんだ。人間が三十人入るくらいの穴は最低でも必要だな」

町外れの荒れ地で依頼人の老爺《ろうや》が俺に言い、シャベルを渡す。

俺はシャベルを受け取り、待つ。

老爺は立ち去っていく。

あれ？　特別な出来事は？

——しかし何も起こらない！

「まじですか。まじで本当に穴掘るだけですか」

……絶対裏があると思ったけどなかった。

相場とかセオリーとかそんなの全然関係ないらしい。世の中は思ったより単純だ。

そうなるとただ面倒くさいだけだが、受けてしまったものはしかたない。

こうなったらさっさと穴を掘って終わらせてしまおう。

シャベルを地面に突き立てて、掘る。

シャベルを地面に突き立てて、掘る。

シャベルを地面に突き立てて。

ガキンッ！

と、急に硬い音を立ててシャベルが止まった。

目を凝らすと、一部土の色が変わっている。硬い土が集中しているらしい。

ちょっとやそっとシャベルを突き立てても、入り込む余地がない。

「これじゃ掘るにも掘れないな、どうするか……」

思えば朝から結構長い時間掘り続けてるな。打つ手を考えがてらちょっと休もうか。

依頼は他にもあるけれど、消化することを焦る必要は今はないことだし。

しばらく休憩している間に、クラスのレベルが立て続けに上がった。

そして新たなるスキルが身についた。

さすがの成長速度。おまけに新スキルもゲット。これは爽快《そうかい》。

「モンスターと戦わなくても、他の人が戦えば俺もレベルが上がるなんて美味《おい》しすぎる話だな。新しいスキルを覚えられるし……あ、もしかしてこれ」

穴を掘るのに今覚えたスキルが使えるんじゃないか？

パラサイト中のクラス《呪術師》のスキル《軟化の呪》。これを掘りたい場所の地面にかけてやると。

「お、成功。効くんだね、物にも」

ものは試しとやってみたが、地面がみるみる柔らかくなっていく。

そこにパラサイトして身につけた別のクラス《鉱員》のスキル《対地特効》を働かせてやると相乗効果で――よし、掘れるぞ。さっきまで鉄みたいだった地面がプリンみたいに柔らかく感じる。

調子がよくなると疲れを忘れるもので、俺は穴を掘りすすめていく。

これも《パラサイト》のいいところだな。普通一人では身につけられないような複数のクラス、複数のスキルを組み合わせて単品を遥《はる》かに超える効果を生み出せる。これをアースプリンコンボと名付けよう。

「ひゃっはー！」

プリンになった地面を全力で掘りまくってるとなんだか楽しくなってきて、どんどんどんどん掘っていく。

そのときだった。

突然、穴の中の地面が隆起した。土が盛り上がり、石が飛び散る。

俺は警戒し、即座にジャンプし穴の縁へと跳び上がる。

「なんだ⁉」

何が起きた、いきなり地面が沸き立つみたいになるなんて。

固唾《かたず》を呑《の》んで見まもる中、穴の中の土はさらにうねり、盛り上がり、形を変える。そして一気に土の柱が伸び上がり。

剥《は》がれ落ちるように砕けた柱の中から、人間が、あらわれた。

「え？　はい？」

な、ななないが起きたんです？

穴掘ってたら人間が出てきたって。

「えええええ⁉」

驚く俺の前にあらわれたそれは、女だった。

丈夫で分厚い生成りの生地のシャツとズボンに、しっかりした造りのブーツ。大きいウェストポーチのような荷物入れ、そして美しい黒髪をくくって一つにまとめている。

そんなまるでジャングルでも探検するかのような格好の、俺より少し年下くらいの女の人が、土の中からあらわれ、そしてぱちりと目を開く。

驚きの声をあげた体勢のまま固まっている俺を見上げる彼女は、丁寧に頭を下げた。

「はじめまして」

「え？　あ、はい。はじめまして」

「私《わたくし》はアリー＝デュオと申します」

そう言って、深々と頭を下げる女——アリー。

いや違うだろ、明らかにおかしいでしょ、なんで土の中から掘り起こされて普通に自己紹介してるのあなたは。

だって土の中から出てきたんだぞ。うん、見間違いじゃなく絶対に出てきた。

その証拠に、服や髪や顔が泥だらけだ。本当にジャングルを数日さまよっていたみたいに。アリーはまったく気にする様子がないけれど。

と、困惑している俺を尻目《しりめ》に頭を上げると、アリーはとんと軽く地面を蹴《け》り、穴の外に出てくる。

目を細めるとゆっくりと口を開き。

「眩《まぶ》しい——いい天気だったんですね」

「あ、はい。そうですね、最近はよく晴れてて暑いですね今も」

「土の中はひんやりしてて涼しいんですよ。どうですか？」

「へえ、それは羨ましいですね」

羨ましいってなんだよ、と思わず自分の台詞《せりふ》に胸の内でツッコミを入れてしまう。

……って、違うだろ！　ツッコミ所はそこじゃなくてさ、なんで初対面で話題がないからとりあえず天気の話しましょうみたいな会話してるんだ俺たちは。

地面から出てきた泥だらけの女の人があらわれたんだぞ、もっと別のふさわしいやりとりがあると思うんだ絶対に――お？

とそのとき、アリーが二、三度瞬きをした。すると身体《からだ》についていた土は全て綺麗《きれい》に剥がれ、泥の汚れ一つない状態になった。まるで土が彼女に従っているかのように。

「この穴はあなたが掘ったのですか？　エイシ様」

そして俺の顔を近くで見ると、微笑《ほほえ》んで尋ねる。

俺は飾り無い屈託のない笑顔に言葉を忘れ、しばらく見入ってしまう。

やがて、はっとして頷《うなず》いた。

「あ、はい。僕が掘りました。……え、どうして僕の名前を？」

「私も冒険者ギルドに行ったことがありますから。そのとき、少しだけですけど拝見いたしました。期待の新人だそうですね」

「え、いや、そんな期待だなんて……」

美人に言われると照れるなあ。って、冒険者ギルド？

「依頼しに冒険者ギルドに行ったんですか？」

「いいえ」

「それじゃあ、冒険者なんですか？　あなたも？」

「はい。お見知りおきを、エイシ様」

「へえー。奇遇です、こんなところで……って、そうだ、質問に答えてませんでしたね。はい、この穴を掘ったのは僕です。ゴミを埋める穴が欲しいっていう依頼を受けて、それで急に土が硬くなったと思ったら、そこからアリーさんが――」

そうだ、なんでこの人は土の中にいたんだ。

呆気《あっけ》にとられて忘れていたが、それを聞かなければ。

「そうそう、なんで土の中に？　というかありえないですよね⁉　地面を掘ってたら女の人が出てくるなんて」

空から女の子が降ってくるって話は俺も見たことも聞いたこともあるけど、地から湧き上がってくるって話は初耳だ。いったい何がどうなっているのか、俺の理解を超えている。

というか、さっきまで地面に埋まってた女の人と話してるってどういう状況なんだ、冷静に話してるけど、冷静に考えるとおかしいぞ。

「ふふ、驚かせてしまいましたか。ごめんなさい」

「いやまあ、驚きましたけど、というか驚かないわけがないですけど」

「でも、私も驚きました。まさかノームの土壁を破れる方がいるなんて」

「ノーム？　それはいったい？」

小さく頷くと、アリーは穴の中に振り返る。

そして手を前へと突き出し、凛々《りり》しい顔つきになっていく。

「穴を掘っている最中にお邪魔してしまったようですね。説明とあわせて、お手伝い致します。

──力を示せ、地霊ノーム！」

覇気のこもった呼び声とともに、光が出現し周囲に浮かぶ。

直後、地面が抉《えぐ》れた。途中まで掘っていた場所をさらに深く、さらに広く、土が隆起し、弾け、塊となって傍らに積み上げられていく。

数瞬の後、そこには立派な大穴があいていた。

「おおー……すごい……」

感嘆の声を上げる俺に、アリーは微笑みを向ける。

「これぐらいでよろしいでしょうか」

「はい！　もちろん十分です。凄いですね、これ。これもスキルですか？」

「ええ。私は精霊の力を借りることができるのです。今は地霊ノーム様のお力を貸して頂きました。大地を操る力です。実は先程も、それをやっていたのです」

先程ってのは——ああ、地面に埋まってたことを言ってるのか。

どうやら土の精霊のスキルを鍛えるために、地面の中で大地を操るとか、大地のエネルギーを感じるとか、そういうことをやっていたようだ。

一部の土が異常なほど硬かったのも、アリーがスキルによって影響を与えた、ノームの力を得た大地だったかららしい。

「大地の精霊の力を使う修行中だったというわけですね」

「はい。私は目標がありまして、そのために今は力をつけているところなんです」

「なるほど。それにしても、自分が埋まる必要はあるんですか？　外から操るだけじゃなくて」

「土の中は静かでひんやりしてて気持ちいいですよ。あと、効率も少しいい気がします」

え、後半がおまけ？

「挑戦しようと思っていることがあって鍛錬しているのですが……あなたに会えてよかったです」

「え？　どういうことですか」

「噂《うわさ》に違わぬお力をお持ちだということが、直に会ってわかりました。——それでは、私は町に戻りますけど、エイシ様はいかがなさいます？」

「あ、僕はまだ依頼があるので、他のも片づけちゃいます」

「そうなんですか。差し支えなければ教えていただいてもよろしいでしょうか」

もちろん困らないので、俺はこれからやろうと思っている依頼を説明する。アリーはふむふむと頷くと、東にある森を指さした。

「ポリウ草でしたら、群生地を知っています」

そう言って、紙を取り出し地図を書いて渡してくれた。なんて親切な人だろう。

地図を受け取ると、俺とアリーはいったん町に戻ることにした。俺も依頼主への報告を森に行く前に済ませようと思ってのことだ。

報告の前に、もう一度立ち去る前に穴を覗《のぞ》く。

と、そのとき俺の目に輝く物が見えた。

なんだ？　あれ？

俺は穴の中に降りて、光っているものを慎重に採掘して全容を掘り起こす。

それは短剣だった。鏡のように磨かれた表面が美しい輝きを放っている。切っ先は丸まっているが、土に埋もれていたとは思えない、尋常じゃない清浄な輝きを放っている。

結構な価値の品のように見える。ラッキー、もらっていこう。

「わあ、よいものを見つけましたね」

「ええ。結構価値がありそうです。アリーさん、どうしましょう。売って代金を分けますか」

「とんでもないです！　それを見つけたのはエイシ様。穴を掘ったのは私ですけど、私は気づいてませんでした。それにここの依頼をうけたのもエイシ様です」

「そうですか？　いいのかなあ」

「いいのですよ」

そう言いつつアリーはナイフを持つ俺の手をじぃっと見つめて、つぶやいた。

「本当にきれいですね」

「あの、やっぱりわけます？」

「いいえ！　いいのです、冒険者に二言はありません。はい、エイシ様しまってください」

アリーはナイフを俺の荷物入れに強引かつ丁寧にしまった。物腰は丁寧だけれど、結構頑固で押しの強いタイプだ。

まあ、そこまで言うならありがたく受けとろう。たしかに俺が見つけなければ、ゴミに埋もれていただろうし、甘えちゃいましょう。

町に戻ると俺達は「また会いましょう」と言って別れた。お互い冒険者ギルドを利用しているなら会うこともあるだろう。

そうして依頼主の元へ行って穴を掘り終えたことを報告する。

あまりにも早いと信じていなかった依頼主のじいさんだが、無理矢理穴の場所まで引っ張っていったら顎《あご》を外しそうなくらいに驚いていた。

何はともあれ、これで依頼は終了。一応短剣のことを話したら、そんなのいらん、わしのもんでもないしゴミと一緒に埋めるかあんたが持っていけと言ったので持っていった。

まあどうせ埋められるならいいよね、俺がもらっても。役得役得。

そうして、精霊使いの女の人と知り合いつつ、穴掘り依頼は終わった。

「――あ。パラサイト、やっときゃよかった」

意外すぎる出現ですっかり忘れていたけど、精霊を使えるスキルなんてかなり欲しい。今度会ったら、忘れず寄生しなければ！

決意し、俺は次の依頼へとゆく。

☆

・ポリウ草の採取《風邪の流行で鼻水、鼻づまり、目のかゆみ、喉《のど》のかゆみに効く薬の元、ポリウ草の在庫が少なくなってきた。集めてきて欲しい》

続いて採取依頼。

この前も採取やろうとしたけど、結局やらなかったからな、冒険者ギルドに来たからには一回はやってみたかったんだ。

ポリウ草はこの前と同じ東の森の、この前とは違う場所に群生しているらしい。その場所に向かって歩いて行くことしばらく、赤い猪が襲いかかってきたが、なんなく倒して進んでいく。

他にも好戦的な鹿が角を突き立てようとしてきたり、巨大な蜂が襲いかかってきたり、三十センチくらいあるヒルの集団がにじり寄ってきたり、なかなかにサバイバルな森だ。ギルドの人達もう少し討伐がんばった方がいいと思います。

そういえばコキュトスウルフの牙の宝玉や短剣など、ちょっと価値のありそうな道具を手に入れたけど、レアアイテムと言えば、パイエンネの迷宮ってものもあるんだよな、このローレルの町には。

中にはいまだ入ってないけど、この森のモンスターは問題なく倒せるようになったし、そろそろ一度入って見てもいいかもしれない。ダンジョンって入ったことないし、中がどうなってるか想像するとワクワクしてくる。

寄生させてもらってる人が大勢入って経験値を稼いでる場所がどうなってるか知らないままってのはなんというか、こう、背中がむずむずするものがあるし、確かめたい。

「後で行ってみてもいいな――ん？」

そうこうしていると、兎が茂みから跳びだしてきた。

ただの兎ではなく、鼻が豚っぽくて、背中には鰭《ひれ》みたいなたてがみのようなものがついている。

これは、ギルドで聞いたピープラビットの特徴と同じだ。

「一石二鳥ってやつか、これが。兎だけに」
・ピープラビット討伐《畑の作物を食い荒らす憎きピープラビットを退治してくれ。奴は一匹で畑を一枚おじゃんにしやがるんだ》
なるほど依頼の通り、今もナスっぽい野菜をかじっている。

前足で野菜を持ってガジガジしてる様子はかわいいが、実態は畑を荒らす害獣、容赦無用。

俺は剣に手をかけ駆け寄っていく。

狼すら凌駕《りようが》したスピード、兎ごときすぐに……⁉

俺は兎に接近することはできた。

できたが、しかし小柄な兎はまるで羽のようにひらひらと俺の剣をかわしていく。さらに時折ばかにしたように後ろ足で蹴っ飛《と》ばしたり、見せつけるように綿のような尻尾《しっぽ》を振ってくる。

くそ、人間様を舐《な》め腐りやがって。

まるでＲＰＧにいる回避率だけやけに高いモンスターみたいなことしてくれる。こういうタイプのモンスターって防御力高い敵よりストレス溜まるんだよね。

「このままじゃ埒《らち》があかないな」

剣を振るのではあたらない。

木や茂みも使うクレバーなこいつを退治するには――逃げ場のない攻撃だ。

クラス・魔道師。

クラス・狩人。

この二つのクラスから生まれたスキル、《マジックアローレイン》。

見せてやる、複合スキルの力。

俺は弓を引き絞るような動作をし、ピープラビットの頭上に向かってスキルを放った。

ピープラビットは何してるんだこいつという小馬鹿にした顔で魔力の矢の行方を見ていたが、次の瞬間慌てて跳ねまわる。

残念無念、もう遅い。

魔力の矢は空中で分裂し、無数の雨となって降り注ぐ。

線や点なら身をかわすことができても、大きな面の攻撃はそうはいかない。

範囲外に逃げようとしたピープラビットだがあと一跳び間に合わず、かの兎は矢に貫かれて目を閉じた。

やれやれ、強敵だった。この前の銀狼より個人の感想では厄介だったぞこいつ。どう考えてもFランク相当の実力じゃ討伐は至難だろう。ウェンディが薦めなかった理由がよくわかった。

『戦闘力が高い』＝『厄介』ではないってことだな、いい勉強になりました。

「いい勉強になったついでにいい食材にもなりそうだ」

今夜はファンタジックに兎肉シチューでも食べようかと期待していると、らせんを描くように伸びる特徴的な植物が遥か遠くに見えた。

「あれがポリウ草だな。便利なもんだ、狩人のスキル」

スキル《鷹の目》、捜し物を見つけやすくなるスキルだ。

ようするに目端が利くってやつで、注意力が増して色々と発見しやすくなるらしい。

木の根を乗り越え邪魔な木の枝を払って進むと、そこは群生地だったらしく、一本だけでなく大量にポリウ草がはえていた。

全部とっては今後が困るだろう。たしか１kg相当くらいあればいいらしいから、色をつけて1.5kgほど採っていけばいいかな。

これにて、依頼はダブル終了だ。

☆

そんなわけで、依頼は全て終了。

久々に活動して疲れたので、報告は明日《あした》にして宿屋に帰る。

宿の親父に獲物の兎を渡して料理をしてもらった熱々の兎肉シチューをゆっくり味わい、俺はぐっすりと深い眠りについた。

翌日報告をすると、ウェンディが早いと驚きつつ報酬を渡してくれた。まあパラサイト・ゴールドに比べるとそこまでではないけど、でもこういうふうに何かを為《な》してお金をもらうのも悪くないな。労働の喜びってやつに目覚めちゃいそうだよ。

まあ元々労働したくないわけじゃないというか、むしろしたくてもできなかったというか。でも楽を覚えると楽な方でいいかなってなるよね、人間だもの。

しかし力が手に入るともっと欲しくなったり、それを試したくなるのも人の性《さが》。今回みたいにやりたいことはやってけばいいさ。やりたくないときは休めばいいさ、という精神だ。

「見事にやってくださったんですね、あまり割に合わないのに」

「ええ。もちろん。なんであれ受けた依頼はきっちりやりますよ。面白そうでしたし」

と素直に言ったら、あれ。

ウェンディがはっとした顔になっている。

「……そうなんですね」

え、何が？

「実力のあるエイシさんはどんな依頼でも十分できるから、率先して他の人のやりたがらない依頼をやってくださったのですね。皆のためを思って苦労をいとわないなんて、なかなかできませんよ。皆我先においしい依頼からやっていくのに。それでいて、私のことも気を遣って、おすすめしたものから一つやってくれるなんて。ありがとうございます、私、なんて言ったらいいのかわかりませんけど、感動しました！」

顔を俺に近づけたまま目をさらに潤ませるウェンディ。

なんかすごい深読みされてるんですけど。

「いや、そういうわけじゃ……」

「皆まで言わないでください。ええ、わかっています。わかっていますよぅ！　そんな風に大げさに言われることじゃないというんですよね、謙遜《けんそん》して。わかります、このことは私だけが真意を胸にとどめておきます。それでは、本当にありがとうございました。これからも私にできる限り、精一杯情報面などでサポートいたしますから！　エイシさんの善意と覚悟に負けないように！」

この受付嬢、明らかに敢為と錯誤をしています。

しかし拳《こぶし》を握りしめ熱く語るウェンディの顔を見た俺は説明を諦《あきら》め、ギルドをあとにした。

思いきりいい方に誤解されてしまっているが、いい方だからいいや。訂正も大変そうだし。

何にせよ他の人達の役に立ったならよし。俺も他の人に助けてもらったしね。

特にヴェールには、騙《だま》されそうなところを助け船出してもらったり、依頼をやる時に背中を押された上に引率もしてもらって、そのおかげでどれくらい強くなったかも、強くなるコツもわかったし。

あらためて考えると世話になってるなあ、なかなか。

「さて、それじゃあそろそろコレクターの家に行きますか」

この町には珍品に目がない貴族がいるらしい。

珍しいものを見つけたら、是非買い取らせてくれと冒険者や冒険者ギルドに日頃から言っているらしく、取引したことのある者も結構いるようだ。

ちょうど俺も珍しそうなものを二つほど持っている。

実用性はあんまりなさそうだし、売ってもいいかもしれない。それに、コレクターなら他にも珍しいものを持っているだろうし、そういうのが見られるなら面白そうだ。

この世界なら凄い特殊なレアアイテムとかあるかもしれないし、弱いんだよねそういうのには。

そして俺は、珍品好きの貴族の家へと向かっていった。

☆

教えてもらった場所に行くと、立派なお屋敷があった。

宿やギルドとは一線を画す大きく綺麗《きれい》な白い家には広い庭もついていて、植え込みはきっちりと手入れされている。

あるところにはあるんだなあ羨ましいと思いつつ、蔦《つた》の意匠が施された門を守っている門番に声をかけた。

「僕は冒険者です。コール＝ウヌスさんに珍しい物を持ってきたのですが、取り次いでいただけますか？」

「コール様はお出かけになられている。出直すんだな」

出鼻をくじかれてしまった。

しかし、いないものはどうしようもない。貴族の仕事ってよくわからないけど、聞く話じゃこの町の行政を担っているらしいし忙しいんだろう。

いつごろ帰るかと聞いたが、門番は知らないと言う。

しかたない、また暇なときに来よう。だいたい暇だし。

引き返そうと振り返った時、身なりのいい中年の男があらわれた。

「おや、お客さんかね」

俺を見て、男が問う。

「客……ということは、コール＝ウヌスさんですか？」

「その通り。やはりわしに用か。約束はなかったはずだが、何かな？」

「僕は冒険者なのですが、コール＝ウヌスさんは珍しいものを集めていて、冒険者から買い取ることも少なくないとうかがいました。そこで、お見せしたいも――」

「おお！　持ってきてくれたか！　最近無くてうずうずしていたんだ！　はっはっは、これは幸運。ちょうど帰ってきたところとは。さあ、上がりなさい」

ちょび髭《ひげ》中年貴族は大きな声で言うと、門へと俺を導く。

と、門番が慌てて道を塞《ふさ》いだ。

「お待ちください、コール様！　この男は口ではそう言っていますが、身分を証明する物は何も出していません。どうか慌てず、しばしお待ちください」

「大丈夫大丈夫、わしは冒険者を見抜く目には自信がある」

厚い胸板を拳で叩《たた》き、コール＝ウヌスは不敵な笑みを浮かべる。

俺はなかなかの貫禄《かんろく》だと思ったのだが、門番は眉《まゆ》をハの字にしていた。

「……ですが先日、行商人が身分を偽って屋敷にあがっていませんでしたか？」

「む？　ふむ、確かにそんなこともあったが、まあ、いいじゃないか。商売熱心だったということだ！　はっはっは！」

……いいのか？

まあ、とりあえず気楽そうな人でほっとした。

厳格だったり偉そうだったり、そういうタイプの貴族だったら神経すり減るよどうしようと内心ちょっとびくびくしてたんだ。

「大丈夫ですよ、門番さん。私、この方の顔に見覚えありますから」

二人のやりとりを見てほっと胸をなで下ろしている俺と門番に声がかけられ、同時に女の人がひょいと間に体を入れた。

「ね、エイシ様」

そして、にこりと微笑む。

俺は一瞬あっけにとられて、はっとして頷いた。

「あ、アリーさん⁉　なんで、ここに？」

そう、そこにいたのは先日土から掘り出したアリーだったのだ。

アリーは悪戯《いたずら》っぽい笑みを浮かべている。

「ふふ、驚きました？　そのお話は中でいたしましょう」

「中で……あ、そうだ」

思い出して、門番に向き直る。

「エイシです。僕の名前は。ギルドカードはこれで――」

身分証に使えるかどうかわからないけれど、とりあえず門番に見せてみると、納得してくれた。

もっとも、俺の前に多分アリーが言った時点でもうオーケーしていた気がするけど。アリーは門番からのオーケーが出ると、再び俺の目を見て言った。

「これで心置きなく入れますね」

「はい、ありがとうございます。ところでどうして、ここに？」

ちらとちょび髭貴族に目を向けるアリー。

「彼、コール＝ウヌスは私の伯父ですから」

「それじゃあ……え、もしかして。貴族なんですか？　あなたも？」

「ええ。貴族としてのアリー＝デュオもあらためてお見知りおきを、エイシ様」

アリーは、優雅な仕草で頭を下げた。

「ほほう、これはなかなか」

屋敷に招かれた俺は、応接室に通された。

どっしりした焦げ茶のテーブルを囲み、質のいいソファに俺とコール、アリーの三人が座っている。

部屋の中には、刀剣や兜《かぶと》、装飾品、不気味な顔の人形、ねじれた花弁を持つ珍しい植物など、色々な品が並べられている。

珍しいもの好きという話に偽りなしみたいだ。

コールが見ているのは、青い宝玉、コキュトスウルフの牙《きば》の宝玉だ。

薄い手袋をつけ、質感も確かめつつ汚さないようにしている。俺なんか思い切り素手で触ってたのに。もう脂とか絶対ついてるよ。

「きれいな青色ですね、これがあの時騒ぎになっていた原因なんですね」

コールの手の中の宝玉を見ていたアリーが、俺に視線を移す。

「騒ぎって言われると照れますけど、そのときです」

「皆さん驚いていましたね、コキュトスウルフを無名のルーキーが倒したって」

「いや、それほどでも。アリーさんのこと気付かないですいませんでした」

俺が申し訳なさそうに言うと、アリーは首を振る。

「お気になさらないで。私もそんなに頻繁に行っているわけではありませんし、あの時はそれどころじゃなかったでしょうし」

申し訳ないのには自分にもである。

先日穴掘りの時は、落ち着いて見ていなかったけれど、あらためて今こうして見ると、こんな人

を見ていなかったなんてもったいないと気付かされた。

アリーは烏《からす》の濡《ぬ》れ羽色《ばいろ》というのだろうか、美しいロングの黒い髪を持っていて、見ているだけではっとするようである。今日はこの前と違い、雅やかなワンピースを着ていて貴族的だ。

そして穏やかな微笑をたたえる顔は、見ているだけで心が落ち着き癒やされる。包容力とか慈愛とかそういうものをひしひし感じられる。

なんならずっと見ていたいような、疲れたときにこの顔を見ればすぐに元気になりそうな、そんな雰囲気をまとっている。

「どうかなさいました。私の顔をじっと見ていますけど」

「いっ、いえ、なんでもないです。あはは。それより、貴族の方が冒険者って少し意外ですね。あまり貴族に詳しいわけでもないですけど、イメージにはありませんでした」

「ふふ、よく言われます。実際に珍しいですよ、私の知り合いの中にもそんな人はほとんどいません」

「その通り！　アリーのように出来た貴族はそういないのだよ！」

大きな声を出したのはコール。

いつの間にやら宝玉をテーブルの布の上に置いている。

「いやはや、見事な玉だ。こういうものが得られるのは冒険者の皆のおかげなのに、そんな素晴らしい冒険者になろうという貴族が少ないのは実にもったいない。うちの息子も、そんな危険なことやるより机に向かう方がいいなどと抜かしおって。まったく、若者のくせに保守的な。アリーが娘ならよかったのになあ」

コールはアリーの頬に手をやり、アリーはその手を両手で取る。

なんて仲睦《なかむつ》まじい伯父と姪《めい》だ、羨ましすぎるぞ。

「伯父様、そんなことを言ってはラング様が悲しみますよ」

「ふん、いいわい。あんな堅物。でもアリーだけでも興味を持ってくれて嬉《うれ》しいよ、わしは。そのおかげでこうしてよく会えもするしな。アリーの元気な顔も見られたし、妹の様子も聞けたし、来てくれてよかった。……おっと、そうだ。宝玉の見積もりができたのだった。それでは、これはこのくらいで買い取らせてもらえないかな」

と言ってコールが出したのは、金貨三枚……って、金貨⁉ 銀貨や光銀貨じゃなくて⁉

まさかモンスター一匹でこんなにもらえると思っていなかった俺は二つ返事でオーケーした。気が変わる前に契約だ。

俺とコレクターは共に満足し、一品目の取引を終えた。

☆

「いや、あれは実に上手いものだ。年甲斐《としがい》もなく見入ってしまったよ」

「ふふ、伯父様ったら小さい子に並んで最前列で見てましたよね。よっぽど面白かったのですね」

「はっはっは、少しばかり恥ずかしいな。でもまるで人形が生きてるようだったじゃないか。昔から芸人を見るのは好きなんだ、貴族に生まれなかったら絶対に芸人にわしはなっていたぞ」

コールとアリーは、先日どこかを観光したときのことを話している。なかなか仲の良さそうな伯父と姪でほほえましい。

一方俺はそれを聞きつつ、玉が売れてホクホク気分で、出されたマドレーヌのような焼き菓子を食べている。噛《か》んだ瞬間じゅわっとしみ出してくるバターは過剰なほどだけど、そこがうまい。油と砂糖は美味《おい》しい、これぞ世界の真理だな。

「おいしいですね、このお菓子。お茶もとてもいい香りで」

「あら、エイシ様もこれ気に入っていただけましたか？　私もなんです。友人は甘すぎるとか油が多すぎるって言うのですけれど、そこがいいんですよね。この町で美味しいのは目抜き通りの……」

アリーも幸せそうにお菓子を口にし、同志が増えて嬉しいのか俺にこのお菓子がおいしい店を教えてくれた。

その横ではコールが短剣の鑑定に入っている。

「ふうむ、美しいな、これは非常に力強い輝きだ。青鋼《せいこう》の類いの輝きか？　しかも魔力を帯びている光だな。先端が丸みを帯びているから、儀式などに使うものだろう、おそらく。これも是非買い取らせてもらおう」

「ありがとうございます」

話のわかる人で助かった。

と思っていると、横から白い手が伸びてきた。

「伯父様、私にも見せていただいても？」

「ああ、もちろん。エイシくん、構わないか？」

もちろんですと答えると、アリーが会釈して短剣を手に取る。

ためつすがめつ眺めるアリーの目は真剣で、様々な角度からじっくり見てからゆるゆると短剣をおろした。この前はあまり詳しく見ていなかったけど、この機会にゆっくり見ようってことかな。

そして、微笑の完全に消えた目でコールを睨《にら》むと、きっぱりと言った。

「伯父様、私これ気に入ってしまいました」

そのきりっとした顔のまま、俺の方に首を回す。

「エイシ様、伯父様の三割増しを出します、私に譲ってくださいませんか」

「そんなに気に入ったんですか。でもこれは、あのとき僕に——」

「ええ。もちろん、そうです。あの状況では私ではなくエイシ様に権利があるという判断が当然です。だからこれはエイシ様のものです。ですがじっくりと見てみたところ、これは青霊鉄《せいれいてつ》でできているようです。非常に固く強い、貴重な品。それに魔力の媒体としても高品質です。あらためて私が欲しいと思ったので、買い取ろうということです」

「いいんですか？」

「もちろんです。あれはあれ、これはこれです」

そこまで言うなら……しかし、いいんだろうか。でも三割増しは心が揺らぐ……ちらりとコールに目を向けると、焦ったようにコールが口を大きく開いた。

「待てアリー！　わしが先に目をつけたんだぞ！」

「ふふ、伯父様。この生き馬の目を抜く世の中、前後など関係ないのです。コインを高く積んだ方が偉いのですよ」

「ああ、アリーがそんな台詞《せりふ》を……。ダメだダメだ、エイシくんもわしに売りたくてきたんだ」

コールも反論する。

これは仁義なき親族の戦いだ。似たもの同士だと似たものを巡って争ってしまうのだな。

正直巻き込まれたくないので、俺は傍観あるのみです。

「伯父様、私来月誕生日です」

「うっ」

アリーがコールのちょび髭顔に視線を注ぐ。コールは言葉に詰まったように汗を拭《ふ》きはじめた。

「伯父様と伯母様の結婚記念日にプレゼントをしたと思うのです、私」

「くっ……」

コールの表情に焦りの色が濃くなる。

アリーはじいっとその目を凝視する。

結構したたかである、おしとやかそうな顔に似合わず。

さすが穴の中から発掘されただけのことはあるな。

「わしの負けだ、アリー。よし！　これはわしが買い取ってプレゼントしよう！」

「えっ？　いえ、そこまでしていただかなくても、買う権利を譲っていただければ私は十分です。そこまでしていただくと申し訳ないですよ」

困ったようなアリーに、しかしコールは断固として首を横に振る。

「いいや、かわいい姪っ子の誕生日にそんなことはできん。誕生日プレゼントなのだ。冒険者としてすくすく成長している記念でもあると思って、遠慮せず受け取るのが伯父孝行というものだぞ」

「コール伯父様……ありがとうございます！」

すがりつくように、コールの腕に笑顔で抱きつくアリー。

それを見るコールの目はでれっでれである。

うわあ、甘いなあ。いくら姪っ子がかわいいと言ってももういい年だろうに、そんなものを買い与えるなんて。

……俺がそういうこと言う資格は一切ないとわかっています、はい。お前こそいい年でこれまで何やってたって話ですね、はい。すいません。

何はともあれ、短剣は売れたし、アリーから短剣のお金をもらわない形になって、俺もすっきり感が増したし、めでたしめでたしかな。

まあ、女の子供がいなくて、息子は自分の好きな冒険には興味なし、と来たらアリー大好きになっちゃうのもわからないでもない。

それにしても羨ましい……あんなにくっついて。


そんなハプニングがありつつも、なんだかんだで俺の二つの宝は無事売れて、金貨六枚を手に入れることができた。

大満足でコールの屋敷をあとにした俺は、門番に挨拶をして門を出る。

「お待ちください、エイシ様」

澄んだ声に足を止め振り返ると、小走りでアリーがやってきた。

「どうしました?」

「これを――お菓子です、宿で召し上がってください」

包みを渡し、俺の手を包むように握る。

「ありがとうございました。あの短剣、大切に使わせていただきますね」

「こちらこそ、――っ!」

アリーの肌の滑らかさに驚いたわけじゃない。

もちろん、それもあるのだけれど、でも、俺が驚いたのは彼女にパラサイトしようとしたからだ。

この前忘れていたパラサイトを思い出し、スキルを使い、《パラサイト・インフォ》の効果で俺は相手のクラスを知ることができた。それが。

《精霊使い38　エンチャンター35》

パラサイトの能力を身につけてから何人にも寄生してきたけれど、初のクラス二つ持ち。しかも、レベルもこれまでで一番高い。これまではレベル20台の人が最高だったから、圧倒的だ。

なんなんだ、この人――。

貴族の道楽かと思ったらとんでもない、今この町にいる冒険者の中で圧倒的に最強じゃないか。

「どうかいたしましたか？」

「あ、いえ、ありがとうございます。あの、いえ、さようなら」

「はい。またお会いするときを楽しみにしています」

動揺を悟られないように、俺は去って行った。

宿へと帰る途中、彼女が何者かで頭はいっぱいだった。

そして宿に帰り、包みを開けると、あのうまい焼き菓子とともに、手紙が入っていた。いや、手紙というほどではない。メモ書きと言った方がいい。

『明後日《あさって》、三の刻《とき》、町の北ゲートで』

三章　迷宮の中で見つけたもの

いったいアリー＝デュオは何の用件があるのか気になるけれど、それは明日《あした》までわからない。尋ねるというのも一つの手だとは思うけれど、わざわざああいう伝え方をしたのは、何かしら意図があるんだろう。そうした方がスムーズに用件を伝えられるとか。

だったら急ぐわけでもないし、流れに乗ればいい。

それに、ちょっと面白そうだしね。ああいう風に果たし状風に約束を伝えられるのって。

実際はそれが何も聞かずアリーの誘いにのる一番の理由だったりする。

というわけで、コール＝ウヌスの屋敷を訪れた翌日である今日は一日フリー。

さて何をしよう、と考えた俺は買い物に出かけることにした。

他の冒険者を見て思ったけど、俺は装備が貧相だ。それに道具なんかもあまり持っていない。これから先どれくらいギルドの活動をやるかはわからないけど、そういうのを補充しておくのは悪い選択じゃないだろう。迷宮に行くことがあればそこでも役立つ。

お金は昨日まとまって入ってきた。スキルでも毎日それなりに入ってくる。遠慮する必要はない。

「あ、あれは――」

冒険者や傭兵《ようへい》など向けの多くの店が軒を連ねる、アイアン・ブロックと呼ばれる区画に行くと、そこでヴェールの姿を目にした。

「ヴェール！」

「あ、エイシ。調子はどう？」

ヴェールは俺に気付くと、フレンドリーに返事をする。

「なかなかいい感じだよ。結構サクサクこなせてる」

「やるじゃない。まあエイシの実力なら当然かしら」

そう言われると照れるぜ。と、そうだ。

「ヴェールは？　依頼とか結構やってるんだよね。多分、俺より高ランク依頼を」

「まあね。一応Dランクだし。戦闘力はエイシの方が上だけど。今日もこれから依頼よ」

「やっぱり難しいやつ？」

「んー、難しいかって言われると難しいわね。簡単な部分と難しい部分、両方あるって感じの依頼ね。私向きとも言うかな」

「気になるな……ちょっと俺も手伝わせて欲しいかなあって思うんだけど。あ、分け前はいいよ、好奇心で言ってるだけだからさ」

ヴェールは俺の体をしばらく見て、頷《うなず》いた。

「じゃあ、頼んじゃおうかな。たしかに人手も欲しいのよね。ついてきて」


そうして俺はヴェールの仕事についていったのだが――。

「いらしてくださったんですね。よろしくお願いします。あら、あなたは」

「アリーさん？」

目的の場所はコールの屋敷の裏にある倉庫で、その前でアリーが待っていたのだ。

意外なところで顔を合わせ、しばし固まっている俺たち二人をヴェールが見比べる。

「へえ、二人とも知り合いなんだ。じゃあ紹介の必要がなくて楽ね。よろしく、依頼人さん」

「はい、よろしくお願いいたします。お互い冒険者ギルドの者同士というのは少しおかしいですが……ふふ」

アリーは笑いながら、倉庫の中に俺たちを案内した。

そこには棚や箱や籠《かご》がたくさんあり、武器防具道具が大量においてある。

ここに来るまでに説明を受け、アリーからも説明を受けたが、これらを整理して欲しいというのが依頼だ。

色々な手段で集めた物だが、倉庫が相当圧迫されてきたためいい加減整理したいということらしい。しかし数が多く相当大変で、何より貴重な物と無価値なものが混在している事情がある。

最後は本職の鑑定人に見てもらい扱いを決めるつもりらしいのだが、その前にある程度整理しておかなければならないということで、それをやりつつ――。

「私が前鑑定を軽くしておくってわけ。結構こすい奴もいるからねー。嘘をついて安く買い取ろうとする商人なんかがさ。だからそういうのと関わりが薄そうで、かつ力仕事もできる人ってことで、私に依頼の白羽の矢が立ったってわけ」

「なるほど。そういう風に指定されることもあるんだ」

「ええ。ウェンディに紹介されたわ。こういう条件付きは基本報酬がいいから、受けて損は無し。色々な武器を見られるのも悪くないしね。じゃ、やりますか」

そうして俺たちは倉庫整理と鑑定を始めた。

鑑定はヴェールに任せ、俺とアリーは倉庫の整理に専念する。

薄暗い倉庫の中は古い木の匂いと、かすかな黴《かび》と油の匂いが漂っている。

その匂いの中、ガシャガシャと硬い物どうしがぶつかる音が響きわたる。

俺たちは地道に作業をしていた。武器は軽いようで、ずっと運搬していると地味にきいてくる、絶妙な重量だ。

「アリーさんと一緒にこんなことをするとは思ってませんでした。驚きです」

「私《わたくし》もです、エイシ様。不思議なご縁がありますね。量は結構ありますけれど、大丈夫ですか？」

気遣う言葉が身にしみる。

大丈夫、俺はこう見えて今は結構体力あるから。

「全然平気ですよ。アリーさんこそ、魔法使いっぽいタイプですけど」

「お気遣いありがとうございます。でも、大丈夫。魔道師でも色々なところへ冒険するなら最低限の体力は必須《ひっす》ですから。結構鍛えているんです」

腕まくりをして、イメージより引き締まった腕を見せるアリー。筋肉は結構あるみたいだ。でも肌はすべすべしてそうである。確かめる度胸やスキルはないけれど。

「色々なところに行ってるんですか。ここにずっといるわけじゃなくて？」

「ええ。今は伯父の家にいますが、家は別の町です」

「へえ、そうなんですか。しかし色々な武器がありますね」

俺は相づちを打ちながら、きょろきょろと周囲を見回す。

「倉庫にはそこまで貴重なものは多分ないはずですけど、でもわかりません。多すぎて把握できてないんですよね」

「じゃあ、ひょっこり名刀が見つかったりも」

「はい、ありえます」

「コールさんは結構そういうのもコレクションではもってるんですか？」

少し考え、思い出すようにしてアリーは頷く。

「名剣や、高名な魔女が使っていたと言われている杖《つえ》などもあります。でも秘宝と呼ばれるものはさすがにありませんけども」

「秘宝？」

俺が疑問を浮かべると、離れたところでじっと鑑定しているヴェールが声を飛ばしてきた。

「秘宝っていうのは、特別な力を持った道具のことよ。誰がどう作ったかわからない、人智を超えた力を持った道具。もちろんすっごく貴重よ」

「へえ、そんなものが」

俺が頷くと、アリーが続ける。

「ええ。たとえば武器なら、宝刀クトネや魔槍《まそう》ブラッディリコリスというものがあります」

「やっぱり凄《すご》く強力な武器なんですか」

「強力なだけじゃないらしいですよ。たとえばブラッディリコリスはいわく付きでして、持ち主から精気を奪い自らの輝きを増すとか、手にしたものは不幸になり財を失い家も崩れ去り没落するとか、手にしたものは自らの槍《やり》に貫かれ命を落とすとか、不幸なエピソードが色々と」

なるほど、まさに魔槍。負の伝説になっているというわけか。

「いいですよねえ。手にとって振り回してみたいです」

だがアリーは、むしろその槍に憧《あこが》れるような表情でそんなことを言った。

「え。本気ですか。不幸になるんですよ？」

「そこがいいんじゃないですか。持ち主に不運をもたらす宝。ロマンがあると思いません？　持って乗ったら船が沈みそうで、わくわくするじゃないですか」

怖い物知らずのお嬢様である。

……と言いつつも、俺もちょっとはわかる、その気持ち。

呪われた宝っていう響きが気になってくる感じ、あるある。

たしかにと俺が頷くと、アリーは嬉《うれ》しそうに「ですよね、エイシ様にもわかっていただけて嬉しいです」と言い、さらに続ける。

ちなみにヴェールは鑑定しつつこちらへ呆《あき》れた目を向けている。

「他にも、キノコを食べたら毒キノコだったという不幸に見舞われるかもしれませんしね！」

「それは特にロマン感じないです」

「ええっ⁉」

裏切られた表情になるアリー。スケールが変わりすぎだと思います。

ともあれそんな武器トークをしつつ、俺たちは倉庫整理を続けていった。


「よし、終わり！　ありがと、二人とも」

「こちらこそ、ありがとうございますヴェール様」

「ふー、結構疲れるねえ」

しばらく黙々と作業をして、結構な時間がかかったが仕事は終わり、今や倉庫の中はお疲れ様ムードに包まれていた。

「こちらにあるのが、高価なものですね」

紙を貼り付けた箱に、武器や道具などが入れてある。倉庫にはたくさんの物があったが、価値ある物は結構少なく、大きめの箱一つにおさまるほどだった。

アリーはその箱から一つ杖を取り出し、手に取って見ている。

「ええ。それなりに自信はあるわ。多分本職が見ても変更はないと思うわよ」

「助かります。ありがとうございました、報酬はギルドで受け取ってください」

丁寧に礼をするアリーの背後に、たくさん武器が並んでいるのを見て思い出した。

装備を買おうと思って外出したことにくわえ、コキュトスウルフとの戦いで剣がずたぼろになってしまっていることを。俺とモンスターの力に耐えきれなかったらしい。

「どうしたの、エイシ。やけに神妙な顔つきで武器を眺めてるけど」

「うん、新しい武器が欲しいなあと思って。まともなのがないんだよね」

「なるほど、たしかに実力に見合った物が必要ね。いいわ、手伝ってくれたお礼に私が見繕ってあげる！」

ヴェールは張り切って倉庫の扉を開き、アリーが小さく手を振り見送り、俺たちは倉庫を離れてアイアン・ブロックへと再び向かったのだった。


一緒に買い物をすることになった俺たちは、アイアン・ブロックの武器屋へと向かった。

ヴェールが一押しの武器屋を紹介してくれたので、そこに並んで入る。

「そうそう、今日の依頼主のコール＝ウヌスっていう貴族だけど、本当に気前よかったよ。昨日会ったんだけどさ。ヴェールも知ってるんだよね、珍品を買い取ってくれる話」

「もちろん。私も依頼だけじゃなく、一回買い取ってもらったけど美味《おい》しかったわ」

「でもちょっと心配になるよ、あんなに気前よく冒険者が取ってきたものに値段つけてたら、自分のお金がなくなるんじゃないかって。かなりたくさん物が置いてあったし」

「あはは、まあ大丈夫じゃない？　まだまだ持ってそうだし、そんなに頻繁にお眼鏡にかなう物を見つけられるわけじゃないしね。それに、お金を渡すのも目的だって話を聞いたことがあるわ。自分が貯《た》め込んでいるより、金離れのいい冒険者に渡せばこの町で金を落とす。そうすれば冒険者以外も潤うことになる。自分は珍品が得られ、冒険者は必要なものが得られ、店屋は金を得て、皆が得する。やがて巡り巡って町全体が豊かになるって」

ただの気のいいおっさんかと思いきや、結構考えてるらしい。

人の良さそうな顔してたけど、本当に人間の出来てる人だった。

じゃあ、俺もそれに協力させてもらいますか。

狙いどおり、取引したお金で商品を買おうではないかと、俺は道具を見繕う。

武器防具屋の中には、剣や槍、弓や斧《おの》、兜《かぶと》や盾にローブなど、色々な装備品が所狭しと並んでいて、壮観だ。

これだけ武器が並んでいる光景なんて見たことないからなあ。

さてさて、色々あるけれど何を買おうか。

今までの戦闘スタイルからすると、基本は物理攻撃重視のスピードタイプって感じでやりつつ、魔法もちょくちょく使ってる。

クラス的には剣士と狩人《かりゅうど》があるから剣と弓が多分いいだろうが、魔法で遠距離攻撃ができるから、弓だとかぶるかな。

そうすると剣が一番現状ではあってそうだ。

そういうわけで俺は剣のコーナーを集中的に見ることにした。

太くて重い剣、鍔《つば》が凝ってるもの、刀身が鮮やかな緋色《ひいろ》の剣、いかにも剣って感じのオーソドックスな剣。

色々と手にとってみるが、いまいち質がよくわからない。重かったり大きかったりで扱い辛《づら》いとか、魔力を感じるとかその程度はわかるのだが。

剣の刃の質がいい悪いはなかなか難しい。値段が高いのを買えばとりあえずいいんだろうか。

「ふうん、エイシは剣が好み？」

とそのとき、ヴェールが俺の持っている剣を横で眺めて言った。

「うん、一番あってるかなと。でも色々あって迷うね」

「少なくとも今持ってるのはだめだめ、全然造りが甘いわ、違うのにした方がいいわよ」

「あ、そっか。ヴェール詳しいんだよね、さっき色々鑑定してたくらいだし。……でもなんで冒険者が詳しいの？」

俺の言葉に、ヴェールはじと目で睨《にら》んでくる。

そして指を俺の鼻の前でふりながら言う。

「私、元鍛冶屋《かじや》なのよ」

「え？　鍛冶屋？　冒険者じゃなかったんだ」

「冒険者は冒険者だけど、昔は鍛冶屋やってたのよ。素材を自分で採りたくなって、ついでに冒険者ギルドの依頼も受けて二重に稼ごうとしてたら、むしろこっちにはまっちゃった。今じゃもっぱら冒険者。でも知識はまだまだ衰えてないつもりよ」

「へえ。そういえば職業って、クラスとは別なんだよね。似てるけど」

「もちろん。クラスはクラスで、仕事とは別。クラスはその人の才能みたいなもんだからね。たとえば魔道具屋には魔道師のクラスの人とかいるけど、職業は当然魔道具屋。仕事もクラスを生かすことが多いけど、イコールじゃないってことね」

なるほど、クラスは資格みたいな感じか。

あると役立つけど、実際の仕事はまた別と。別に才能と違うことやったっていいわけだしな。

「ところでエイシは？　冒険者やる前に何かやってた？　それか、やりながら何かやってる？」

「え、俺、俺は……前はまあ、ニートです、はい。ごめんなさい」

「ニート？　聞いたことないわね、そんな職業。どんなことする人なの？　エイシの地元独特の職業？」

「え？　それはその……あの……」

言い辛い。

さすがに自分でニートの説明はしたくない。

世間体悪いし、俺だって言いたくないし。

じゃあニートって言わなくてもいいじゃないかと思うけど、でもどうせこの世界の人なら言っても分からないかと思って言ってしまった。

知らなかったら聞いてくるだろうと言うところまで予測して会話ができない俺ってダメだな。でも数年間どのコミュニティにも属してなかったし、会話なんてほぼすることなかったし、会話下手になってもしかたないだろ悪いか。

なんて逆ギレしてもしかたない、なんて説明しよう。

と考え込みもごもご言ってる俺を察したのか、ヴェールは矛を収めた。

「あ、いいのいいの、言いたくないなら別に。無理に聞きだそうってことじゃないわ。まあ冒険者ギルドって結構いろんな人がいるからね。誰でも実力さえあればやっていけるから。やる気があれば十分よね」

ふう、助かった。

でも人に言えないようなことしてたって思われるのもあんまりよくないような気がする。これがニートの背負った十字架なのか、辛い世の中だ。

「ともかく、そういうわけだから、アドバイスはできると思うわよ。自分の力も大事だけど、装備も大事だからね。人間がモンスターと違うところはそこだしね」

早速、扱いやすい剣で良さそうなのはないか聞いてみる。

ヴェールは色々見繕いつつ武器について解説をしてくれた。

それによると、この世界の武器は単純に攻撃するだけでなく、魔力を高めたり、敏捷《びんしょう》や魔法防御のような能力を高める特殊効果や、装備すると特定のスキルと同じような効果が発生する魔力のこもったものなど、色々あるらしい。

しかし特殊な武器はやっぱりレアらしく、普通の武器屋なんかじゃそうそう売ってないそうだ。

二人で色々と見た結果、俺は軽くて魔力も含んでいるという黒銀の剣を購入した。俺の注文を満たすこの武具屋にある商品では、トップクラスに切れ味も耐久性もいいものだというヴェールのお墨付き。武器はいくら攻撃力に優れていても丈夫じゃないとダメだ、というのがヴェールの一番の信条らしい。

その次は防具だが、耐えるより回避していくスタイルなら並の鎧《よろい》や兜よりは回避を高める魔法が込められている装飾品がおすすめというので護符を購入。それにガチガチに防具を固めると魔法の発動が阻害されてしまうらしいので、魔法も使う俺にとってはうまくない。

また靴や服は戦闘というよりは森やダンジョンなどの探索に耐えられる丈夫なものを購入した。普段着がすぐにぼろぼろになっても困るしね。

それからロープやランプや携帯食料、それに傷薬や体力回復薬、魔力回復薬など、冒険者生活に必要な諸々のものを購入した。

一気に買って一気にすっからかん……とまではいかないがかなり減ったな。金貨六枚弱使ってしまったから、昨日の貴族との取引利益はほとんど吹き飛んでしまった。

特に薬。傷をすぐに癒やす薬は魔法の力が込められていて値が張る。

でも得た利益で未来のさらなる利益のための投資をするのは正しい使い方だと思う。それにまた明日の朝になれば《パラサイト・ゴールド》でお金が入ってくるし。

その《パラサイト・ゴールド》だが、調整したら得たお金を枕元じゃなくてスペースバッグの中に入れることができるようになった。

起きたら枕元にむき出しでお金がおいてあるっていうのにちょっと抵抗あったけど、これで安心。

またスペースバッグのスペースだが、これは手に入れた頃よりかなり増えている。

どうやら俺の能力値と連動しているようだ。

多分魔力か魔法攻撃力かだと思うけれど、それが増えるほどに入れられる容量や質量も増している。今じゃ本当に便利な逸品だ。

「ふう、結構買ったわね。気前いいじゃない」

道具屋からでた通りの上で、清々しい表情でヴェールが空を見上げた。

俺もつられるように浮き雲を見上げる。

「ヴェール様様だよ、ありがとう。武器を見てくれたこともだし、道具を買ったときも安くて質のいい店教えてくれて助かった。何より、どういうものがどういうときに必要になるかってわかったしね」

「ふふふ、これでエイシが冒険者ランクあがったときに、私が育てたって言えるわね。もっとアドバイスしてもいいのよ、この私が」

親指で自分の胸を指すヴェールは冗談めかしているけれど、実際かなり世話になってるよなあ。冒険者関係のことじゃ頭が上がらないね本当に。マーシナリーのクラスと経験値もヴェールからもらったし。

「うん、ありがとう」

「まかせなさい！　……あのさ、本当に私に頼っていいからね？　力じゃ勝てなくても、色々教えられることはあるし、一緒に冒険者ギルドの依頼をやってもいいし。というか、冒険者ギルド関係なくあっても、今日みたいに買い物するとか、そういうのも悪くないというか、ええと、そういうことだから！」

珍しいな、ヴェールがはっきりしない口調だなんて。

「そうだね、俺もいつも依頼やってるわけじゃないし、今日も一人で買い物するよりいいものを楽しく買えたし、こういうのもいいね」

「そうよね！　うん！」

ヴェールは花が咲いたような笑顔で大きく頷いた。

そして俺の肩にそっと手を置く。

「いつでも言ってよ、いつでもつきあうからさ。いつでもよ。あ、そうね、いつでも言うためには場所を知らないとダメよね、私の家は――」

町の地図に◯をつけて、俺によこす。俺も自分の泊まってる宿の位置をヴェールに教えた。

「これでわかりにくかったら、冒険者ギルドにいけばちょくちょく私はいるから。ウェンディに案内させてもいいわよ。サボる口実ができたって喜ぶから」

「あはは、ウェンディさんが聞いたら怒るよ」

「ふふっ」軽く笑ったヴェールは、少し真面目な目をして口を開く。「こういうことでも力になるけど、でも、実力でもエイシに負けないようになりたいと思ってる。勝てなくても、ついていくくらいのことができるように。鍛えるから、見てなさいよ」

「ヴェール——うん、もちろん」

互いの拳《こぶし》を合わせ、俺はヴェールと別れて宿に戻った。

準備は完璧《かんぺき》。

依頼でもダンジョンでもいつでもどんと来い。

☆

そして翌日の午前、探索に必要なものを整理し、待ち合わせの北ゲートへと向かった。

貴族の冒険者アリー＝デュオの用件とはなんなのか。

何もなければデートの誘いかと期待するところだが、彼女のクラスとレベルを見てしまったせいで、何か裏があるのかもと勘ぐってしまう。というか絶対ある。俺にそんなおいしい話が来るはずない。

でも、そうだとしたら何があるのかという好奇心が今度は出てくるわけで。

さてさていったい、トップクラスの冒険者が俺と何をしようっていうのか。

そんな思いを抱きながらローレル北ゲートのところまで歩いて行くと、ちょうど三の刻《とき》を告げる鐘が鳴った。

すると、ゲートの柱の裏から人影が姿を現し、こちらをうかがい。

「よかった、いらしてくださったんですね」

やはりアリー＝デュオだ。

「もちろん、来ますよ。今日は最初に会ったときみたいなスタイルなんですね」

アリーの装いはおとといと全く違う。おとといは雅やかなワンピースを着ていて、いかにも貴族のお嬢様だと思ったんだけど、今日の彼女は冒険者だ。

丈夫で分厚い生成りの生地のシャツとズボンに、しっかりした造りのブーツ。大きいウェストポーチのような荷物入れ、そして昨日はおろしていた美しい黒髪は、括《くく》って一つにまとめている。

以前、地面の中で修行らしいことをしていたときと同じ格好。

「おとといはデュオ家のアリー。今日は冒険者のアリー、ということです」

「ということは、僕を呼んだのは――」

「はい。冒険者のエイシ様とご一緒したいと思いまして。攻略するならこの方と一緒に行くべきだと思ったのです」

「攻略？　冒険者ギルドの依頼とかではなく？」

アリーは頷き、ゲートの外側に振り返った。

その視線は、俺も以前行ったことのある場所へと向いている。

「迷宮――」

「そうです。パイエンネの迷宮、この町の北東に位置する謎の多い迷宮です。なぜ存在するか、いつから存在するかは未だ定かではないが、しかしその奥には間違いなく未知の世界が広がっている――ワクワクしますよね」

アリーの声は弾んでいる。

さすが貴族でありながら冒険者をやっているだけあって、こういうものが本当に好きらしい。

「伯父がいるのでこの町には何度も来たことがあるのですが、まだあの迷宮の深層には行けたことがないんです。しかし、私も修行しました、色々なところで――土の中でも。そして今ではある程度の力がついてきたと思います。この機に深層の世界に足を踏み入れたいと考えていました。そのためにどなたかと力を合わせられればと思っていたのですが、深層に耐えられそうな力量を持つ方が見つからず困っていたのです」

アリーは一気に喋《しゃべ》ると、そこで一拍おいて、俺の目を真《ま》っ直《す》ぐに見つめた。

えーと、これはつまり。

「もしかして、僕がお眼鏡に――」

「はい。そんなとき、エイシ様のことを、冒険者ギルドの新星のことを知りました。いずれ冒険者ギルドに行ってお話ししたいと思っていたのですが、驚いたことに三度も会ったというわけです。そしたらもう、私、いてもたってもいられなくなってしまいました」

アリーは楽しそうに肩を揺らして笑う。

なんだか昨日よりだいぶテンションが高い気がする。そんなに迷宮に行くのが楽しみなのかねえ。

迷宮か。

考えてみれば、このローレルの町に来てすぐに迷宮の入り口まで行ったんだよなあ。でも今まで一度も中に入ったことはない。中に入った人の経験値をもらうばかりだ。

前々から思っていた、あの中って、何があるんだろうと。そのうち自分の目で確かめてみたいと。

この前の依頼の時もそう思ったし、狙ったようなタイミング、これは行けという啓示に違いない。

うん、ちょうどいいな。今の俺なら初日とは違って、それなりに進めるはずという実績もある。

俺は、はっきりと首を縦に振った。

「行きましょう。実は僕あの迷宮に入ったことないんです。だから中に何があるか、結構興味あります」

「本当ですか！　ありがとうございます！」

アリーは俺の両手をとって礼をする。これはおとといと同じような所作で。

「僕の方こそ、心強いです。……ところで、なんでああいう紙を渡したんですか？」

「ああいう紙？」

「おととい僕に渡してくれたものですけど、この場所を知らせるだけじゃなくて、迷宮に行こうってことも書いてもいいし、それに今アリーさんが話した内容をあの場で話してくれてもよかったんじゃ？」

「ああ、それは」

アリーはいたずらっぽい目で俺を見て、迷宮への道を軽やかに歩き出した。

「わくわくするじゃないですか、ああいうやり方の方が」

それからしばらくして、俺たちはパイエンネの迷宮入り口に到達した。

俺たちの前の方に一人冒険者の姿があったが、彼は躊躇《ちゅうちょ》なく地面に空いた大穴へと吸い込まれるように入っていった。

俺とアリーも互いに頷きあい、中に入った。

迷宮は、人工的な洞窟《どうくつ》のような場所だった。

土や岩で形作られているのだけれど、壁や地面が滑らかに平坦《へいたん》であったり、横穴が直角に曲がったりと、自然の洞窟とは明らかに異なる。

洞窟なのに中は明るい。壁や地面全てが薄く発光しているような感じがしていて、ある程度先を見ることもできる。

ダンジョンの中にはこのように、魔元素の影響で明るくなっているようなものもあるということだ。だがそういうダンジョンでもダークゾーンが存在する場合があるので油断していると痛い目にあうとはアリーの弁。

魔元素というのは、魔法やスキルなどの特殊な力の源で、ダンジョンにはこれが豊富にあるらしい。当然このパイエンネの迷宮にも。

大きく広いものや小さく狭いもの、曲がったり、枝分かれしたり、下り坂や上り坂、そんな色々な通路状の横穴が重なり合って迷宮は構成されている。

俺たちはそんなところを、曲がったり、下ったり、横に広がったりしながら進んでいる。

「いいですね、こういうの。歩いてるだけで気分が高まりますよね」

俺は周囲に視線を巡らせながらアリーに話しかける。

アリーはポニーテールを揺らして振り向き、大きく頷いた。

「そうそう、そうなんですよ。これが冒険の醍醐《だいご》味の一つですよね。町の中にいたのでは絶対見られない光景です」

本当にその通りだな。

出不精でも、いざ出ると結構楽しかったりするんだよな。

でもそれがわかってても一回家にこもると出るのが面倒になるんだから人間って不思議なものだ。

……人間じゃなくて俺だけ？

「あ」

とそのとき姿を現したものに、俺は足を止めた。

ついに来た。モンスターだ。

「モンスターが来ましたね。あれはインプです」

やってきたのは、巻き角をはやした手足の細長い小鬼達。

キィキィ囃《はや》すような鳴き声を上げながら、広い通路を三匹が俺たちの元へ近づいてくる。

俺は腰の鞘《さや》から剣を抜き、一歩前に出る。

縦に構えると、インプ達が視線を俺に集中させた。

「インプか……ここは、僕がやります」

新調した装備の力を試したい。

どんな重さか切れ味か感覚か……いくぞ。

俺が地面を蹴《け》りインプ達の群れに突っ込んでいくと、インプは慌てたように長い足をしならせてジャンプして散る。

俺は一匹に目をつけ、追いつき剣を鋭く振り抜く。

黒い刃が閃《ひらめ》くと、実にあっさりと、腕ごとインプの体は両断された。

でも俺の手にはごく軽い手応えしか感じられなかった。それほど、この黒銀の剣の切れ味が鋭いってことか。いいね、いいね。

「――気付いてるんだよっ！」

残りのインプが魔法の矢を放ってきていた。

こいつも魔法を使うモンスターらしい、しかし矢の軌跡ははっきりと見えていたので、俺は体を軽くひねって回避する。

そしてお返しとばかりこちらも魔法の矢を使い、眉間《みけん》を打ち抜く。

これで残りはあと一匹。

最後はサービスに《ブースト》を使いさらに加速、インプは慌てた様子で矢を放ってくるが、剣で打ち払って正面突破し、勢いのまま胸を貫いた。

短いうめき声をあげて、インプは崩れるように倒れる。

周囲を見渡し、全員が倒れていることをあらためて確認。

よし、片付いたな。

剣の切れ味も魔法の威力も前より出ていることが確認できた。

奮発してこの剣買った甲斐《かい》があったなあ。それに、ここの迷宮のモンスター相手に十分すぎるくらい余力を持って戦えることがわかったのも収獲だ。

迷宮攻略、やっていきましょう。

☆

「噂《うわさ》に違《たが》わぬ鋭さですね」

迷宮のモンスター達を倒し、一息ついた俺にアリーが言う。

俺は黒銀の剣を鞘に収めながら答える。

「それはもう、新品の剣ですからね」

言いながら腰をアリーの方にひねると、アリーが胸の前で手を組み、くすりと笑った。

続いてインプの死体へ近づいていく。

「このモンスターは、何かいい素材とか取れるんですか」

「ええ。彼らは角に魔力を溜《た》めているので、角に価値があります。他の部分はあまり使い道はないようです」

「へえ、この巻き角が」

アリーは腰の荷物袋から丈夫そうなナイフを取り出し、手際よく角を削り切っていく。俺も他のインプの角を切っていると、アリーが角をスペースバッグの中に入れていっているのを見た。

アリーも持ってるんだ、それなら隠す必要もないなと俺も自分のバッグに角を入れることにした。

ナイフを携帯しているのは、すぐに使えるようにってことだろう。俺が剣をバッグに入れずに腰に差しているように。

「エイシ様、剣と魔法どちらも使えるのですね」

「あ、はい。まあそれなりに」

「両方できる人というのは珍しいです。初めて会ったときも、ノームの力が込められていた大地を掘っていましたが、何か特殊な力が作用したことが土から伝わってきましたし、複数のことをかなり鍛えていると見受けました」

「ええ、そんなところです」

パラサイトのことは明かさないつもりだから天然の複数クラス持ちと思われるんだろうけど、アリーもそうだから、不自然ではないはず。

「やはり私の目は間違っていませんでした。器用貧乏ではなくどれも実用レベルに至っている方はそうそういません。ご一緒できて嬉しいです、頼りにさせていただきますね」

実際に嬉しそうに微笑《ほほえ》むアリー。

珍しい冒険者を見つけてレアアイテムを見つけたような気分なのかもしれない。いずれにせよこう言われると悪い気はしないな、そこそこ頑張ろう。

すぐにインプの角の回収は終わった。

「終わりましたね。それでは先に進みましょう、アリーさん」

「エイシ様、ここではそのように話さなくても結構ですよ」

「どういうことですか?」

歩きかけた足を戻しアリーの方を向くと、アリーはナイフとインプの角の一本を天井に向けている。

「私たちは冒険者です。肩を並べて迷宮を進む。ですから冒険者らしく、気をつかわないで話してくださって結構ですよ。つまり、普段どおりの砕けた話し方で話しましょう」

ああ、なるほど。そういうことか。

アリーが冒険者好きってことはなんとなくわかってきたけど、そういうところもこだわり派なのね。俺としては特に断る理由もない、そっちの方が楽だし、それに意思疎通がスムーズな方が実用性もあるしね。

「わかった。俺はそっちの方が歓迎。じゃあ、これからはこういう感じで話すけど、いい? アリー」

「ええ。そちらの方が私も好きです。ありがとうございます、エイシ様」

アリーは満足げに口角をあげると、ナイフと角をしまった。

……って、なんか違わないか。

「あのさ、アリー。アリーの口調が変わってない気がするんだけど。普段どおり砕けた感じで話すんじゃなかったっけ」

「ええ。ですから普段どおりです。私はいつもこのような口調で話していますから、これが一番楽なんです」

なるほどアリーは相手の立場にかかわらず丁寧な口調が常だと。

一番自然で砕けた話し方がこれなのね。

「あ、ですがエイシ様が言葉遣いが釣り合わなくて気持ちが悪いのでしたら、私もあわせますよ。慣れちゃいないけど、これまでの冒険者としての経験でそういう話し方も覚えたぜ！」

アリーは爽《さわ》やかに笑ってサムズアップする。

何か微妙にずれてるよアリーさん！

「いや、アリーはいつもどおりの方が似合ってるかな、うん」

「そうかい？　結構自信あるんだぜ」

「絶対、ない」

「そんなあ。エイシ様って結構容赦ないですね」

ちょっぴりふてくされたような表情を見せるアリーだが、すぐにふっと表情を緩めると、肩の力を抜いて微笑んだ。

「でも、エイシ様の言うとおりですね。やはり普段どおりが一番合っています。お互いに。それではあらためまして、よろしくお願いいたします、エイシ様」

「うん、アリー、よろしく。じゃあ、先に進もう」


俺たちは迷宮パイエンネを進んでいく。

最初はなかなか出なかったモンスターだが、奥に来るにつれだんだん数が増えてきて、インプの他にもローレルウルフやお化けモグラ等のモンスターと邂逅《かいこう》した。

いずれもさほど強敵ではなく、新装備の感触を試しながら進んでいく。

いい感じの感触だが、気付いてみればまだアリーの戦うところを見ていない。レベルから判断するに間違いなく強いんだろうけれど。もう十分ここのモンスターも新装備も試せたし、そろそろアリーの力も見たいところではある。寄生的な意味でも、アリーにモンスターを倒して欲しいしね。

そう思いつつ進んでいたその時だった。

足音が不意に耳に飛び込んできた。

モンスターか？

――いや、違う。靴音っぽいな、人間か。

一瞬剣の柄にやりかけた手を戻すと、前方の曲がり角から人影がひとつ、ふたつ、みっつ、よっつと姿を現した。短剣や杖などを持っていて、俺たちと同じ、迷宮を探索する冒険者のようだ。

だが俺たちと異なることもあった。

それは、彼らがかなりの怪我《けが》を負ってぼろぼろだということだ。

☆

「おお……助かった。モンスターだったらどうしようかと思ったぜ」

「大丈夫ですか⁉」

俺とアリーは四人の冒険者達に駆け寄る。

四人は程度の違いこそあれ皆怪我をしていて、一番酷い者は足を折っているらしく、仲間の一人に肩をかりながらなんとかここまで来たという有様だ。

その肩をかしている者も、額が切れ血で赤く染まっている。

「あまり大丈夫じゃねえな。すまないが、治癒薬持ってねえか。もう使い切っちまったんだ」

「はい、あります。どうぞ！」

俺とアリーはスペースバッグから薬を取り出す。

また俺は神官のクラスで身につけた《癒やしの手》のスキルも使えるので、それも使って特に重傷の人を治療していく。

どちらも魔力を利用し傷を迅速に癒やすことができる優れたものだが、使うほど効き目が悪くなるという性質があるため、おそらく少し前にある程度使った彼らには効き目が薄い。

それでも、ある程度は癒やすことができた。

完治までいけるか微妙だなと思いつつ治療を続けていると、冒険者のリーダー格らしい男は俺たちの治療を押しとどめた。

「ありがとうよ、これで十分だ」

そうは言っても、まだ怪我が治ったわけではない。

もっと治療した方がいいんじゃないかと俺は問うが、男は首を振る。

「これくらいやってもらやぁ、後は自力で帰ることくらいはできるさ。ここはもう第一層だしななあ」

男が仲間の冒険者に尋ねると、地面に座り込んでいる冒険者達は、疲労をにじませつつも頷く。

「あんたらこれから奥に行くんだろ？　だったら、自分たちの分も残しておけ。じゃなきゃこの先、泣くぜ」

「ああ、そうだ。俺たちがやられた場所に行くんだろ」

「余裕なんてないぞー」

リーダー格の男の声に続き、冒険者達が声を続ける。

結構な怪我なのに根性あるなあ、さすが――って、それより、そんなにやばいのこの先って。

怪我人が皆して治療を温存しておけって言って遠慮するなんて、むしろちょっと怖くなってくるんだけど。

「そう言われるなら、彼らの意思を尊重して私たちの冒険を考えさせていただきましょう。彼らも素人《しろうと》ではありませんしね」

アリーが力強く頷いた。

優しいだけでなく、互いに冒険者としての信頼や認め合いってものを感じる。

うん、そうだな。俺たちは俺たちのこれからを考えよう。

「あの、そんなにこの先って危険なんですか」

「危険だ」

即答だ。

「ここを進んでいくと、迷宮第二層に着く。挑戦してみたんだが、俺たちにはまだ早かった。モンスターにずたぼろにされて、命からがら一層に戻ってきたってわけだ。一層なら余裕があるからその先もなんとかなるだろうと思ったのが間違いだったぜ」

男は来た道をにがい顔で振り返り、他の冒険者達はもう思い出したくないというように振り向かない。

「だから、あんた達は自分の身のことを考えてくれ。あんた達のおかげで戻ることくらいはできる程度には回復した。少し休めばこの階層のモンスターの相手くらいは十分できるさ。――礼はこれで足りるか？」

男は金を取り出す。

――が、アリーが素早くそれを押しとどめた。

「そのようなもの必要ありません。緊急事態なのですから」

「だが、あんたらがくれた薬だってただじゃないだろ？」

「同じ冒険者、危機において助け合うのは当然です。それが危険の中で少しでも安全を確保する方法です。今日のお礼なら、他の冒険者が危険になっているときに、助けてあげてください」

たしかにそうだ。危険と隣り合わせなら、そんなことをしている者同士で助け合わないとやっていけないよな。

アリーの言葉に、俺も頷く。

「……あんたらみたいな奴、そうそういないぜ。モンスターにやられたのは不運だったが、あんたらに会えたのは幸運だった。恩に着る」

男は感じ入った様子だ。

本音を言うとちらっともったいないと思ったけど、まあ、あんまりけちくさいこと言うのはなしなし。こんな時だしね。

「じゃあ、そろそろ僕らは先に進みます」

治療も済んだということで、俺たちはそろそろ先へ進むことにした。

すると四人のうち一番傷が浅い、若い少女冒険者が口を開いた。

「全然元気そうだなー、君たち。余裕？」

「はい、今のところですけど結構余裕あるので、もう少し奥まで行ってみるつもりです」

「おー、やっぱり。鍛え方が違うってことかな、なんか君も結構凄腕《すごうで》っぽいしねー。その自然体で普通っぽいところが達人っぽい。一見隙だらけでぼーっとしてる感じが逆に」

普通に自然にぼーっとしてるだけだと思います。

しかし少女冒険者は感嘆するような視線を向けて頷いている。

「うむうむ、君らならきっと大丈夫だな。それに、一人で二層を進んでる人もいたしねー」

「危険な場所を一人で？」

女冒険者はむうと目を細めつつ、頭をかく。

「ぐぬ……一人でもいけるところでやられるあたし達はまだまだ未熟者ってことだな、悪いか！それはともかく聞いてみたら、実力をつけるための修行で入ってるって言ってたぞ」

「へえ、そういう人もいるんですね」

「あたしは怖くて無理だな」

女冒険者はぺろっと舌をおどけて出すと、「気をつけろよー、あたしたちをやったオーガ達には特にな。ありがと、バイバーイ」とべったりと地面に座ったまま手を振る。

俺とアリーも冒険者達に別れを告げ、先へと進んだ。


すぐに通路は長い下り坂になり、徐々に薄暗くなっていく道をかなり長く延々と下っていく。

下りながら俺はアリーに尋ねた。

「一層深く行くだけでそんなに違うのかな」

「はい、モンスターの凶悪さは跳ね上がります。ですが、その分いいものが見つかることも多くなります。強いモンスターがいるということは、ダンジョンに魔元素が満ちているということですから、そこにある道具にも強い力が宿ることが多いのです。でも、コキュトスウルフを倒せたのならば、まだ大丈夫ですよ」

なるほどねえ。

虎穴に入らずんば虎児を得ずってことか。

ちょいと不安だけど、俺の実績も二層のことも知ってるアリーが大丈夫って言ってるから、俺にとってはまだ虎穴でもないようだ。

それなら先に進んでいいだろう、本当の虎穴なら虎児なんて諦《あきら》めて引き返したいけど——うわ。

「なんだこれ。すご……」

急にとんでもなく広い空間に出た。

天井までは数十メートルほどもありそうで、前後左右の空間の差し渡しは端が見えないほどに広い。

——端が見えないのは広いからだけではない。

石の柱がそこら中にそびえ立ち、中には幅の広い壁のようになっているものもあり、奥まで見渡すことができないのだ。

樹木のように枝分かれした石柱もあり、ここはあたかも石の密林のようだ。

「これがパイエンネの迷宮第二層です。視界も足下も悪く、闊歩《かっぽ》するモンスターは強力。私たちならば大丈夫でしょうけれども、油断せずに進みましょう」

アリーの言葉に気を引き締め、俺たちは石の柱の合間を抜けてさらに深くを目指す。

石の密林のような階層を進みはじめてすぐ、再び足音が聞こえてきた。

しかも今度のそれは、明らかに人間のものではない。それより遥《はる》かに質量を持ったものが発する音だ。近づく音に身構えた直後、岩の壁から姿を現したのは、林立する石柱にも劣らぬ巨体をもつ毛むくじゃらの鬼。腕には何物のものかわからないが巨大な大腿骨《だいたいこつ》を棍棒《こんぼう》のようにして持っている。

「アリー、アリー。一層のモンスターと違いすぎないかな、これ」

「桁違《けたちが》いだとあの冒険者の方達も言っていたとおりです」

いや確かに言ってたけど、普通はもうちょっと段階踏んでくものでしょ？

ゲーム開始地点の村の周りで戦ってたら急に中盤の山場のダンジョンのモンスターが出てきたみたいな雰囲気なんですが。

だが警戒しまくりの俺とは裏腹に、アリーは落ち着き払っている。

「これはオーガですね」

「オーガって、さっきの人達が言っていた」

「はい。この階層では強い方だった記憶がありますが……ここは私がやりますね、エイシ様」

「私がって、まさか一人で？」

「はい。一層ではエイシ様が戦う姿が見たくて、ずっとお任せしてしまいましたから。そろそろ私も働かないといけませんからね」

微笑むと、アリーは静かにオーガに近づいていく。

大丈夫なのか？　見るからに無茶苦茶強そうだぞこいつ。

「《マジックエンハンス》」

声とともに、アリーの体が一瞬光に包まれる。

エンチャンターのスキルっぽい、多分魔力を向上させる系統だ。

声に出したのは、能力強化や弱体など何のスキルを使ったかを仲間に知らせるためだろう。今は一人でやると言っているけど、基本に忠実に。

スキルを使ったアリーは、さらにオーガに近づいていく。

吠《ほ》えるオーガはアリーを獲物と認識し、骨の棍棒を振り上げる。

「力を示せ！　ノーム！」

振り下ろされる棍棒。

だが、それは出現した土の壁に阻まれた。

アリーがゆっくりと指先を一回転させ円を描くと、壁は自ら動きはじめ、棍棒を受け止めるだけでなく押し返しはじめる。

腕をぴくぴくと震わせながら徐々に後退するオーガ。

アリーは穏やかな視線を向けながら、つぶやいた。

「貫け」

土の壁の半分がその形を変え、凝縮し、岩の杭《くい》へと姿を変える。

そしてあっさりと、実にあっさりと、土壁に押されよろめくオーガの胸を貫く。

ヒュウウ……とうめき声になり損ねた風の音と血を胸の穴から吹き出しながらオーガは石柱に倒れ込み、そして、動かなくなった。

アリーは振り返ると、ゆっくりと微笑を浮かべ。

「片付きましたよ、エイシ様。さあ、先に進みましょう」

俺は圧倒され無言で頷いた。

強いだろうとわかってはいたけれど、思った以上の凄腕みたいだ、アリー。

例のオーガを眉《まゆ》一つ動かさず一蹴《いっしゅう》とは。

「思った以上……だったよ、アリーの得意技、凄いね」

「褒めていただき光栄です。ノーム様、ありがとうございました」

アリーが顔の横の空に向かって言うと、一瞬モグラの妖精《ようせい》みたいな姿がうっすらとあらわれて消えた。今のがノームって精霊の姿か。

「精霊って、魔道師の魔法みたいなものなのかな」

「基本的には似ていますね。違いは精霊は自然を司《つかさど》るので、私のような精霊使いは自然の力を操る魔法が主で、魔道師は魔力をそのまま利用するような魔法が主ということです。私は地霊ノームと風霊シルフの力を借りることが多いです」

《精霊使い　3→5》

《スキル　精霊魔法　習得》

《エンチャンター　3→6》

《スキル　マジックエンハンス　アタックエンハンス　習得》

ちょうどそのとき、レベルアップのお知らせが表われた。

二層レベルの強敵をアリーが倒したから、レベルが一気に上がったようだ。しかも自分で倒す四倍だからなあ、誘いに乗ってよかったよかった。断ったらアリーも探索予定をやめたかもしれない。

ちなみに地味にレベルが上がっているのは、一層で上がったものだ。

モンスターを倒したときに得られる経験値、つまりその存在が持つエネルギーは倒した者のところに一番多く行くのだけれど、ある程度拡散して近くにいる同行者にも少し分配されるらしいのだ。

それで俺が一層で倒したモンスターからアリーが得たエネルギーが、パラサイトの力で俺にやってきたということである。不思議なサイクルである。

「いいね、精霊の力。頼りにさせてもらうよ」

「どうぞ遠慮せず存分に頼ってください」

冗談めかして胸を張るアリーと共に俺は、二層の探索を開始した。

☆

鎧袖一触《がいしゅういっしょく》、モンスターをやっつけたアリーと俺は二層を探索していく。

世にも珍しい光景に興奮し、石柱を見上げながら先に進んでいたのだが、突然空気が変わった。

空気の粘性が増したような、そんな感覚が俺を襲ったのだ。

謎の感覚に俺は困惑し、アリーは気付いてるのかなと横顔をうかがう。

すると、アリーも同じように俺の様子を見ていて、小さく頷いた。

「アリーも感じたんだね」

「はい。おそらく、あれのせいです」

アリーが指さした方向には、地面に空いた大穴があった。

「あの先は他の場所よりはるかに強力なモンスターが跋扈《ばっこ》しています。魔元素に満ちた恐ろしく危険な場所です」

「なかなか怖いこと言うなあ。どのくらい危険なのか参考に教えてもらっても」

近づいてみると、重苦しい感覚は強くなる。何がこの正体なのかと穴を覗《のぞ》く俺の顔を覗くようにして、アリーは低い声を出した。

「今このローレルに在住の一番腕ききの冒険者はC級という話はご存じですか?」

「うん、ちょっと聞き覚えある」

「以前はB級冒険者がトップでした。でも今はC級がトップです。私の言いたいこと、エイシ様ならもうおわかりですよね」

「もしかして、ここで、B級の冒険者がやられた……」

「そうです」

ちょっと待て待て。

B級が死んだって、それ普通にやばくないか。

俺が倒したコキュトスウルフがC級依頼で討伐されるようなモンスターって話だったんだろ、たしか。一方ここはB級が死ぬ世界、つまり最低でもA級並ってことだ、2ランクも上じゃないか。

俺はC級以上の力があるとはわかってるけど、A級に届くかどうかは今のところまったく保証はない。それどころか、B級がやられたって言うだけで、A級ならここのモンスターに勝てるなんて誰も言ってはいないのだから、それ以上に危険な可能性だってありうる。

「アリー、さすがにここは危険すぎるんじゃないかなあと思うんだ」

「ええ。もちろん、行きません」

あれ、意外。

深層を目指すって話だから行くのかと思って探ってみたんだが。

詳しく聞くと、ここは行き止まりで先には通じていない場所らしい。迷宮内にあるトラップの一部に引っかかると、この危険な回廊の中に転送されてしまうということだ。

恐ろしいトラップがあるもんだけど、これまでの探索によりある程度は危険な場所はわかってきているらしいし、仮に未知のトラップがあっても探知系のスキルがある。

精霊の声を聞くことができるアリーがいて、今なら俺も精霊を感知できる。それにシーフのクラスも持っている。

スキルによって今も感じられる空気が重くなるような嫌な感覚で、ここに落される罠《わな》はわかるので、ぼーっとしてなければ問題なく探索を続けることはできる。

「でもちょっと意外だったな、アリーなら力試しに進んでみようって言うんじゃないかとひやひやしてたよ」

「未知への好奇心はありますけど、そこまで無謀ではありませんよ。そんな風に思われているんですか」

「いやまあ、ちょっとね」

「むむむ。たしかに黄色と紫のまだら模様のキノコを好奇心でちょっぴり囓《かじ》って酷い目にあったこともありますけど、その程度ですよ」

「いやかなり無謀でしょそれ」

「大丈夫です、毒消しは持ってましたから」

ああ、そうなんだ。さすがに準備に抜かりはないってことだな。

「二日寝込む程度で済みました」

「結局効いてなくないですか!?」

「少しは効きましたよ、きっと。それにしてもあの時は大変でした……痺《しび》れて動けなくなってる間にキノコが体から生えてくるかと思いましたよ。今では笑い話です」

「あんまり笑えないと思います」

だが実際アリーは笑っている。

お嬢様にしてはというか、人類の中でもかなりのタフさだと思うこの人。

「キノコの話はその程度にして、この回廊です。私は前回三層で引き返したのですが、ここは三層よりも強力なモンスターが徘徊《はいかい》しているらしいのです。前回の限界をスキップしてより危険なところには行きません。階段は一段ずつ登るタイプなんです」

「そっちの方が絶対いいよ――見えてる範囲には何もいないみたいだね」

俺は穴の入り口から奥を覗き込んでみた。

もちろん危ない橋は渡りたくはないのだけれど、死ぬほど危ない橋だと言われると、どんなものかちょぴっとだけ見たくなる心理ってあるよね。我慢は心の毒。

覗いてみても、気配だけでモンスターの姿は見えない。

これなら、ちょっとくらいなら入っても大丈夫じゃないかな～。

「少しくらいなら入っても大丈夫だと思いますよ。要するにモンスターに会わなければいいのですから」

アリーもその気みたいだし、俺たちは好奇心にかられてちょっとだけ穴に入った。周囲に最大限に警戒しながら、常に入り口を意識して何か見つけたらすぐ出られるようにもちろんしながら。

そこまでして入ってみたくなったのは、ここが特異な場所だったからだ。

明らかに周囲とは違う構造で、まるで木のうろの内部のような虚《うつ》ろな回廊になっている。そして床もアーチ状の壁と天井も鮮血のような朱《あけ》に染まっている。

空気も重たく、回廊の奥からはいいようのない禍々しい気配が漂う。

お化け屋敷よりスリルある――って、あれは！

緩やかにカーブする回廊の奥に見えたのは、蠍《さそり》の尾を生やした人面の獅子《しし》。

こんな姿、どこかで見たことがある――そう、マンティコアという魔獣がこれに似た姿だった。

マンティコアは、俺たちを見つけるとニタァと血のように赤い口内を見せて笑った。それは、本能的に危険を感じる表情で、俺たちはとっさに回れ右をしていた。

「エイシ様っ、引き返しましょう！」

「了解！」

俺たちが駆け出すと同時にマンティコアも走り出す。

怖っ！　超怖い！　迫ってくるあの笑顔不気味すぎるぞ！

全力で逃げるが、マンティコアも見た目どおり足は速い。

でも、かなり遠くまで見渡せる回廊だったことが幸いして追いつかれはしないみたいだ、助かっ
――!?

「アリー、横に跳んで！」

叫びながらアリーの体を抱えるように押しながら横にジャンプした。

直後、マンティコアは魔法を発動し、三本の魔力の塊が飛来する。

一つは地面を粉砕し、一つは天井を砕き、一つは壁にぶつかり、赤い石が砕け噴出し降り注ぐ。

地面を粉砕した跡は隕石《いんせき》でも落ちたみたいに相当深くまでえぐれていた。

俺たちはそのまま猛ダッシュし、なんとかマンティコアに追いつかれる前に朱の回廊を出ることができた。

二人並んで膝《ひざ》に手をつき、深呼吸をして息を整える。

「ふう。ありがとうございました、エイシ様」

走ったためか、少し顔を赤くして、右腕で自分の体を軽く抱えるようにしながらアリーは俺を見つめている。

「少しどきどきしました。危ないところでしたね」

「うん、あれはたしかにちょっとじゃなく危なそうだ。魔法の威力が洒落《しゃれ》になってなかったし」

「しかも……トリプルキャスティングですよ、トリプルキャスティング！　高位の魔道師はダブルキャスティングを身につけるそうですが、あの見たことのないモンスターは人間の達人を軽く凌駕《りょうが》しているんですね。やはりダンジョンは広いです！」

めちゃめちゃ興奮してるけどアリーさん、結構今命の危機でしたよね？

という俺の心の声に気付く様子もなく、アリーは目を輝かせて朱の回廊の奥を見つめている。やっぱり危ないぞこの貴族令嬢。

にしても——こんなに興奮するってことは、やっぱり今のは相当レアなスキルなんだな。三発同時に魔法を撃つんだもんな、実際俺も羨《うらや》ましい。

やっぱり連続魔とかって憧《あこが》れるよなあ。アリーもテンション上がってるし、なかなかの好き者め。

しかし憧れるからってもう一度見ようとは思わない。カーブがあったから逃げ切れたけど、もう一度会ってあれをひたすら連射されるなんて想像したくない。

触らぬ神に祟《たた》りなし、俺たちはそこを離れて二層の他の場所の探索を続ける。


「そういえば少し気になったんだけど、さっきの朱の回廊にいるモンスターって外にはでてこないのかな。閉じ込めてるわけでもないみたいだったけど」

石の柱の隙間を通り抜けながらアリーに尋ねる。

「力を持つモンスターほど魔元素を好みます。魔元素はモンスターの力と命の源で、同時にダンジョンの不思議な性質の源でもあります。ですから住処《すみか》である魔元素の濃いところにいる強力なモンスターはその外に出ることは滅多にありません」

なるほど、それがモンスターの生息域を決めてるってことか。それならいきなり強力なモンスターが出てきて阿鼻叫喚《あびきょうかん》の地獄絵図ってことはなさそうだ。

魔元素というのは、スキルや魔道具のような不思議な力の源でもある。

魔法だけでなく、体力を消耗するスキルも魔元素が源となっている。色々と役立つ魔元素だけど、あの朱の回廊はとびきり魔元素が濃いってわけだな。

「おっと、今度は普通の二層のモンスターだ」

話しながら進む俺たちの前にモンスターが立ちふさがった。

それから俺たちが二層を進むと、巣を張り待ち構える大蜘蛛《おおぐも》やナメクジのように這《は》いずる泥の化物、インプの強化版グレーターインプなどと出くわした。

そいつらは宣言どおりアリーがあっさりと倒していった。

ノームの他にシルフも使っていたけれど、衝撃波のようなもので硬い泥の化物を木っ端みじんに粉砕したのは格好よかったね。

俺も二層のモンスター相手がどれくらいきついか知るため戦ってみたけど、大蜘蛛相手に特に問題なく勝つことができたので、まだここは余裕っぽい。

というわけで、いるところには凄いのがいることはわかってるけど、今のところは苦戦することなく俺たちは二層を進めている。

《パラサイト24→25》

《スキル　パラサイト・ビジョン　習得》

と、何匹目かの大蜘蛛を倒すと、ダンジョンに来てから何度目かのレベルアップをした。

そして習得したスキルは――パラサイト・ビジョン？

パラサイト関係のことはあまり知られたくないので、隣にアリーがいるため解析レンズを使わずにスキル名から効果を推測し、実際に使ってみる。

すると現在寄生している人達の姿が、寄生の確認をするときのように浮かんで来たので、その中からとりあえず一番近くにいる右隣のアリーを選ぶ。

――おおっ。

自分が見ているのとは別の光景が同時に浮かんできた。

林立する石柱の光景だ。俺が今見ている光景を少し立ち位置を右にして見た光景が、目の奥でテレビか映画を見たように映し出されてる。

やっぱり、推測どおりか。寄生している人の視界を自分も得るスキルなんだ。

これを使えば離れた場所のことも知ることができるってことになる。ちゃんと今自分が見ているものは見続けられるし、なかなか面白そうなスキル。

洞窟《どうくつ》を進みながら、さりげなくパラサイト・ビジョンをもっと試す。

クラスを狙って寄生している残り三人の視界を順番に見ていこう。

狩人《かりゅうど》の青年は、森の中で今まさに一匹の鹿をじっと見つめている。

呪術師の男は、どこかの部屋の中で分厚い紙の本のページをめくっている。

そして最後に、マーシナリーのクラスを持っているヴェール。

彼女の視界には、木のうろの内部のような虚ろな回廊が映し出される。その床も、アーチ状の壁と天井も、鮮血のような朱に染まっていた。

☆

……なんだって？

驚いて一瞬スキルを切ってしまった俺は、もう一度ヴェールの視界を得る。

変わらず朱色の光景が映し出されてから視界は下に動き、怪我をした腕と足が映し出された。

冗談、だろ。

信じられない気持ちで何度も見返すが、何度見ても間違いなかった。

見間違えるはずない、この朱の回廊はあのB級冒険者が命を落としたという場所だ。

でも、なんであんなところにヴェールが？

――まさか。

＊＊＊

しかし少女冒険者は感嘆するような視線を向けて頷《うなず》いている。

「うむうむ、君らならきっと大丈夫だな。それに、一人で二層を進んでる人もいたしねー」

「危険な場所を一人で？」

女冒険者はむうと目を細めつつ、頭をかく。

「ぐぬ……一人でもいけるところでやられるあたし達はまだまだ未熟者ってことだな、悪いか！それはともかく聞いてみたら、実力をつけるための修行で入ってるって言ってたぞ」

「へえ、そういう人もいるんですね」

＊＊＊

一層で怪我を治療した冒険者達との会話が思い出される。

彼女の言っていた一人の冒険者っていうのが、ヴェールだとしたら。修行の最中に罠にかかって回廊に落ちたとしたら。

そうだ、昨日言っていた。俺に追いつけるよう鍛錬しないとって。そのために、ここに来て、ある意味俺のためにああなっている。

どうしたらいいんだ。

あの回廊のモンスターは並の強さじゃない、コキュトスウルフと戦ったらやられてたと言ってたヴェールじゃ間違いなくやられる。

助けに行った方がいいのかな。

危険だから入らないって決めたところに？

勝算を計算できる材料が一つもないところに？

無理無理、もし失敗したらやばいし、それに、俺がいかなくても、ヴェールが自力で脱出できるかもしれないし、ひとまず様子をうかがってもいいんじゃないかな。うん、そうしよう。

自分に言い聞かせ、もう一度パラサイト・ビジョンを使う。

当然のごとくに状況は好転していなかった。

怪我のせいかほとんどヴェールは動けていない。そして前後へ常に落ち着かず警戒するように、あるいは怯《おび》えるように、視界をせわしなく動かしている。

近くにモンスターがいて身動きが取れないのかも知れない。

自力で……脱出できるはずがない。そんなのわかりきってる。

ただ、助けに行かない理由を探してるだけだ。

……。

…………。

……………。

「エイシ様、これが転移クリスタルです。自分の魔元素を刻むことで転移することができ、入り口近くと――エイシ様、どうかいたしました？」

俺の様子がおかしいことに気づき、首をかしげるアリー。

俺は深呼吸をして、口を開いた。

「アリーは一人でこの迷宮に来たこともあるんだよね」

「三層の入り口までなら一人で行ったことがありますし、これまで見ていただいたとおり、問題ありませんよ」

「だよね、これまで余裕でモンスター倒してきたし。うん、それなら安心」

念のため確認したけど、アリーは何もなく自然に答えた。

それなら――。

「俺はちょっと行かなきゃならない場所ができたから、少し行ってきます」

「行かなきゃならない場所？　エイシ様、何かご予定が？」

俺は首を横に振りながら、自分の使えるスキルのうち敏捷《びんしょう》を上昇させるものを発動させる。

「いや、迷宮の中だよ。でも危険な場所だから、アリーを俺の勝手に巻き込むわけにはいかない。ここで待ってるか、転移クリスタルで戻ってくれてもいいよ」

「危険な場所なら、お一人では――」

俺はアリーの言葉に首を振る。

「いや、それでアリーに何かあったら困る。それになにより――急がないといけないんだ。全力で飛ばさないと。勝手なことしてごめん、埋め合わせは多分するから！」

俺は《パラサイト・ビジョン》を使いながら駆けだした。


走りながら《パラサイト・ビジョン》でヴェールの様子を確認する。

今のところ動きはない。

何かある前に早く向かわないと、頼むからこのままなんのモンスターも来るなよ。

――ここにいるのはヴェールのおかげでもある。

騙《だま》されそうなところを助けてもらった。ギルドでは背中を押して最初の一歩を踏み出させてくれた。ここに潜るための準備でもだ。いつか俺もヴェールに何か返そうと思ってた。だったら、今しかない。今やらないと、もう機会を永遠に失うかもしれない。

この救援は、失敗するかもしれない。モンスターに勝てるかどうか、予測はつかない。

何度も失敗を続けて苦しい思いをしてから、俺はずっとそんな勝敗の見えない勝負は避けてきた。多分、今も安全に行く方が利口なんだと思う。でも、この世界で少しは勝ちを思い出した。だったら、そろそろもう一度、挑んでもいい頃だ。

俺は俺のやりたいようにやれると、そう思ったばかりじゃないか。危険なことでも安全なことでも、自分がやりたいようにやれる。それが一番俺にとって楽な道だ。

「助けたいと思ったから助ける。そうだ、あれこれ悩むよりも、やると決めたらやる方がずっと気楽さ――あれだな」

あの回廊から感じた重たい空気の感覚、それが石柱の陰の奥まった小部屋のような場所から発せられている。

俺は足に力を入れて、小部屋に飛び込んだ。

「う、おお！」

瞬間、地面が輝き視界が回転する。

次の瞬間、俺は朱の回廊にいた。

「転移の罠って奴か」

急いで周囲の色を見て、《パラサイト・ビジョン》で見えるヴェールのいる場所の色と比べる。

ほとんど同じだが、わずかにヴェールのいるところの方が明るい。

この回廊は奥ほど赤黒くなっていたから、明るい方へ走ればヴェールに近づける。とにかく、スタートだ。

俺は回廊を走る。ヴェールの視界をうかがいながら。


ヴェールはふらつきながら、立ち上がり、ゆっくりと動き始める。

周囲をうかがいながら、そっと物音を立てないように。

だが、その時、足が止まった。

視界に、モンスターが入ってきた。

それは人面の獅子《しし》、マンティコア。

獲物を見つけ笑うマンティコアの姿を見て、ヴェールの視界が震える。逃げようとする足がもつれ、倒れ込む。

駆け寄ろうとしたマンティコアは、ヴェールが倒れるのを見ると走るのをやめて、ゆっくりと、ゆっくりと、歩き始めた。

まるで、少しでも長く恐怖を与えていたぶることを楽しもうというように。

近づくにつれ、ますますその赤い口を大きく開けて笑みを深くする。

瞬間、光が回廊の天井で弾《はじ》ける。

マンティコアは身をひねり、降り注ぐ魔力の矢の雨をかわす。

驚いたようにヴェールの視界が激しく動き、そして止まった。

「エ、イシ――？　エイシ！　どうしてここに⁉」

「とある事情で、ヴェールがここにいることがわかったからだよ」

俺はマンティコアの近くに向かいつつ、ヴェールに答える。

ヴェールは驚愕《きょうがく》に目を見開き、何も言えないようだったが、はっとして叫ぶ。

「だめ！　ここのモンスターは桁違《けたちが》いよ！　エイシが強いのは知ってるけど、それでもさすがにかなわないわ。私はいいから、エイシだけでも逃げて。怪我をしてる私が先に狙われるはずだから、まだ間に合う」

ヴェールは身を乗り出して訴える。

だが俺はマンティコアに近づいていく。

「前に俺が何をやってたかって聞いたよね。その時、俺はニートだって答えた。覚えてる？」

「え？　ええ、覚えてるわ。けど――」

「あの時は言わなかったけど、ニートってのは俺の故郷じゃ三つの条件を満たす人間のことを言うんだ」

「エイシ！　今はそれどころじゃ！」

ヴェールは俺を止めようと手を伸ばす。

だが、俺はその手を制止し、マンティコアの前へと歩いて行った。

「一つ、教育を受けていない。二つ、職に就いていない。三つ、職業訓練を受けていない。そう、その中には――」

そして剣を抜き、マンティコアと対峙《たいじ》する。

「誰かを助けない人間って条件は、入ってないんだ」

☆

「行くよ！」

先手必勝と俺は黒銀の剣を振りマンティコアに斬りかかった。

だがマンティコアは体より長い蠍の尾で剣を受け止める。

硬いな、こいつ。

この剣でも斬れないってことは相当なものだ。

さらに、自在に動く尾は防ぐだけでなく尖端《せんたん》で貫こうとしてきたので、俺は後ろに跳んで回避する。

毒でもあったら嫌だから、離れて戦うべきかな。でもそれじゃ有効打が与えづらいし、どっちがいいか――。

「っと、来たか！」

距離を取った瞬間、マンティコアの体の周囲に三つの光が収束し魔力の塊が放たれた。一度見ていたおかげでかろうじて回避できたが、砕けたダンジョンの破片が勢いよく俺にぶつかってくる。

これ、やばいな。

破片は当たってもたいしたことないけれど、本体に当たったらただじゃすまない。

自然と足が後ろに下がり、同時にマンティコアの攻撃のターンが始まった。

強力な光弾が次から次へと飛来する。ぎりぎりでかわしてはいるけど、魔法を連射されるとやっぱり苦しい。

速いし多いし強いし、すべて避け続けるなんて――。

「ぐっ！」

剣に当たった光弾の勢いでバランスが崩れる。

手が痺《しび》れ、勢いで肩が外れそうになる。

ダメだ、このままじゃいずれ直撃してやられる。こっちから攻めて行かなきゃだめだ――幸い、突破口は見えた。

体勢を整えると同時にマンティコアの周囲に魔力が収束する。

だがもうは回避はしない。《ブースト》《マジックウェポン》を使い、突っ込んでいく。

魔力の塊が放たれる。

真正面に向かってきた一つに向かって、思い切り剣を振り下ろす。

魔力の塊は切り裂かれ雲散霧消する。

――予想どおりだ。

さっき剣を弾かれたとき、魔力を帯びていれば光弾にダメージを与えられることがわかった。マジックウェポンでさらに剣の魔力を強化すれば、打ち消すことも可能だろうと思ったけど、当たったな。

魔法を防ぎ俺は接近を成功させる。だがマンティコアはすぐさま尾で迎撃をしてきた。

これだ！

この『尾』の不規則で素早い動きが厄介なんだ。巨体の後ろでうねりながら、踏み込んだ一撃を加えるのを阻んでくる。なんとかして動き出しを知ることができれば、マンティコアに決定的な攻撃を入れられるのだが――。

鋭い尾を防ぎながら、その方法を考える。

その途中、視界にヴェールの姿が入る。ヴェールは俺の戦いの行方を心配そうにじっと見つめている。これじゃなおさら不安にさせる戦い方はできないな、啖呵《たんか》切ったんだし、そんな様子を見せてどうす——あ。

「そうか。『見てる』のか」

《パラサイト・ビジョン》発動。

映し出されたのは、俺の視点とは別の視点、マンティコアと俺を斜めからとらえるヴェールの視点による映像。

そこには尾の根元、動きを伝える支点がはっきりと——。

見えた！

反撃に転じる尾の攻撃をかわし、次の一撃の起こりも確認できる。次は——右下っ！

攻撃の方向がわかっていれば、力を溜《た》め込んだ一撃をそちらに向けられる。

《連続剣》を用いた素早い二刀目ですぐさま尾の攻撃を防ぐとともに、準備をしていた《剣折の呪》でマンティコアの攻撃力を下げ、尾の力を低下させ大きく弾くと一瞬の空隙が生まれる。

剣を片手に持ち替え、作業用のナイフを取り出し、大きく振りかぶる。

マンティコアのにやけ笑いが消え、焦ったように爪を振り上げる。

「痛っ……た！」

脇の下が赤く染まる。

痛い！　本当に痛い！

こんなに怪我って痛いもんだったのか⁉

だけど――。

「そっちの方が、もっと痛いだろう」

ナイフを顔面にたたき込まれたマンティコアは額から目にかけて斬り裂かれていた。

張り付いた焦りのまま表情を凍り付かせ、うめき声をあげることすらできずに。

俺がとどめとばかりに黒銀の剣で首を貫くと、マンティコアの体は崩れるように倒れ力尽きた。

「終わった――やった。やったんだ」

はは、疲れたー……けど、まだ終わりじゃない。

ほっとして力が抜けそうな体にもう少しだけ気合いを入れてスペースバッグから治療薬を取り出し使うと、ヴェールの元へ行く。

痛みは多少のこるけど、普段どおり動けはするな。

「う、そ、でしょ。この回廊のモンスターを?」

ヴェールは呆然《ぼうぜん》とつぶやき、よろめきながら立ち上がる。

「どうなるかわからなかったけど、なんとかなってよかったよ。ヴェールも無事で」

思わず安堵《あんど》の笑みが漏れる。本当にほっとしたよ。

「エイシ……」

ヴェールはしばらくじっと俺をみつめていたが、体から力が抜けたように肩にすがりつくと。

「エイシぃ……エイシぃ」

何度も俺の名前を呼び続けた。

「よし、行こう。他のモンスターに見つかる前に」

「本当に大丈夫？　あんなのと戦ったばかりなのに」

「まだ大丈夫。体力回復薬も効いたからスキルも使えるし。ヴェールはもう結構使ってたみたいだけど」

俺はヴェールをおんぶしている。すでに癒やしの力が効果的でなく傷が治らなかったので、俺がおぶって外に出る方が速いと判断したのだ。

「じゃあ、猛ダッシュで外へ！」

一刻も早くこんなところは出ようと走る。

結構入り口に近かったらしく、祈りが通じたか何のアクシデントもなくすぐに先ほど覗き込んだ入り口にたどり着いた。

よかった、これで一安心。

「エイシ様！　やっぱりここだったのですね、無事でよかったです」

ほっとした俺の前にあらわれたのは、入り口のところで待ち構えていたアリーだった。アリーもまたほっとした表情で駆け寄ってくる。

「背中の方は……なるほど、そういうことだったのですね」

アリーは察した表情になる。

ヴェールは少し照れくさそうに俯《うつむ》いてしまう。

「色々と伺いたいこともありますけれど、今はまず迷宮の外に出ることが先ですね。行きましょう、露払いは私にお任せください」

アリーはさすがに頼りになり、モンスターを蹴散《けち》らして俺たちは転移クリスタルの場所にたどり着いた。

さっきちらっと聞いた覚えがあるが、これに自分の魔元素を刻むことで、入り口近くにあるクリスタルとの間で転移できるようになるということで、便利なもんだなあ。

それを使って一気に入り口まで行き、パイエンネの迷宮をあとにした。それからは何があったかをアリーとヴェールに説明しつつ、医療所へと向かい、入り口の前でヴェールを降ろす。

「大丈夫ですか?」

「ええ。ありがとう、アリー。あとはおとなしく医者の先生の言うこと聞いてるわ」

「お大事に、ヴェール」

「エイシ……ありがとう」

ヴェールは、深々と頭を下げる。こんなの今までなかったことで、どうしようかと困っていると、ゆっくりと顔を上げた。

「本当に、ありがとう。本当に、嬉しかった、助けに来てくれたとき。……私、なんでもするわ。今日のお礼に、エイシがのぞむことならなんでも。だからいつでも、なんでも私に言ってね」

「な、なんでも? まじですか?」

ヴェールは躊躇《ちゅうちょ》無く頷《うなず》いた。

うわー、どうしよう、なんでもって。

なんでもって、なんでもいいんだよな……?

いやいや、騙《だま》されるな。こういうのは常識の範囲内でって言葉が暗黙のうちについてるもんだぞ、常識的に考えろよ、エイシくん。

「あー、ごほん。そ、そうか。まあすぐには思いつかないからまた考えとくよ」

「わかったわ。楽しみにしてるわね」

「そっちが楽しみにするの？」

ヴェールは含蓄のある笑みを浮かべると、手を振って医療所へ入っていった。

あはは……どうしよ。

懸案が一つ増えてしまいました。


それから俺とアリーもそれぞれの寝床へと戻っていく。

分かれ道で立ち止まり、俺は言った。

「今日は突然勝手に行動してごめん、中途半端になっちゃったね」

「いいえ、立派だと思います。私にはできません、いくら命の危機に陥っている人がいても、あの回廊に飛び込むなんて」

「自分でも驚いたよ。もう一度やれって言われても無理だと思う」

「私はエイシ様は何度でも行くと思いますよ」

アリーは真面目な顔で言ってくれたけど、さすがに過大評価だと思うなあ。

「それに、迷宮探索の今日の目標は元々あの転移クリスタルを中継地点としてたどり着くことですから、中途半端ではなく十分な成果です。そうすれば、次がスムーズに進みますから。ですから、しばらくゆっくりお休みください。お疲れでしょう。私はまだまだここローレルに滞在しますから、焦る必要はありません」

「うん、本当にへとへとだよ。精神的にも。ありがたく、ちょっと休憩させてもらおうかな」

「ええ。私もその間、また少し鍛えようと思います」

え？

目を向けると、アリーは力強い視線で俺を凝視していた。

「エイシ様の力は、私の予想を超えていました。今のままでは、私はエイシ様にぶら下がることしかできません。それでは一緒に探索する冒険者として失格です。微力でも力になれるように、エイシ様がお休みの間、訓練します」

真面目だなあ。そんなこと言ったら、俺も現在進行形でアリーにぶら下がってるんだからおあいこなんだよ。だから気にしなくていいのに。でも、顔つきを見る限り決意は硬そうだ。

俺も朱の回廊をなんとかしたことでお腹いっぱい感あるし、ひとまずパイエンネの迷宮探索は第一部完ってとこだな。

しかし第一部完は大抵第二部が始まらないという罠だったりする。

「別に気にしなくてもいいけど、アリーがそう言うなら応援してるよ。それじゃあ、またな」

「ええ。お休みなさい、エイシ様」

そうして俺はアリーと別れ、いつもの宿に帰った。

食事を高速で詰め込み、速攻で部屋に戻りベッドにダイブする。

「あ〜〜、疲れた〜〜」

思わず声に出してしまう。

本当、こんなに疲れたの間違いなくここに来てから初めてだ。

ベッドの上でごろごろと転がると、たまらなく気持ちいい。

それに気持ちも落ち着く。

やっぱり、ここが一番暖かいし、柔らかいし、癒やされる。

最近アクティブすぎた、特に今日はやりすぎた。

アクティブなのはいいけど、さすがにしんどいし、アリーの言うとおりちょっぴり休もう。いや結構休もう。部屋で寝ながらだって経験値とお金はもらえるのだし。

外に出たからこそわかる、引きこもる尊さ。明日からはしばらく一生懸命だらけよう。

なんとも堕落した決意をして、俺はゆっくり目を閉じる。

あ、そうだ、洞窟《どうくつ》であがったステータスチェックしないと。

スキルも確認したいな、色々と新しいのも増えたし、部屋の中でこっそり増えた能力とクラスとスキルを見るお楽しみタイムを満喫させてもらおう。

ああ、あと二度寝もしたいな、今日は朝から外にいたし昼まで寝たい。

目をつぶってやりたいことを夢想するうち、俺は眠りに落ちていった。

四章　レベル上げからレベル上げへ

迷宮大作戦を終えた翌朝、目を覚ました俺はワクワクしつつステータスを開いた。

《名前》エイシ＝チョウカイ
《クラス》パラサイト27　マーシナリー15　魔道師6　剣士7　神官14　狩人《かりゅうど》14　呪術師12　闘士3　鉱員8　シーフ10　精霊使い10　エンチャンター11
《体力》177
《攻撃力》155
《防御力》149
《魔力》170
《魔法攻撃力》168
《魔法防御力》164
《敏捷《びんしょう》》161
《スキル》パーマネントサモン　サーヴァントの召喚　通神　石囓《かじ》り　生命の息吹《いぶき》　エレメントアタック　精霊魔法　精霊感知　マジックエンハンス　アタックエンハンス　魔力増幅　癒やしの手　痛み分け　遠隔武器マスタリ　エンハンスブースト　パラサイト・ビジョン　クアドラプルパラサイト　パラサイト・クラス　パラサイト・インフォ　パラサイト・ゴールド　近接武器マスタリ　強撃　魔道具マスタリ　魔法の矢　剣マスタリ　連続剣　ディスペル　弓マスタリ……

やっぱり強敵を相手してただけあって一日でガッツリ成長してる。

スキルも結構増えてるな、複合スキルのおかげもあって。

たとえば生命の息吹は、神官とエンチャンターの複合スキルで、自然からエネルギーを取り込み自然治癒力がアップするようだ。

石囓りは、なんと石や土を栄養にできるというスキルだ。鉱員と精霊使いの複合スキルらしいが……どう使えと？

飢え死にしそうなときでも土を食べて生き延びられそうだけど、限定的すぎるだろ。

ともあれクラスが一個増えると既存のクラスとの組み合わせで複合スキルが発生するから、増加量が多くていいね。しょうもないのもあるけど、使えるのも多い。

「さてさて、一番気になるのはやっぱり……《通神》かな」

新たに覚えたスキル。

神官＋精霊使いのコンビネーションで身につけられる複合スキルだ。

「神……神ねえ」

この世界で神といったら、あれだよな。

ということは、このスキルの効果は、あれだよな。

「とにかくやってみるか。どうなるのか――《通神》！」

スキルを発動した瞬間、周囲の光景の一角が、ブロックノイズが走るように欠けていく。

それは寄り集まり、一つの塊を作り、そして――ああ、ここは。

俺がこの世界に初めて来た時に訪れた、白い空間が映像として映し出された。

そこにはもちろん、異世界ホルムの女神ルーがいて、い……て？

そこには、だらしなくお腹を出して寝息を立てているルーの姿があった。

「ううーん……むにゃむにゃ」

ルーは眠りながらお腹をかいて、寝息を立てている。

威厳の欠片《かけら》もないんですけど、この女神様。

「うひひひ……くふふ……」

しかもなんか不気味な笑い声を寝言で上げている。

どんな夢見てるんだこの女神。

「おーい！　おーい！　そっちにも聞こえるのかー！　ルー！」

画面の中に呼びかけてみると、寝言がやんだ。

もぞもぞとルーが動き、そして体を半分起こして、ぼーっとした顔をこっちに向ける。

「ふあああ……なんだ、この前の……エイシじゃない」

目をこすりながら大あくび。

どうやら向こうからもこっちは見えてるし聞こえているようだ。

ちゃんと通信できている。

突然、ルーが目をまん丸く大きく開けた。

「エイシ⁉　どうしてここに⁉」

驚いた顔のまま、どたどたと走ってくる。

桃色の髪を揺らしながら画面の目前までやってきて、手を向こう側に映し出されているであろう画面にぺたぺたと触るようにしている。

「おお？　おお！　おおー。これは、ここにいるわけじゃないんだ。ああ、なるほど。見覚えあるある。なんかのスキルでしょ、ずばり！」

「大正解。さすが女神様。《通神》ってスキルを覚えたら、つながったんだ。まさかルーとまた話す時が来ようとは、びっくりしてるよ」

「私もびっくりしたよ。こんなスキル使われたの凄《すご》く久しぶりだなー」

「複合スキルだったから、覚えられる人滅多にいないんだろうね」

と説明して思ったけど、俺が複合スキル使えるなんてルーは思ってないよな、あの時点じゃ一つのクラスしか持ってないし。

ふふ、なんて話して驚かせてやろう。

とにやにやしてたんだが、ルーは納得顔でうんうんと頷《うなず》いている。

あれ？　なんでだ？

「ああ、あれね。凄いよね、パラサイト。あんな効果のクラスがあったなんて私も知らなかったよ。今どれだけクラス持ってるの？　クラス長者のスキル長者にすっかりなったねえ、エイシは」

「あれ、俺がそうなったこと知ってるの？　ルー」

「もっちろん。神だけに許された私の神スキル《神眼》があれば、下界の様子くらいちょちょいのちょいっとわかるのは当然至極。ここを見ようって思えば簡単に見えちゃうのさ。エイシのことが気にかかったからちょくちょく様子を見てたんだけど、全然心配する必要なかったよ。この世界でも余裕でやっていけてるようで、私も一安心。よかったよかった」

ルーはぱちぱちぱち——と笑顔で拍手をする。

そんな風に真正面から祝福されると嬉《うれ》しいやら反応に困るやら。

まあ、うん、素直に喜ぼうかな。

「それもルーがあのクラスを引き出してくれたからだよ。感謝してる」

それに、誰も本当のことを知らない中で、事情を知ってる者が一人でもいるってのは、なんだかほっとする。

隠し事をせずにすむ人と顔を合わせられるのって、心強いものなんだな。

「うむうむ、存分に感謝するがよいぞ。まあでも、二十四時間見てるわけじゃないから、結構気になってる知らないこともあるんだよ。さー、教えろエイシ」

腰に手をあててふんぞり返っていたルーは目を輝かせて身を乗り出す。

そうして、女神の質問タイムが始まった。

☆

俺はルーに色々とこれまでにあったことを説明した。

ルーはかなり興味を示して聞いていたので、こっちも話しがいがある。

このスキルを使って通信してきた人は久しぶりって言ってたし、普段退屈なのかもしれないな。

「なるほどなるほど、色々面白そうなことがあったんだ。もっと頻繁にエイシの様子を見とけばよかったよ」

「まあ、あんまり見られすぎるのもちょっと落ち着かないけど……あれ？」

よく考えたらそれって、もしかして。

「あのさ、ちょっと気になるんだけど、神眼ってどこまで見れるの」

「どこまでって、そりゃどこでもだよ。この宿の中だって私はお見通し」

「宿の中って、この部屋もまさか見てたのか？」

「もちろん、だって心配だったもん」

いやいや、心配でも寝室まで見ないで欲しい。

外にいるときはいいけど、プライバシーってもんが。

ということは、さすがにないとは思うが、まさか。

「浴場とかも見ることができるってわけだよね、それって」

「あはは、それはさすがに」

笑いながらルーは手を振る。

そうだよな、さすがにそんなことしないよな。

「滅多にしないよ」

「たまにはしてるのかよ！」

てへっと自分の頭に軽く拳骨《げんこつ》をして、片目をつぶるルー。

うざっ。

「暇つぶしにちょうどいいんだな、これが」

「何がいいんだよ、人としてダメだよ」

「私神だし」

「神もダメです」

えー、と不満げなルー。

はあ、なんて奴だ。これを皆敬ってるなんて間違ってる。

だが――上等だ。

そっちがその気なら俺ももう容赦しない。

俺はルーの顔を見ていた視線をゆっくりと落していく。

もともと白くて薄い布を幾重にも巻き付けた、きわどい格好をしていたルーだが、今はそれが寝起きで乱れてほぼ肌が露《あわ》わな状態なのだ。

俺は紳士だから見るつもりなど無かったが、相手がそのつもりなら遠慮は無い。

この体も態度も偉そうな女神の体、見かえしてやろうじゃないか。

今の位置からだとお腹や脇は見えているが、どことは言わないがいいところがあと少しで見えない。だが角度を少し変えれば間違いなく見える。

よし、行くぞ。

右に移動。

ダメだ、見えない。

左に移動。

ダメだ、見えない。

…………って。

よく考えたらカメラが固定されてたらこっちでいくら動いても見えるはずないじゃないか！　なに馬鹿やってるんだ俺。

苦悩する俺を見てルーは怪訝《けげん》な顔をした。

「どしたの、エイシ」

「なんでもない、なんでもないです。はあ……あれ？」

そのとき、異変が起きた。

女神の領域を映す画面にノイズがあらわれはじめたのだ。

それはルーの方から見ても同様らしく、「どうしたんだろ、エイシ」と首をかしげている。

そう言われても俺もわからないのだが、なんだろう、体に違和感が……。

だるいような、力が入らないような。

この感覚は前にも感じたことがあると思いだし、ステータスを確認すると、魔力がのこりわずかになっていた。

うわ、このスキル、そんなに消耗が激しいのか。

考えてみれば神の世界と通信するスキルだ、消耗が凄《すさ》まじいとしてもおかしいことはない。

俺はステータス画面におろしていた目をあげる。

「ルー、俺の魔力がもう尽きる。それで通信が途切れそうなんだ」

「あ、そういうこと。もっと魔力鍛えるべきだよ、エイシ」

「無茶言わないでよ、これでも相当あると思うよ。まあ、とにかく、そういうわけでもう切れるから」

「了解了解。じゃあね、エイシ。またお話ししよ。通信してきて、絶対だからね」

ルーは画面越しに握手を求めるように手を伸ばす。

俺も迷わず手を伸ばし、もちろん感触はないが、画面越しに手を合わせて、そして通信は途絶した。

あとにはいつもどおりの宿がのこる。

何事もなかったかのように。

「神の世界と通じてたんだよな、ついさっきまで」

いつの間にやら俺のスキルも結構凄いレベルに来てしまった。

一生懸命毎日寄生してレベル上げしてた成果だな、うん。

「さてと――」

何やろうかなあ、暇だけど眠気も飛んだし。

考えていて、ふと思い出した。

昨日の迷宮探索でゲットした成果をまだ処理してないじゃないか。

パイエンネの迷宮では結構宝も見つけたんだ。

回復薬、鉄鎖を編み込んだ帽子、魔元素が結晶化したものなどなど。

むき出しのものもあったし、誰が入れたのか不思議な箱に入っていたものもあった。

シーフの《指先》スキルで箱を開けることはできたけど、ああいうのも魔元素のせいで自然発生するんだろうか。

そしてマンティコアの尾や爪、核などの素材はきっと並の宝よりも貴重な品だ、専門の人に頼めば何か凄い道具を作ることができるかもしれない。

いや、きっとできるはずだ。

せっかく苦労したんだから、その分美味《おい》しい思いさせてもらいましょう。

☆

使えそうな道具は自分で使うとして、自分では使い道のない素材をどうにかしなければいけない。

こういうときに選択肢の第一は換金なのだけれど、しかしこのマンティコアの素材は並のレアさじゃないので普通に換金するのはもったいない。

となると、価値を理解して優れた道具に加工してくれるところを探さなきゃならないので、そういった店が多くあるアイアン・ブロックに俺は向かった。

武器屋や魔道具屋など、いくつかの店に入って素材を見てもらうが、加工できるどころか皆その価値にすら気付かなかった。

『これは珍しくもない大蠍《さそり》の尻尾《しっぽ》だな、銀貨二枚ってとこだ』じゃあねえ。せっかくの貴重な素材を任せるのはちょっと、いやかなり不安。

素材の味を引き出せそうな職人がなかなか見つからなくて面倒になってきたし、次の店でダメだったらもう宿に帰ろうと思いつつ、ブロックの外れの方にある飾り気のない魔道具屋に俺は足を向けた。

「すいませーん」

ドアを開けて呼びかけてみるが返事はない。

人はいると思うけど、聞こえてないのかな？

「すいませーん！　伺いたいことがあるのですがー！」

呼び掛けて少し経《た》つと、店の奥から男が姿を現した。

釣り目がちな目で不機嫌そうにこっちを睨《にら》んでいる。

男は開いたドアを見ると、遠慮することもなく舌打ちした。

「鍵《かぎ》かけるの忘れてるじゃねえか、どこの間抜けだ。ったく」

あなたしかいないようですが……とは言わず、俺は確認する。

「珍しい素材を手に入れたので、何か作れないかなと思ってるんです。でもなかなか、できる人が見つからないんです」

「ほう、『珍しい素材』。そして『見つからない』……」

どうやら興味を持ったらしい。

「工房に来な」

魔道具職人は親指で店の奥を示した。

建物の中は入り口近くが狭い店舗スペースになっていて、色々な魔道具がおいてある。俺の持ってる回避を増す護符のようなものもある。

魔道具職人について奥に行くと、工房になっていた。

魔道具らしき杖《つえ》や札、それを作るための工具や窯《かま》や釜など色々なものがおいてあり、そのスペースは販売スペースよりもずっと広い。こっちがむしろ建物の本体という感じがする。見慣れない道具とか、素材とかもあって、眺めていると面白い。

「少し待ちな、最後の確認がある」

そう言うと、台の上にある木でできた札らしきものを手に取り、胸にぺたりと貼り付ける。程なくして札が光を放ちはじめた。これが魔道具ってやつなのか。

と、杖を手に取り、その先端を自分自身に向け。

「衝撃」

と言うと同時に、男の体が衝撃で吹き飛んだ。

「なっ⁉　何やってるんですか⁉」

俺の顔にも散った風が吹きつけて来て、驚いて尋ねる。だが男は背後の本棚に背中をぶつけつつも、けろりとした顔で頷く。

「よし、胸にはダメージは来ていない。盾の札、たしかにできているな。あとは本人の脚力と体重の問題だ」

男は俺の方を向きながら、魔道具を箱の中にしまっていく。

「何って、テストだ。完成した魔道具のな。自分でやるのが手っ取り早いだろう」

「テストって……ものすごく怪我《けが》しそうなんですけど」

「大丈夫だ、ちゃんとできていれば体のどこも怪我はしない。怪我をしたら、俺が未熟だっただけのこと。その責は負う」

テストはいいけど、自分の体で試すって、この人やばい。魔道具のためなら死んでもいいとか言い出しそう。……いや、仕事を頼む方としてはむしろいいのか？

いやでもやっぱりやばいでしょ絶対。とりあえず頭は大丈夫じゃなさそうだ。

「さっきの魔道具、もっと純度の高い魔結晶なんかの素材を使えば、衝撃を受け流すだけじゃなく、完全に殺すことも可能なんだ。そうすりゃ後ろに吹き飛ぶこともない」

「へえ。魔道具ってあまり詳しくないですけど、素材が大事なんですか」

「そうだ。つまり、お前の持ってきた珍しい素材ってもんを早く見せろってことだ。いい魔道具を作れるものかどうかってことをな。さあ見せろほら見せろ早く見せろ」

男にせかされながら、俺は示された作業台の上に、マンティコアからとった素材を置いていく。

「これです」

すると、魔道具職人が眉間《みけん》にしわを寄せ。

「これは――ちょっと待て、まさか！」

魔道具職人は工房の隅にある本棚に大股《おおまた》で歩いて行き、落ちた本のページを急いでめくっていく。

そして本を片手に作業台に持ってきて、内容と俺の持ってきた素材を見比べる。

俺はそれを壁際で笑いをかみ殺しつつ見守っていた。いやあ、凄い慌てようだ。態度がでかかったから落差がちょっと面白い。

ともあれ、これは結構期待が持てそうだ。

そのとき突然、耳元で勢いよく壁を叩《たた》く音がした。

音を立てたのは、魔道具職人の手。

「お前、これがなんだか知ってるのか」

手で俺が逃げられないようにして、真正面から尋ねてくる。

これは噂《うわさ》の壁ドン⁉

……いや男にやられても嬉しくないし、男にやるもんでもないだろ。

という俺の気持ちも知らずに眉間のしわを深くし、魔道具職人はさらに尋ねてくる。

「おい、どうなんだ。俺の見る限り、こいつは並の素材じゃない」

魔道具職人の赤い髪が早く答えろと急かすように目の前で揺れている。

急かされるペースに釣られて俺も早口で答えた。

「もちろん、知ってるつもりです。けど僕の知識が合ってるかの確認のために、先にあなたの見解を聞かせてもらえませんか。先入観抜きでの判断を。なんだと思いますか」

「そんなもので俺の目が鈍ると思っているのか？　見縊《みくび》られたもんだな。こいつはマンティコアだ。その尻尾や核。お前の見立ては当たっていたか？」

おお、正解だ。それがわかるってだけでも、これまで見立ててもらった人とレベルが違う。この魔道具職人、大当たりだ。

「よかった、僕の思ってたのと同じです」

「はっ、無駄な手間をとってる場合じゃないぞ、こいつはとんでもなく珍しいものだ。俺も本の中でしか見たことがない。なぜなら、マンティコアを倒せるやつなんていないからだ。それをなぜお前がもっている？」

「なぜと言われても――」

倒したと言いふらしてあまり大事にはしたくない。

絶対隠したいというほどでもないけれど、一応ここは濁しておこう。

「ちょっと伝手《つて》があって。いずれにせよ、本物であることは保証します。それよりも、これ、加工できますか？」

「応とも否とも言えないな、一度も扱ったことがないから。だが――滾《たぎ》る！」

魔道具職人は振り返って、台の上の素材を見やる。

くくく、とかみ殺した笑いを漏らす魔道具職人の姿に、俺は期待を寄せた。この人ならなんとかしてくれるんじゃないかと。

でも、なにはともあれいい加減手をどけて欲しいです。

「俺に任せてくれないか。必ずものにしてやる。報酬はなくてもかまわない。だからやらせてくれ」

「報酬無しって、本当に？」

「あんな素材を扱える、それ自体が最大の報酬だ。魔道具職人にとってのな」

おお、ラッキー。

でも完全無料ってのはちょっと気がひけるなあ。

一応料金は料金として払った方がこっちもすっきりするんだけど、まあその辺はあとで詰めていけばいいか。

何はともあれ頼りになりそうな人を見つけられてよかった。

と考えている間も、答えを促すように魔道具職人は俺を見つめ続けている。

「それで、どうだ。さあ頷けほら頷け早く頷けお前に選択肢はない」

「選択肢は僕にあると思います。とまあそれはともかく、うん、あなたに頼みます」

と俺が言うと同時にせっかちな魔道具職人は抑えきれないガッツポーズ。

「友よ」

満足げな笑みを浮かべ、俺の手をとってくる。

変わり身はやっ！

「しかし、これほどの素材を得ることができるとは――何者なんだお前は」

「ああ、俺はこ――」

「なるほど、そういうことか」

え、いやまだ何も言ってないんですが。

と困惑する俺の前で、魔道具職人は何度も頷いている。

「言わずともわかった。それほどの力があって、この辺りにいる奴といえば、あれしかない。お前、さてはプローカイの町の闘技場闘士だな」

「いや、普通にこの町の冒険者ですけど」

……………。

微妙な間が広がる。

魔道具職人は俺の目を瞬きせず見つめる。俺もなんとなく見返す。

と、魔道具職人は口を開いた。

「お前、ローレルのギルドの冒険者だな？」

「いや、今そう俺が言ったばか――」

「やっぱりそうか。俺の見立てどおりだ」

こいつ……さっきの会話を全て虚空に消し去った⁉

すました顔してるけど、俺の記憶からは早とちりで格好つけて言い当てようとして外したことは消えてないぞ。じろーと見つめるが、俺と目をあわせないように目をそらしている。

この男、なかなかいい性格してる。

まあいい仕事をしてくれれば性格はなんでもいいさ……そうだ。

「そうだ、名前はなんて？　俺はエイシ、今は一時的にこのローレルに滞在してるんだ」

「エイシか。俺はフェリぺだ。まあ名前なぞたいしたことじゃないが、覚えたいなら覚えておけ」

「わかった、覚えておくよ。頼んだ、フェリぺ」

「任せろ。さて、それじゃあ今日はもう店じまい、いや当分店じまいだな。商売なんてしてる場合じゃなくなった！」

ハハハとテンション高く笑うフェリぺに、ようやく壁から解放された俺は、宿の場所を教えた。

この素材を利用したものが作れる目処《めど》が立ったら教えに来るためだという。まずはこれを加工する方法を見つけなければならないから、何を作るかはその時に決めようという話になった。

それにしても長いこと壁に張り付かされていたものだ。これが本当に流行《はや》っているのだろうか？

たしかにちょっと気の強い女の子にやられたら嬉しいか？　……ありだな、うん。

まあ、それはともかく苦労して得た素材が宝の持ち腐れにならなくてよかったよかった。

しかしフェリペの商売の方は大丈夫なのだろうかと一抹の疑問を抱きつつ、俺は魔道具屋『ヴィシュブ』をあとにしたのだった。

☆

魔道具屋でレアな素材の使い方を決めて一安心と思ってから数日たったある時。

俺はあることに気付いた。

それは、レベルアップ速度の鈍りだ。

《名前》　エイシ＝チョウカイ
《クラス》　パラサイト27　マーシナリー16　魔道師８　剣士７　神官14　狩人14　呪術師14　闘士３　鉱員８　シーフ10　精霊使い14　エンチャンター15
《体力》　１８１
《攻撃力》　１６０
《防御力》　１５３
《魔力》　１８０
《魔法攻撃力》　１７８
《魔法防御力》　１７７

《敏捷》　165
《スキル》　魔力回復力アップ　弱体延長　パーマネントサモン　サーヴァントの召喚　通神　石囁り　生命の息吹　エレメントアタック　精霊魔法　精霊感知　マジックエンハンス　アタックエンハンス　魔力増幅　癒やしの手　痛み分け　遠隔武器マスタリ　エンハンスブースト　パラサイト・ビジョン　クアドラプルパラサイト　パラサイト・クラス　パラサイト・インフォ　パラサイト・ゴールド　近接武器マスタリ　強撃　魔道具マスタリ　魔法の矢　剣マスタリ　連続剣　ディスペル　弓マスタリ……

もちろんレベルは上がってはいるのだけれど、以前ほどペースは速くない。だいぶ鈍ってきている。

理由は簡単に思い当たる。俺のレベルはハイペースで上がって強くなるけど、寄生している相手はそんなに強くなるわけじゃないから、倒すモンスターの強さも、入手経験値も変わらないからだ。だから高レベルになるとどうしても成長が鈍ってくる。

パラサイトで経験値倍率がアップしているとはいえ、一人当たりは所詮《しょせん》四倍。

レベルアップに必要な経験値が四倍以上にあがれば、以前より遅くなる。

まあ、四つのクラスが同時に経験値が入ってくるのだし、それを遅いというのは贅沢というものだろうが、しかし一度凄い勢いでレベルアップを経験すると、あれをもう一度味わいたいと思ってしまう。

生活レベルが一度上がると、収入が減っても下げられずに借金する人がいるっていうのは、こういうことなんだろうな。

「まあ、でも」

ベッドに座っていた俺は、そのまま転がった。

「慌てる必要もないか」

そもそもレベル上げる必要がないって話だからなあ。

すでにこの町じゃ最強クラスだろうし、よっぽど危ないところに自分から行かない限りモンスターにやられることもない。お金もあるから依頼をあくせくこなす必要もなし。

将来的に何か起きる可能性はあるけど、来年のことを話すと鬼が笑うっていうから、まったりやっていけばいいさ。

「……とはいったものの」

もりもりとクラスレベルの数字が増え、未知の新スキルを覚えていくあの感じ。あの快感は、一度味わうとなかなか忘れられない。

それに俺も作業ゲーは嫌いじゃない。数字を積み上げていく、それ自体結構楽しいし、レアなクラスやレアな複合スキルみたいなオマケもあると来たら、やっぱり寄生レベリングの勢いはあるに越したことはない。

もっと強い人を探そうかな。

それが一番早いやり方だと思う。強ければ、強いモンスターを倒せるから経験値の溜《た》まりが違う。モンスターのレベルが違ってくれれば、体感だが文字通り桁《けた》が違う経験値を入手できているように感じる。

たしかこの町には、赤牙《あかきば》とか青影《あおかげ》っていう有名な冒険者がたまに訪れるって話を以前ウェンディから聞いたっけ。俺がここに来た頃にはいなかったけど、あれから結構時間が経ったから今ならいるかもしれない。

それか、未知の実力者ってのもありだな。アリーなんかはランクはそれほどでもないけど、実力はこの町でも最強クラスだろうし、その辺り、探してみてもいい。

色々と候補はありそうだ。

さあて、どうしようかな。

☆

赤牙。

ローレル冒険者ギルドで名を知られている冒険者の異名。

他の町を拠点としているが、ちょくちょくローレルに来るというその男が、今ローレルに来ているという情報を俺はつかんだ。

それは、午前中冒険者ギルドに行ったときのこと。

ちょうど強い人に寄生して、ガッツリレベル上げたいと思って、何か未知の強者がいないか、強者の情報がないかと思い聞き込みをしたら、その男が今来ているという話を聞いた。ウェンディ曰《いわ》く「森にいるみたいですよぉ。あの人、だいたい森か草原にいるんです」とのことらしい。野生児？

ともあれ、俺も噂くらいは聞いたことがある。ローレルに来る冒険者の中でも名高い人物なら、俺の寄生ライフをさらに充実させてくれるはず。

これはもう行くしかない。俺より強い奴に会いに行く――というどこかで聞いたことのある台詞《せりふ》の精神で、俺は早速ローレル東の森へと向かったのだった。

俺は町の側《そば》の森にやってきた。

森には相変わらず動植物が多く、野性を感じる。

木々の間をすり抜け、俺はのんびり歩いて行く。

この森なら危険なモンスターはいないし、安心して散歩できる。奥の方に行かなければ、そもそも危険じゃないモンスターすらほぼいない。息抜きもかねられるね。

だいたい抜いてるというのはまあおいといて、何も手がかりがないので、とりあえずうろついていたのだが、しばらく歩いていると少し気にかかるものがあった。

小さい棘《とげ》と毛がたくさん生えていて、この森で見たことのない植物だ。まわりから浮いているその植物は、俺を導くように点々と森の奥に向かって点在している。

何かあるんじゃないかと思い、俺はそれについていくことにした。

しばらく歩くと――。

「あ、いた」

身をかがめ、土をいじっている男がいた。

俺が駆け寄っていくと、顔を動かさないまま、その男は声をあげる。

「僕に何か用かい？」

気付いた？

こちらを見ることすらしないで。

やはり、この人――。

「はい。僕はエイシという冒険者です。この森に赤牙という異名の冒険者がいると聞いてやってきたんですけど……もしかして、あなたが」

「確かに僕は赤牙とよばれてるね。はじめまして、エイシ君。『赤牙』エイリークです」

そう言って、立ち上がりこちらを向いたのは、俺よりいくらか年上に見える深緑の髪の男だった。つなぎのような服を着て、日焼けした顔には泥がついている。

「それで、何か用かい？」

「いえ、用というほどじゃないんですけど……ミーハーなもので、有名な冒険者を一目見たいなあと思って、森を歩いてきたら、見つかりました」

俺の言葉を聞くと、エイリークはおかしそうに朗らかな笑い声を上げる。

「あはは、そうか。僕のようなものを見たければ、いくらでも見てくれ」

そう言って再びしゃがみ込む。

何をやっているのだろうと思うと、どうやら落ち葉の下の土を掘っているらしい。落ち葉を払いのけると、下からあらわれたのは——。

「キノコ」

平べったい形の白いキノコがこっそりと数本かたまって生えている。

エイリークはそれを抜くと、俺に渡してくる。

手に取り匂いをかいでみると、なんとも言えない芳《かぐわ》しい香りがする。

大地の匂いってやつだな、これはまさに。

「これには大地のエネルギーが凝縮されている。食べると、モンスターを倒した時のようにその力を取り込めるんだ」

それってつまり、クラスのレベルが上がるってことか？

クラスのレベルは、モンスターの体にあるエネルギーのようなものを取り込むことで上がるっていう話だったけど――。

「凄いですね、そんなものがあるんですか」

「まあ、入る経験値はインプを倒した程度だから、僕にはほとんど意味ないけどね。多分、君にも無意味なレベルじゃないかな」

「そんなものなんですか。美味《おい》しい話はありませんね」

「美味しい話はなかなかないけれど、このキノコの味は美味しい。採っていくといい」

譲ってくれるらしい。経験値はともかく、美味しいキノコということだから、キノコスキーとしては非常にありがたい。俺はあつく礼を言って、キノコをいただいた。

……あれ、でもなんで俺のレベルだと少しの経験値じゃあまり意味ないってわかったんだ？

何かしら特別な目利きができるとしたら、名前が売れてるのは伊達《だて》じゃなさそうだ。

「他にも経験値をより多く得られる水や鉱物など世界には色々あるけれど、どれも珍しいものだ。見つけたら大事にするといい」

これまで見たことないし、そういうものは相当にレアなんだろうけど、食べたり使ったりすることで、クラスの経験値を得ることができるわけか。

使うだけでパワーアップなんて、最高にいいじゃないか。これはパラサイトとしては外せない逸品だ、覚えておこう。

「いいんですか、でも、そんな貴重な物」

「僕はまた見つけられるからね」

「どうやって見つけたんですか？」

「……見るかい？」

瞬間、赤牙の目つきが変わった。

地面に向けた手のひらの先に空間にゆがみが生じ、魔力が集中していくのがわかる。

次の瞬間光の柱が出現し、そこに二股《ふたまた》の大根に似た、不気味な顔のような模様のある植物があらわれた。

「これ……まさか、召喚⁉」

「ああ。マンドラゴラを呼び出した。僕のスキルでね。彼は植物に関しては鋭いんだ。色々と匂いをかいで案内してくれる」

マンドラゴラはくるくるとその場を歩くと、ひょろりとのびたひげ根のようなものを、森の一方向へ伸ばした。

「ふむ、次はあちらか」

どうやら、次の用事があるらしい。

と、その時だった。森の奥から三匹の小型のローレルウルフがあらわれた。

三匹だけで周囲には他のウルフはいない。

ウルフ達は大胆にもこっちに向かって唸《うな》りながら近づいてくるが、エイリークはみじんも動かない。

「エイリークさん、後ろから――！」

俺が声をかけながら構えると同時に、エイリークは懐から鋭い針のようなものを取り出し、ウルフ達に向かって素早く放っていた。

それらは全て的確にローレルウルフの尻《しり》の辺りに突き刺さり、ローレルウルフはきゃいんと鳴き声を上げ、撤退していった。

「逃げていってくれたね」

「気付いてたんですね。今のは……植物の棘ですか？」

エイリークは目で頷く。

「植物は武器にもなるし、恵みにもなる。厳しく優しい大地の化身。全て力は使いようだよ、特に大きな力はね、エイシ君。さて、今度こそ行くとするよ。また機会があったら会おう。大地の加護があらんことを」

「はい。是非！」

俺はエイリークとしっかりと握手を交わした。

その傍らで、力を示すように、マンドラゴラは木の幹にタックルしている。まるで相撲取りのてっぽうのようでなかなかパワフルだ。見た目は弱そうだけど、やっぱり召喚獣。戦う力もしっかりあるんだな。それを俺にアピールしているようでもある。なぜ俺にアピールするのかというのは謎だが、鍛えた筋肉があれば見せたいみたいなもんだろう。

そしてエイリークはつば付き帽子を被り直し、マンドラゴラと一緒に森の奥へと向かって行く。

俺はその背を見送り、繋《つな》がるパラサイトの光を確認する。

《ファーマー　52》

52レベル⁉

やっぱり、凄腕《すごうで》だ。

召喚なんて芸当をやってのけるし、植物に関する知識や探索能力も豊かだし、モンスターに致命傷を与えないよう正確に狙いつつ追い払う技術もある。ファーマーという戦闘向きじゃない感じのクラスなのに、究めればあれほどのことができるようになるのか。

凄い人はいるところにはいる。そのことがよくわかった。

落ち着いた雰囲気と、力と経験に裏打ちされた余裕。

話していると、こちらまで穏やかで安心する、木立のような人だった。

《赤牙》エイリーク。また会いたいものだ。覚えておこう。

「いい収獲だったな、いろんな意味で。ファーマーも持ってないクラスだったし。それじゃ、こっちはそろそろ帰りますか」

晩ご飯はキノコにしようかなどと考えつつ、俺は町に戻った。

それからしばらく経ち、クラス・ファーマーのレベルは順調に上がっていった。森の奥の奥の方には、ローレルウルフなんかとは桁違《けたちが》いの恐ろしいモンスターがいるのかもしれない。

なにはともあれ寄生の効果が順調に出ていて嬉しい限りだ。

やっぱり、強者を探すというアイデアは悪くなかったな。


……しかし。

このアイデアは一歩前進だが不十分だった。

ファーマー以外のクラスの成長は相変わらず鈍ったままなのだ。

強者に寄生するのはたしかに効果あるのだが、それだけでは結局一つのクラスが上がるだけでしかない。

経験値キノコも効果は大きくなかったし、多くのクラスのレベル上げを加速させたいとなると、何かもっと違う方法が必要だということが今回のことでわかりました。

大勢の実力者に寄生すればいいというのが一番単純だけど、そうホイホイいるはずもないしね。何かもっと新しい有効なアイデアを考えよう。時間はたっぷりある。

……しばらく考えたが、いい案は浮かびませんでした。

「まあ、あまり根詰めてもしかたないか」

そう切りかえ、俺は気分転換に宿から徒歩十分くらいの所にある浴場に向かうことにした。困ったときはリフレッシュだ。

このローレルの町には公衆浴場があるんだよね。ありがたいことに。

浴場は雰囲気は高級感のある銭湯といった感じ。

脱衣所があり、風呂場《ふろば》は複数ある。

入ってすぐの風呂場にはつかるための広い湯船と湯を汲《く》む用の湯船があり、別の部屋には水風呂もあり、熱い湯につかったあとはそこでさっぱりすることもできる。

町の地下に水道が通っていて、そこから引き込んだ水を沸かしているらしい。なかなか凄い技術だと思う。

なんと蒸気を利用してサウナのようにしている部屋まであるんだから驚き。この世界の人の風呂《ふろ》に対する情熱もなかなかのものである。

普段は濡《ぬ》らしたタオルで体を拭《ふ》くくらいなのだが、たまにここに来ている。

お金持ちは自分の家に風呂があるけど、庶民にはないし、俺の泊まっている宿にも当然ないので、ここが生命線。

まずは洗い場で体を洗い、湯船に入る。

絶妙な温度で……は～。

目を閉じてリラックスすると、一日の疲れが癒えていく。

やっぱり湯船が一番いいねえ。シャワーもさっぱりするけどそれとは違ってまったりとした癒しがある。じっくりつかってると……ふ～たまらん。

「お前も風呂好きか。奇遇だな、俺もだ」

「ええ、やっぱりこれが一番いいで……ってその声……フェリペ⁉」

隣からの声に目を開けて横を見ると、そこには赤髪に少し釣り目の、見覚えのある男がいた。

魔道具職人のフェリペだ。

「まさかこんなところで会うとは思わなかったよ」

今日は一人でのんびりしようと思ったんだけど、まあ、いいか、たまには。

湯の跳ねる音が聞こえると、小さいことは許せる気分になるもんだ。

「ここには結構来るのか？」

「まあ、ちょいちょい。フェリペは？」

「言うまでもない。ここは頭をリフレッシュするのに役に立つ。特に好きなのは蒸気風呂だ。あれはいいぞ、エイシも湯船だけじゃなくあれも使ってみろ」

「使ったことあるけど、汗かくからなあ。俺はどっちかというと汗流したいんだよね」

「そこがいいというのに……まあまだお前には早かったか」

フェリペは髪をかき上げ、勝ち誇ったように目で笑う。

なんでサウナが好き程度で玄人《くろうと》ぶってるんだ。

俺だってサウナくらい入れるわ。

「そっちこそ湯船の良さを完全には理解していないようだね。水がまろやかに体を撫《な》でる感触がいいというのに……いや不毛だな、この競争。それより、仕事の調子はどう？　加工の目処はたった？」

質問すると、フェリペは顔に湯をかけた。

そして息を長く吐き出す。

「なかなか難しいところだ。といっても、やり方がわからないわけじゃない。俺の腕をもってすれば、突破口は見えた」

「本当？　だったら難しくてもなんとかなるんだね」

「そうとも限らんな。方法がわかっても実行するのが難しいんだ。俺の見つけた方法には高濃度かつ高純度の魔結晶が必要だが、そんなもの容易には入手できない。だからそれ無しでやる方法がないかと考えているんだが、手に入れるのと考えつくの、どっちが早いことやら。まあ、それをあれこれ考えるのが面白いんだがな」

フェリペはにやりと口の端をつり上げる。心底楽しそうなその表情はザ・職人って感じだ。

ちょっと変わった奴だけど、仕事への姿勢は本物だな。

「そうしてこういう熱い湯につかるのもな。俺の方が絶対に熱いのには強い、蒸気風呂が好きだから。なんならどちらが耐えられるか、勝負してもいいぜ？」

「なんでそんなに燃えてるんだ、フェリペ。別にそんな勝負したくないよ俺は……でもまあ、仮にやったら俺の方が我慢強いと思うけどね」

「ほう？　言うじゃないか。だったら、やるしかないなエイシ！」

そして俺たちは熱い湯の中で我慢比べをはじめた。

じっとつかっていると頭がぼーっとしてくる。なんでこんなことしてるんだろうと疑問が浮かんでくる。というか別に負けてもよくないかなあと思った頃、フェリペが声をかけてきた。

「そういえば、お前秘宝ってもんは見たことあるか？」

「秘宝？　いや、ないけど。あれもそういえば魔道具だっけ」

「そうだ。あんなに珍しいものを持っていたくらいだからもしかしたらと思ったが、さすがにレアリティが違うか」

「効果の凄さは聞いたことあるけど、へえ。レア度もそんなに凄いんだ」

「そりゃあな。秘宝って言ったら、あらゆる人間の作る魔道具を凌駕《りょうが》する遺物だ。不思議な効果を持った宝石や、どんな金属より鋭く持つ物を癒やす聖剣。秘宝にも色々あるが、どれも人間じゃ不可能なような力を持っている。ああいうものを人間の手で作れたらって魔道具職人なら誰でも思うぜ」

と、フェリペが波を湯船に起こして俺の方に顔を向ける。

「もし見つけたら俺にも教えろよ、悪くはしないから」

「悪くはしないって、何するかちょっと怖いな」

「くくく……まあ、それよりもまずは目の前のマンティコア素材だがな」

「そうだね、持ってる物から。うーん、魔結晶ねえ」

魔法などの特殊な力の源である魔元素。それが集まり固まったものが魔石や魔結晶というものだ。魔結晶の方がより純度が高く、その中でも高品質なものが必要というならば、なかなか難しいということは想像できる。

「エイシ、お前、冒険者だろ？　あんな珍しい素材を手に入れられるほどの。だったら魔結晶も見つけてこいよ」

「いやいや、気軽に言わないでよ。割と決死の覚悟だったんだから。それに場所がわからなきゃ見つけようが——冒険者？　そうか、冒険者か」

冒険者ギルドで尋ねるっていうの、ありかもね。

色々と情報は持ってるだろうし、ひょっとしたら現物を持ってるかも知れない。

謝礼を渡せば教えてくれたり、ものをくれると思うし、依頼を出すってのもいいな、報酬次第じゃ一生懸命探してくれるだろうし。

その時は俺も一緒に行ってもいいかな。

そうすれば、結構強めのモンスターが出るところも捜索範囲に入れられるし、それでいて探す目は増やせる。

俺が露払い役って感じで高レベルモンスターをやっつけて——ん？

指先でお湯を弄《もてあそ》んでいた俺の手が止まった。

いや、待てよ。

もしかして、これは一石二鳥の状況じゃないか？

そう、ああしてこうして少しやり方を整えてやれば。

「エウレカ……！」

俺は思わず立ちあがった。フェリペがにやりと口角を持ち上げる。

「ふっ、根を上げたな？　俺の勝ちのようだな。やはり俺の方が湯を愛する気持ちも根性も……どうした？　何をにやついてるんだ」

「エウレカだよエウレカ！　ははは、いや、ちょっと思い付いちゃったよ」

「は？」

フェリペが怪訝な視線を向けてくるが、俺は『気付き』でそれどころじゃない。

そうだ。

謝礼として、依頼の手伝いをすればいいんだ。

冒険者はランクづけられているけど、一つまでならランクが上の依頼を受けられる。ただ、もちろん難度が高いからなかなかできない。

そこで、俺がそれを手伝う。

俺の実力はこの町の冒険者になら少しばかり知られている。コキュトスウルフを倒した時のことだから、今よりは多少低く見積もられてるだろうけど、それでも多くの冒険者よりは力があると思われている。

だからお金を報酬として提示するのではなく、高難度依頼や、あるいは上に行くためのトレーニングを手伝うかわりに、魔結晶のことを頼むってやり方もできると思うんだ。

そうすれば、冒険者を手伝うことで彼らに高ランクのモンスターを倒させることができる。そして俺は、スキルで寄生している人が高レベルモンスターを倒せば、経験値をたくさん得られる。

スキル的な意味で俺が寄生した冒険者を、戦闘的な意味で俺に寄生させるんだ。

そうして本来なら倒せないレベルのモンスターを倒させてやれば、俺がモンスターを自分で倒すときよりも遥《はる》かに多くの経験値を稼げる。

これだ。

寄生させて、寄生する。

言ってみれば二重寄生、これなら相手の強さにかかわらず、いろんなクラスのレベルアップを一気に加速させることができるぞ！

俺は水滴がびっしりついている天井を見上げた。

一滴が俺の額に落ちて跳ねる。

行くしかない、冒険者ギルドへ。

☆

すぐさま浴場を飛び出しそうになったところをぐっとこらえ、俺はギリギリ服を着て浴場をあとにし、早足で冒険者ギルドへ向かう。

風呂対決はフェリペに負けたことになってしまったが気にしている場合じゃない。

……でも次は本気で勝負して実力を思いしらせてやらねば……あ、のぼせて足下が。

ふらつきつつギルドに向かうと、今はもう夕暮れ時だがこの時間でもそこそこ人がいた。酒を片手に話したり、軽食をつまんでいたり、軽い酒場のような雰囲気だ。

そんなギルドの様子を眺めて、誰に魔結晶捜索依頼を出そうかなと考える。

この作戦なら魔結晶のことで助けてもらって、そのお礼で経験値まで追加でもらえる。

これから先俺抜きでも高ランクにいけるように、などとうまく言いくるめれば、依頼が終わった後でも余分に狩らせたりもできるはず。

美味《おい》しすぎるね、二重の寄生で二重の報酬。

さて、それじゃあまず誰に二重寄生作戦を試そうかと俺はギルドの中を見渡した。

ここにいる人はだいたい皆見覚えがある。

パラサイトもしたことがある者が大半だから、クラスとレベルもわかる。

さてまずはどのクラスの人に声をかけようか。

そのとき、ヴェールの姿が視界の中央を横切った。

そうだ、あの時のお願いを有効活用しようと思い出した俺はヴェールに近づいていく。すると向こうも気づき、こちらに歩いてきた。

「エイシ！　久しぶりじゃない、冒険者ギルドに来るの」

弾んだ声で言うヴェールは、体もうきうきと弾ませているように見える。

つられて俺も声のトーンをあげて答える。

「うん、久しぶりヴェール。最近暢気《のんき》にしてたんだけど、ちょっと用事があって久々に来た」

「用事？　その言い方だと依頼って感じじゃないわね」

俺は頷きつつ、ヴェールを二重寄生計画の対象にするかを考えるが、ヴェールのもってるマーシナリーのクラスはそこそこ上がっているんだよなあ。

そうなると、やっぱりまずは別のクラスをあげたい。

「そのことで、ちょっと頼みたいことがあるんだ、ヴェール」

「頼み？　もちろん、なんでも聞くわよ。助けてもらったときに言ったとおりね」

ヴェールは任せろと言わんばかりに胸を叩く。

こういうとき頼りになるね。

俺はパラサイトのことは伏せつつヴェールに事情を説明した。

俺の狙いが上手くいくような相手を探して欲しいと。上のランクを狙っているけど、ちょっと苦労しているような人がいたら教えて欲しいと。他人と組むことを受け入れるような人がいいと。

「わかったわ。約束したとおり、全力で借りは返すわね。……でもさ、エイシ、本当にそれでいいの？」

「いいのって？　何か問題あった？」

「問題はないけど……なんでも頼みを聞くってせっかく私は言ったのに、そんな簡単なことでいいのかなあって」

「いやいや、そんな無理難題ふっかけるつもりはないよ。それに、これこそ今の俺に一番必要なお願いだから」

俺が言うと、ヴェールは困ったような顔をして頭をかく。

そして思案顔で独りごとのように呟《つぶや》いた。

「うーん。待ちじゃだめかしら」

「待ち？　何を？」

「おっと、聞こえた？　ううん、こっちの話。そっちもちゃーんとやるから安心して。じゃあ任せて！」

ヴェールは握《にぎ》り拳《こぶし》を俺に見せてやる気をアピールし、他の冒険者の元へ早速声をかけに行った。

よくわからないけど、でも、やってくれるならオーケーだ。

あらかじめ提案を受けてくれそうな人をヴェールに厳選してもらえるなら、これほど助かることはない。あとは調査結果を待てばいい。

——のだけれど、一回だけ声かけてみようかと思い直した。

ちょうど、条件に合致していそうな人がいるということに気付いたからだ。

「お久しぶりです」

「ん？　おー！　君は！　久しぶりだなっ」

女冒険者は声をかけた俺に気付くや否や、俺の手をとりぶんぶんと上下に振り回す。

隣の男の冒険者は落ち着いた様子で小さく頷く。

「あの時は助けてもらったな。おかげでここでこうして冒険者やれている」

そう、俺が声をかけたのはかつてパイエンネの迷宮の中で怪我をしていたところを助けた冒険者達だ。あの時の四人組のうち、リーダー格の男と女が二人でいるのを見つけたのだった。

「それはよかったです」

「本当によかったよ！　神様仏様君様だねっ」

掴《つか》んだままの両手をさらにぶんぶん振る女冒険者。

なんて元気のいい子だ。

というか肩抜けそうです。

「君もあれから大丈夫だった？　回復薬とかあたし達にくれたけどさ」

「まあ、なんとか足りました。結構珍しいものも手に入りましたし」

「おおー、凄い。あたし達なんてあそこで助けてもらわなかったら、今頃ウルフに骨かじられてただろうに、助けた上で余裕の生還なんてやるじゃん」

「まったくだ。それでいて登録間もない新人だと言うのだからな。俺達はとんでもない男と同じ町の冒険者ギルドにいるものだ」

髭《ひげ》を触りながら男冒険者がしみじみと頷く。

俺はこめかみをかきながら首を振った。真正面から持ち上げられると反応に困るんだよー。でも褒められるのは嫌いじゃないから聞こえなそうで聞こえる距離で密かに褒めてください。

「いやあの、そんなにほんと、たいしたことじゃないです。それでなんですけど、実はあの時の探索で見つけた素材の加工に必要なものを今探してて――」

俺は二人にかいつまんで事情を話した。

そして計画通りに、魔結晶の見返りとして分け前無しで依頼など手伝いたいと申し出る。

「そんなことは必要無い」

男冒険者は即断じた。

あれっ、ちょっと予想と違う展開なんだけど。

「俺たちはあんたに恩がある。だから見返りなど不要だ。何も無くとも、あんたのために情報とブツを探してやる」

「いやー、それはむしろ困るんですけど」

「困る？」

「あ、いや困るっていうか、その、そうじゃなくて、そう、治療薬のお礼にそこまでしてもらうと申し訳なくて困るということです。求めてる魔結晶は本当にレアなので釣り合わないです。だから、依頼のお手伝いさせていただければ――」

相手が義理堅くて失敗しそうなところを、なんとか修正しようと試みる俺に、援護射撃をくれたのは、意外にも女冒険者だった。

「そうだぞ、ゲオルグ。この人の言うとおり、手伝ってもらっちゃおうぜー」

「おい、ミミィ。恩を返すのに手伝ってもらってどうする」

「いいじゃんいいじゃん、好意は素直に受けとっとくもんだとあたしは思う！　ねえ、……あ、名前知らないや」

ミミィとゲオルグというのか、この二人。

俺も今の今まで知らなかった。

「僕はエイシです。ミミィさんの言うとおりですよ、ゲオルグさん。本当に負担だったら言いません。それに、高純度の魔結晶は魔元素が濃いところにあるでしょうから、それを探すためには難しい依頼をこなせるような経験があった方がいいっていう打算もあるんです。つまり、僕にも利益がある」

「ほらほらほらほらほらー。エイシもそう言ってるし、頼んじゃおうぜー。ちょうど、狙ってた依頼があったじゃない。難しそうなのがさ」

ミミィが拳を振り上げ力説する。

この子はシンプルでいい。ありがたや。

俺とミミィの顔を交互に見比べ、顎《あご》をかき、ゲオルグは嘆息した。

「わかった。頼む、エイシ。俺たちを援護してくれ」

やった、交渉成功！

これで、この二人を鍛えて俺を鍛えることができる。

「ええ、一緒に頑張りましょう！」

俺は勢いよく返事をした。

☆

そこにはローレルに比べると小さい建物が並んでいる。

広い畑が目立ち、村の近くの草原では牛や馬が草を食みながら歩いている。

それがスノリという村。

エイシがゲオルグ、ミミィと共に受けた依頼をこなしに来た場所だった。

「馬車に揺られて三時間～、やって来ましたスノリ村～、今日は強い味方がいるから安全安心楽勝だぜ～」

「ミミィ、また変な歌を歌って……」

「変じゃない～。あたし冒険者じゃなきゃ歌手になってたと思うぐらいだし」

ミミィが頬をぶぅっと膨らませる。ゲオルグが俺に向かって肩をすくめて見せた。

どうやらこの二人はだいたいいつもこんなノリのようだ。

ローレルで合意に至った俺たちはすぐに二人が目をつけていたという依頼を受け、翌日の朝に馬車を一台調達してここスノリに来た。

その依頼とはスノリからほど近い場所にあるモンスター達の巣へと向かい、そこにいるモンスターを壊滅させること。依頼情報によると、かなり強力なモンスターらしく、しかもその巣に乗り込んで数十体を退治するということで、かなり高難度のミッションだ。

そのため報酬はいいのだが、ゲオルグ達は受けるのを躊躇《ためら》っていたらしい。

馬車を降りた俺は、体をうんとそらして腰を伸ばす。

馬車に揺られて草原や森や川の景色を眺めるのは楽しかったけど、箱詰めにされて身体《からだ》が軋《きし》む軋む。だから今体が自由にできると、ふう、解放感がたまらない。

「じゃあ、依頼人のところ行こうか」

「おー、行こうぜっ」

俺たちは連れだって依頼人の家へと向かった。

村とは言うものの、そこまで田舎という感じではない。ローレルを畑や家畜の割合を増やして建物や商店街などは全体的に小規模にした感じで、特に滞在する中で不便を感じるほどではなさそうで安心だ。

俺たちは地図に従い、依頼人のところに行って詳しい話を聞いた。


依頼人はスノリの農業をまとめている組織の役員で、どうやら家畜が殺されるという事件が最近頻発しているらしい。中には血を吸われてミイラみたいになっていた死体もあるとか。

「これまではモンスターは村の近くにはやってこなかったのですが、住処《すみか》を離れるケースが増えているようです」

現状を説明する役として呼ばれたらしい若者が、組織の事務所で俺たちに説明する。

「何かきっかけがあるのですか？」

「わかりません。心当たりは何も。ただ、奴らは夜にやってきて、家畜を襲い、血や体液をすっているようです。人間にはまだ犠牲者は出ていませんが、怪我人は出ています。その者は家畜が襲われているのを見て、守ろうとして痛手を負ってしまったようです。命からがら逃げることはできたようですが、無念だったろうと思いますね、同じ仕事をしている者としては」

若者は唇を噛《か》んで悔しげに俯《うつむ》く。

結構深刻な問題だな。村までモンスターの方からやってくるっていうのは、直接被害に遭ってない人にとっても怖いだろう。

「ですので、今は夜には出歩かないように村の者には言っています。家畜を飼っている者にとっても、そうでない者にとっても、早く解決したい問題ですので、何卒《なにとぞ》よろしくお願いいたします、冒険者様方」

そう言って頭を下げる、若者をはじめとしたスノリの人々。

「わかりました。モンスターの巣は必ずプチッとつぶしますよ。それで、場所は――」

「はい、それは東の方の岩場で――」

と、若者はモンスターの巣の場所を説明はするのだが、不明瞭《ふめいりょう》で位置情報がいまいち要領を得ない。おおざっぱな位置しか伝わってこないし、そのあたりは地図もないらしい。

「ねーねー、聞いてもよくわかんないから案内して連れてってよ」

ミミィが痺《しび》れを切らしたように頼む。

だが、いやいや無理です無理ですと頑なに案内を断られてしまう。近くまで行くだけでも、魔物に襲われるかもと恐れているようだ。

ミミィがあからさまに不満そうな顔になっている。俺も顔には出さないが同じ気持ちだ。自分の村のことなんだから、少しくらいは動いてもいいんじゃないかと言いたいところだが、しかし自分が同じ立場で戦う力がなければと思うと、仕方ないことかもしれないな。

そういうわけで案内は諦《あきら》め、時間はかかるだろうけど探していくしかないかと俺たちが話をしていると、その場にいた者の中から一人が進み出て、声をかけてきた。

「ならば私が案内しよう。場所はわかっている」

「リサハルナさん、それは危険で……まあ、リサハルナさんがそう言うなら」

止めかけた青年は仕方ないという顔で納得し、それ以外の人も納得したようだ。……って、簡単に納得しすぎでは？

リサハルナと呼ばれた人は俺より少し年上くらいで、未亡人的な不思議な色気のある女の人だった。美しい金髪と濃く青い瞳《ひとみ》が印象的な彼女はフレアスカートを揺らしながら、俺たちの前に来て口を開く。

「時間がかかれば余計に被害が増える可能性もある。さ、行こうじゃないか」

「あ、はい。でも、いいんですか？」

「女は度胸と言うだろう。それでは案内させていただくよ」

言うが早いか俺たちを先導し、リサハルナは歩き出した。

さっさと歩き出したリサハルナに連れられ、俺たち三人も村を出て目的地へと向かう。

少し歩くと、平原がはげてきて、荒れ地のようになってきた。おそらくこの先を進むとモンスターの巣へとたどり着くのだろう。

「それにしても度胸のある方だな」

「ふふ、女は度胸と言っただろう」

ゲオルグのつぶやきに笑いながら答えるリサハルナ。

そのリサハルナにミミィが尋ねる。

「モンスターってそんなに困ってんの？」

「ああ、あの村は農業、畜産が主な産業だ。特に畜産がね。だからモンスターに家畜が襲われるのは非常に痛い。一朝一夕で育つわけではないからね。ソーセージは食べたかい？」

「ううん、まだ。おいしいのか？」

ミミィが問うと、リサハルナは深々と頷く。

「ああ、ここのは格別さ。仕事が終われば食べるといい」

ミミィは目を輝かせて足を速め、リサハルナはその様子を見てくすりと笑う。

「リサハルナさんも、その関連のことを？」

「いや、私は織物や細工物を売って生計を立てている。なので原料のことなどで彼らとも関わりがあり、それで相談を受けて一緒に対策を練っていた」

「へえ、そうなんですか。器用なんですね。でも、そんな人がモンスターの巣まで案内って大丈夫ですか？」

「問題ないさ。手前まで行ったら引き返すつもりだ。仮に襲われたとしても――」

俺の目を見てにやりと笑うリサハルナ。

その目は、見返すと吸い込まれそうな不思議な深みがあって、くらくらしてくる。

ちょっとのぼせちゃってるかな。この人の雰囲気に。

それはともかく、襲われても俺たちがいるから大丈夫ってことだよな。期待に応えてしっかり護らないと――。

「モンスターの一匹や二匹、退治するのはわけはない」

「え」

俺の予想とまったく異なる台詞《せりふ》を言ったリサハルナは不敵に笑っている。

冗談かな……いや真面目か……？　わからん、この人の目は俺には読めぬ！

「度胸があれば意外と世の中なんとかなるものさ。さあ、ついたぞ。この岩場がモンスターの巣だ。怪我をしないよう頑張ってくれ」

そう言って、俺の肩を叩くと、リサハルナは引き返していく。

俺たち三人は顔を見合わせ、気合いを入れ。

「じゃあ、モンスター退治の始まりだ」


襲撃を目撃した者の話を依頼人から聞いたところによると、なかなか強力なモンスターのようだ。

目的地である岩場に入った俺たちは、そのモンスターを探して歩いて行く。

「エイシはどう思う？　やれそうか？」

「うん、情報通りなら十分いける。大蜘蛛《おおぐも》とは戦ったこともあるしね」

「気持ち悪そうなやつとやったことあるんだな、エイシは。巨大な蜘蛛が馬の首に針を刺して体液や血をすすっていたのだ！　って、かなりホラー」

「つまり針を刺されなければいいんだよ」

「おお、なるほど。頭いいなエイシ」

「ミミィはもう少し頭つかっとけ」

ゲオルグに言われてミミィがいーっと歯を見せる。

ゲオルグは無精髭《ぶしょうひげ》を生やしたがたいのいい壮年の男で、ミミィは小柄で表情がコロコロ変わる十代中頃の少女。

年の離れた従姉妹《いとこ》みたいで和むなあこの二人。

そうだ、二人と言えば。

「ところで、あとの二人は？　今さらだけど」

この前は四人組だったはずだよな。

「あ、そっか。エイシは四人でいるときにあったんだな。あの二人は二人で別の依頼やってる。

ローレルの近くにある沼でとれる貝殻集めてるんだ。あたし達も仲は良いけどいつも一緒ってわけでもなくて、気に入った依頼をやりたい者同士で組んでやってる感じだ」

ミミィは腕を組んで、なんとなく得意げな感じで説明している。なるほど、たまに大仕事やるときは四人ってことか。迷宮攻略だからと気合い入れてたんだな、前は。

今回はこの二人、《シーフ》のミミィと《鉱員》のゲオルグが組んでいるというわけだ。戦闘面以外でも有用なクラス、しっかりパラサイトさせてもらいますか。

しばらく歩くと、岩場の中でも奥の方のはげ山のふもとにたどり着いた。

巨大な岩がごろごろと転がり、地面に深い窪《くぼ》みなどもあって森でもないのに死角が結構多い。足元は柔らかい砂状であり、動きづらくもある。

そして大蜘蛛はパイエンネの迷宮二層であらわれるレベルのモンスター、二人にとってはかなりの強敵のはずだ。

「気をつけて。突然来るかもしれないし、足元も悪い」

二人は俺の言葉に頷き、武器を構える。

俺も注意深く周囲をうかがう。二重寄生がうまくいくかどうか、これが試金石だ。きっと成功させる。

――そうきたか。

左方の砂が盛り上がっていることに気付いた俺は、岩陰を見ている二人に無言でその場所を示す。

二人は驚いた顔になりつつ、そちらに向かって武器を構える。

「はっ！」

砂から巨大な蜘蛛が姿を見せたと同時に、俺は地面を蹴《け》った。

柔らかい砂では速度が出しにくいので、一蹴りで岩の上に乗り、二蹴りで岩からモンスターの身体へと突撃。

攻撃に転ずる間も与えず、八本足のうちの半分以上を切断し、牙《きば》を潰《つぶ》す。緑色の体液が飛び散る。

「今だ！」

俺の動きを唖然《あぜん》としたように見つめていた二人は、はっとしたように蜘蛛に向かっていく。

蜘蛛は足掻《あが》くが、戦闘力を大きく失った状態ではゲオルグとミミィの二人に軍配が上がった。途中ちょっとひやっとした場面もあったけど、無事快勝だ。

「やった！　倒せちゃった、こんなモンスターを！」

「ああ、驚きだ。迷宮二層でこいつと似た奴見たが、それよりでかいぜ」

二人は信じられないという顔で見合っている。

そして俺に二人で顔を向けた。

よし。上手い具合に俺が敵の体力を削って弱らせ、二人にとどめを刺させることができた。

《シーフ　10↓11》

《鉱員　8↓9》

お、来た来た。早速レベルアップ、いい感じだ。

うまくいったことに密かにガッツポーズして満足していると、今度は岩陰から大蜘蛛があらわれた。思わず嬉しくなっちゃうね、経験値の塊がやってきたようなものだから。

そいつは糸を放出してきたが、速度はたいしたことないので悠々回避。

先程と同じように、二人にとどめを刺させるために足と牙をいくらか潰し戦闘能力を奪う。

「ここはあたしにおまかせだっ。また倒してやる！」

鼻息荒くミミィが速攻で突っ込み、懐に入る。

複眼を短剣で切り裂き、勝ち誇った笑みを見せる。

だがその瞬間、蜘蛛が無事な足を振り上げ、鋭い先端をミミィに向けた。

「ミミィ！」

「え――？」

ゲオルグの声に、危機を認識したミミィが驚愕《きょうがく》に目を開き固まる。

俺はすでに動き始めていた。

魔法の矢じゃダメージは与えられるが動き出した質量は止めにくい。

だから、直接止める。《ブースト》《スピードエンハンス》《シルフ》と速度アップ系スキルを重ねがけして加速しミミィの前に移動し盾になり、剣の腹で大蜘蛛の足を受け止め、そのまま斬り飛ばした。

「エイシー……」

「このまま一気にとどめを！」

「うんっ！」

ミミィは力一杯振りかぶり、蜘蛛の頭に短剣を突き刺しそのまま口まで引き裂く。大蜘蛛は痙攣《けいれん》し、今度こそ力尽きた。

……はあ、よかった、間にあって。

俺は盛大に溜息《ためいき》を漏らした。

失敗したなあ、あんな危ない状況になっちゃうなんて。もうちょっと徹底的に弱らせるべきかな。

倒しきってしまわないように考えてあのくらいにしたんだけど、塩梅《あんばい》はまだ考慮する余地がある。

安全第一。

と考え込んでいると、ミミィが俺の方をじっと見ていることに気付き、俺は口を開いた。

「ごめん、危険な目にあわせちゃった」

「なんでエイシが謝るんだよ。あたしが油断したのに」

「そりゃあ、誘ったのは俺だから。ランクが上の危険な依頼に。だから俺がもっとちゃんと気を配らないといけないのに、最初うまくいって油断してた。今度は気をつけるよ」

そう言って俺は頭を下げた。

少しして顔をあげると、ミミィが怒ったような、泣きそうな顔で、じっと俺を見つめていた。見たことのない表情に、こちらの胸も締め付けられるようだ。

「うー……ばかばか、謝るなよっ！　油断したのはあたしなんだから。エイシは格好良く助けてくれたんだからっ」

そして胸をぽんぽん叩いてくる。

同時にゲオルグが俺の肩を叩いた。

「そうだ、あんたが頭を下げることじゃない。実力的にはいける状態だった。それを最初の勝利で気が緩んだからこうなったんだ。俺も、暢気《のんき》に見ていたせいですぐにミミィをフォローできなかった。今度は気をつけるというなら、俺たちだ」

「……ありがとう、ゲオルグ、ミミィ。そうだね、全員で気を引き締めてかかろう。楽な依頼なんてないって」

ゲオルグとミミィは、揃《そろ》って頷いた。そのとき。

《シーフ　11→12》

来た！

さっきレベルが上がったのに、もうレベルがさらに上がったぞ！

本当にレベルアップからもう一度アップまであっという間だ、自然に任せてる時より遥かに速い。

間違いない、ミミィは普段よりずっと多くの経験値を獲得し、俺はさらに大量の経験値をゲットできたんだ。二重寄生作戦、成功だ。

「お、あたしレベルアップした！」

レベルアップの表示が出てきたと同時にミミィも声をあげた。

ミミィもレベルが上がったようだ。

「俺もさっき上がったが、こんなに早く成長できるのか、このクラスのモンスターを倒すと」

ゲオルグも上がっていたらしい。

「うん、凄い凄い。もっともっとやっつけようぜっ」

「現金な奴だな。気は引き締めておけよ」

「わかってるよ。行こうエイシ、ガンガンさっ」

ミミィはレベルアップで上機嫌になったのか、俺の手を引っ張り岩場を進む。

俺は自分の手から伸びる、金色の光がミミィに繋がっていることを確認する。《パラサイト》の光だ。

パラサイトすれば、寄生している相手が得た経験値に倍率をかけて俺も得ることができる。今なら4倍だ。

これは凄いが、しかし寄生している相手が弱いモンスターしか倒せなければ、元の獲得経験値が低いため4倍になってもそこまでじゃない。

だがこれに組み合わせる。弱い者が強い者に補助してもらい、一人では勝てないレベルの敵を倒すことで高速でレベルアップを果たすという、言わば強い者に寄生して美味しいところを持っていくというレベルアップ法を。

そうすれば、パラサイトした相手が本来は倒せないレベルのモンスターを倒せるので、得られる経験値の基礎量を大幅に上乗せできる。

仮にパラサイト対象が普段倒しているモンスターの10倍の経験値を持つモンスターを倒させることに成功したなら、4倍のさらに10倍で40倍。さらにパラサイトのクラスと、寄生している相手のクラス両方に経験値が入るため、さらに2倍でしめて通常の80倍！

戦い方的な意味で俺に寄生させて他人にレベル上げをさせ、スキル的な意味で俺が寄生しレベルあげをする。この二重の寄生を使えば、普通にレベルを上げる比じゃない速度で育つことができる、それが今実証された。

いいね、いいね。

ちょっとアクシデントもあったけど、ちゃんとレベル上げも依頼も同時進行できている。この調子でやっていきましょう。

☆

それからも俺たちは大蜘蛛退治に励んだ。

蜘蛛以外の魔物も当然いるので、それも倒しながら、場所を変えつつ数日にわたり。

先の反省をいかして、ゲオルグとミミィにまかせる時でもすぐ近くにいて、モンスターの動きを注視することは徹底。

安全第一、やっぱりこれが基本だね。

途中モンスターにパラサイトのスキルが有効かを試してみたけど、やっぱりなんの手応えもなく、光が消えるような感覚とともに不発。成長していつの間にかできるようになっているという展開は特にないらしい。

強い肉食モンスターにパラサイトしたら結構美味しいかもと思ったんだけど、まあ普通に人間にパラサイトすることにします。

そんなこんなで俺達は、このモンスターの巣である岩場にいる蜘蛛やその他にも少しいるモンスターを倒し続けていった。

そして一通り周囲を見回し、岩場と平原の境目あたりに戻ってきた。

「終わった、終わった。終了だーい」

すとんとミミィが腰を下ろす。俺たちも腰を下ろし、スノリへ戻る前にしばしの休憩をとる。

しばらくまったりしてから、俺たちはスノリ村へと戻っていく。

――そのときだった。

スノリ村の方から俺たちへ近づいてくる人影を俺は認めた。

「リサハルナさん、どうしてここに?」

泰然と歩いてくるのは、リサハルナ。

金色の髪を風になびかせながら、俺たちに近づいてくる。

「調子はどうかと思って、様子を見に来たのさ。休憩中かい？　それとも、もしやもう終わったのかな」

「ええ、ちょうど帰ろうとしていたところです」

「ほう、それはお見事。さすがローレルの冒険者と言ったところか」

「ありがとうございま——なんだ、この音——まさか。リサハルナさん、逃げてください！」

異音に俺が気付いた瞬間だった。

リサハルナの側の地面が突然盛り上がり、蜘蛛の魔物が姿をあらわした。

全滅させたつもりだったが、一匹地面の中に潜って難を逃れていたのだ。

蜘蛛はリサハルナの方へ向かって行く。

「リサハルナー！」

俺達も助けようと駆け出す。

だがリサハルナは逃げ出すことも、うずくまることもなく、真《ま》っ直《す》ぐに蜘蛛を見つめていた。

「慌てることはないさ。ほら」

リサハルナは素早く地面に伏せる。

すると一瞬蜘蛛の動きが止まる。

きょろきょろと何かを探すように顔を動かしている。

「この大蜘蛛は、眼が低い位置に上を向くようについていて、それ故下が見えにくくなっている。ぴたりと急に体を伏せれば、姿が消えたように錯覚するわけだ。そして」

さすがにずっとだませるわけもなく、蜘蛛は下を見て複眼にリサハルナの顔を映す。だがその映し出された表情は、にやりと不敵な笑みを浮かべていた。

直後、かんしゃく玉のようなものが蜘蛛の鼻先で炸裂《さくれつ》し、大きな破裂音を立てる。

耐えきれないように体をのけぞらせる大蜘蛛。そこに向かって、リサハルナは燃える紙の巻き付いたナイフを鋭く投げつけた。

抵抗なく体に吸い込まれたナイフは、大蜘蛛の肉を貫き、同時に煙と炎が体節からあふれ出した。内部から燃え上がっているのだ。

「大蜘蛛は振動や音を感じる器官が発達していて、人間の耳のような位置だけでなく、眉間《みけん》や首にも集中しているが、鋭敏故に強烈な音や衝撃の影響も受けやすい。そして、外骨格は強固だが、腹と胸の間の体節は柔らかく弱点となっている」

程なくして、もだえながら大蜘蛛は絶命した。

走り出していた俺たちは、呆然《ぼうぜん》と立ち止まる。

なんなんだ、この人。何者だ、リサハルナ。

「護身用に軽い魔道具くらいは持ってきていたんだよ。知識と道具と、あと少しの度胸があれば、たいていのことはできるものさ。しがない村人でもね」

体の内側から焦げた大蜘蛛からナイフを引き抜き、土でふくリサハルナの姿は、俺にはどう見てもしがない村人なんてものではない。

驚く俺たちにリサハルナは近づいてきて、口を開く。

「終わったならそれはよかった。それでは村に帰ろうか」

俺たちはスノリへと引き返していく。

「凄いですね、リサハルナさん。よくあんな風にモンスターを倒せますね」

「言ったとおりさ。恐れなければたいしたことはない」

その途中、俺が素直に驚きを口にすると、さらっとリサハルナは答える。

「そんじょそこらの冒険者より凄くないか？　あんな知識を持ってるなんて。あんた、いったい何

者なんだ？」

ゲオルグが目を細めてリサハルナをじいっと見つめる。

「ふっ、異なことを。生きていれば知識はつく。変な人には変な知識がね。私はただの少し変わりものの村人さ。さあ、終わったなら皆に報告をしよう。待っているはずだ――また、縁があったら会おう」

リサハルナは犬歯をちらりとのぞかせながら、不敵に笑うのだった。


さて、スノリに帰った俺たちが早速依頼人達の組織に報告をすると、相当喜んでいた。これでスノリも安全になるだろうと。

リサハルナともそこで別れた。ちょっと気になるけど、近くの村だしまた会えることもあるかな。ともかくあとはギルドで報酬をもらえばこの依頼は終了だ。

しかし、結局なんでモンスターは凶暴化したんだろうか、それはわからずじまい。気になるけれど、まあ、手がかりもないし解決してよかったと思っておこう。

依頼人に報告をしたらあとはローレルの町へと戻るだけだが、その前に、せっかくなので露店でスノリ名物のソーセージを買って食べてからだ。ここの羊はうまいらしい。

「う～、ジューシー！　依頼の後の飯はうまい！」

ミミィが串《くし》に刺さった焼きたてのソーセージをはふはふ言いながら頬張っている。

俺も早速食べてみて……おお！

評判通り美味しい。しっかりめの皮が破れる感触は快感で、中の肉にはしっかりうま味が閉じ込められている。ケチャップに似ているけど、甘味が強めのスノリ独特のソースが最高にあっている！　これは依頼がなくてもたまにはこの町に来なきゃだめだな。

名物を満喫すると、俺たちは来たときと同じように馬車で戻りギルドに報告。

俺の分の報酬は魔結晶を探してもらう分の代金ということで固辞した。

だって、《パラサイト・ゴールド》あるしね。

むしろ一番たくさんもらっちゃってすいません。

そしてレベルも《シーフ　10→18》《鉱員　8→18》と大幅アップ。

新スキルとして《スピードブースト》、《目利き（鉱物）》などを身につけた。

上々の成果、計画初陣は成功と言っていいと思う。

「本当にいいのか？　報酬までもらってしまうとは」

ギルドの前で、ゲオルグが髭を触りながら再度確認する。

「うん、それでいいんだ。その代わり、もし頼んでいたものを見つけたら、俺に必ず譲って欲しい。投資みたいなものだよ。まともに買おうと思ったら報酬よりずっと高く付くようなものだから」

「つまり、あたし達に賭《か》けるってことだな。見つからなかったら報酬がもらえなかった分の損、見つかったら魔結晶代分の得。面白いじゃん、あたしそういうの好き。エイシ、ちゃーんと見つけてあげるからな。ゲオルグ、頑張れよっ」

どんどん、とゲオルグの胸を叩くミミィに、ゲオルグが頭を鷲《わし》づかみにしてアイアンクローを決める。

「ぬおーっ！」

「ミ・ミ・ィ、お前こそ頑張れよ！　命まで救ってもらったんだからな。――エイシ、任せてくれ。今回の依頼をこなせただけじゃなく、俺たちはエイシのおかげで一気に強くなれた。たいした奴だよ、エイシは。だから俺たちも借りを返してみせる。この力があれば、探索の助けにもなりそうだ」

「うんうん、あたしもレベルどんどこ上がっちゃってもうびっくりだ。凄いよなー、格上のモンスター倒す効果ってさ。そんなモンスター倒せるエイシも凄い！　それに、ありがとね。助けてくれて。超かっこよかったぞっ」

頭の手を外しながら、にこりと八重歯をのぞかせて笑いかけてくるミミィ。

おおう。

そんな風にストレートに言われると俺には刺激が強すぎる。でもさすがに十代半ばはまずいような……いやでも異世界なら関係無いのか？

いやいや、そもそも助けてくれた姿が格好いいってことなんだから、それは漏電したときの電気屋さん的な格好良さだろ。勘違いして舞い上がるなよ。そういうのモテない男にやると勘違いされちゃうから気をつけないと厄介なことになるよ本当ミミィさん。

なんとか気を落ち着けた俺は、二人にまた何かあったら一緒にやろうと言い、そして解散した。


それにしても二重寄生はうまくいったなあ。

ちょっと危ないところもあったけど、ミミィとゲオルグ、二人とも一気にレベルが上がったから俺もばっちりとレベルアップできた。

それにこれからの冒険者活動も強くなった分捗《はかど》るだろうし、そこに寄生すれば今後も効率いい状態で寄生できるという寸法さ。

まさに想定どおり。これを欲しいクラス分やれば、完璧《かんぺき》。

そろそろヴェールに頼んだ調査もできてるだろうし……ふふふ、はーっはっは。

テンション高く久々の宿に戻り依頼を終えたことを告げると、その日の夕食はいつもより豪勢だった。ありがとう、宿親父。

翌日、冒険者ギルドに行きヴェールに声をかける。

ヴェールはしっかり調査を終えてくれていて、リストを渡してくれた。

俺は礼を言って、ヴェールに話を聞きつつ俺の知ってるクラス情報とあわせて、狙いの冒険者を定めていく。

そしてミミィ、ゲオルグにやったように、話を持ちかけて冒険者強化作戦を実行した。

もちろん断られることもあったけど、ちょっとお金を追加で払ったり、俺と同じように欲しい物がある相手なら、その入手の手伝いをしたりとアレンジを加えて、結構協力してもらうことができた。

単にレベルアップを手伝うだけじゃなかったのが、いい方向に働いたんだと思う。何も無いのにいきなり依頼を手伝うとか、レベルアップの補助をすると言い出したら、怪しまれて裏があると思われるに違いない。

だけど、それが謝礼や報酬だとしたら？

人間は無償の善意は訝《いぶか》しむが、ギブアンドテイクなら信じられるものだ。悲しいことに。

そのため、欲しい物が経験値と魔結晶という二つに増えたからむしろ手に入りやすくなったのだ。妙なことだけど。

そんなこともあり、第一回目の経験もあり、それからの二重寄生もなかなかにうまく行った。

おかげで協力してもらった人達はレベルがたくさん上がり、俺もそれに比例して成長できた。思った以上にうまくいって、思わずほくそ笑みが漏れそうです。

やっぱり、ステータスの数字が大きくなっていくのって気持ちいい。スキルが増えていくのも気持ちいい。そして自分の立てた作戦が見事にはまった快感といったらたまらない。効率的なレベル上げっていいね！


そんなことをしばらく続けて、結構なクラスのレベルを上げることができた。

この町で上げられる（と俺が知っている）クラスのうちのだいたいを二重寄生でレベル上げしたと思う。

意外と冒険者ってクラスのバリエーションが少ないんだよね。いわゆる普通の戦士系や魔道師系のクラスがたくさんいて、非戦闘系やちょっと変わった感じのクラスは少ない。

人間やはり自分にあったことを仕事にするようで、冒険者は戦闘を行うことも多いため《鉱員》や《ファーマー》のクラス、つまり可能性、を濃く持ってる人はあまりやろうとしないようだ。ゲオルグやエイリークぐらいしかいなかった。

「お、アリーだ」

ギルドの冒険者を見るでもなく見つつ、これまでの成果のことを考えていると、アリーの姿を見かけた。

たまに冒険者ギルドで見かけたり、依頼の協力をしているときにすれ違ったりしたけど、今でもがんばって鍛えてるのかな。

などと思いつつアリーを見ていると、アリーが振り返り、目があった。

足が止まり、じっとこちらを見つめてくる。

俺は笑顔で手を挙げて挨拶《あいさつ》的な動きをしてみる。

するとアリーが静かな、しかし大きなストライドで向かってきた。

そして俺のすぐ前で立ち止まり、唇をきつく結び鬼気迫る表情で、目を凝視してくる。

え、なになに？

俺なんかやらかした？

めっちゃ怒ってないアリー。

「どうして私《わたくし》を誘ってくださらないんですか」

「……え？」

「他の方と一緒に依頼をこなしたり、迷宮を探索したり、いろんなところで冒険してるのに、どうして私には声をかけてくださらないのですか!?」

戸惑う俺をじっと見つめていたアリーは、息を大きく吸い込み、理性で抑えながらも憤りを隠しきれない激しい声で、そう言った。

五章　楽しくない楽しくない社会科見学

　自分を抑えて静かな声を出しつつも、憤慨を隠しきれない調子でアリーは『どうして他の人と冒険をして自分には声をかけないのか』と言った。

　けど、でも、たしか。

「この前、しばらく自分を鍛えるって言ってなかったっけ。一人でやるって」

「それはその……言いました。言いましたけれど！　でも、目の前で楽しそうに冒険してるところ見せられたら羨《うらや》ましいじゃないですか。あんなに色々な人と冒険するなら、私《わたくし》にも一緒にやろうっておっしゃってくださってもいいじゃないですか」

　なるほど、アリーも冒険したかったわけね。

　黙々と鍛えるのにも飽きてたんだな。

「そういうことか。だったら、もっと早く言ってくれてもよかったのに」

「だって、私から一人でやると言い張ってしまった以上、言い出しづらいじゃありませんか。そろそろ一緒に迷宮に行こう、とか、一緒に依頼でもやらない、と言ってくだされば、私はいつでもはいと返事をするつもりでしたのに、見かけることがあってもいっこうに誘われませんでした」

　アリーは両手を握りしめ、ピンと下に伸ばしている。

　いつも穏やかで柔らかい物腰のアリーが。

「他の皆さんばかりご一緒してずるいです、私も一緒に冒険したいんです、我慢の限界なんです！

「……言わせないでください」

ふいっとそっぽを向くアリー。

唇を軽く噛《か》むように結んでいる姿は、結構意地っ張りな様子が表われている。

そうか、アリーってこういうところもあったんだな。

意外だけど、むしろ意外なところが見られて嬉《うれ》しいかもしれない。

「俺としてもアリーの力は一目置いてるからまた何かしら一緒にやれたらとは思ってたよ。だけど、一人で鍛えるって言ってたから遠慮してたんだ。アリーがもう十分鍛えたって言えばすぐにでも一緒したよ」

「そうなんですか？　……い、いえ、ですが、私にも少しは意地が……でも結局自分から取り消してしまったんですよね。しかも大きな声で文句を言うような態度になってしまって……」

アリーは急速に顔を赤くし、真《ま》っ直《す》ぐにおろしていた手を、決まり悪そうにお腹の前で組み替える。

そして消え入りそうな声で言った。

「すいません、私、一人で勝手にお恥ずかしい真似《まね》を。もう帰ります」

「いやいや待って帰らないでいいから」

自分のしたことをあらためて意識し、いたたまれなくなったようにギルドの外に向かおうとしたアリーを、俺はなんとか引き止める。

「別に気にしなくていいから！　恥ずかしくないって、むしろ俺も久しぶりにあの精霊魔法を見たいし、言ってくれて助かったから」

「お優しいのですね、エイシ様は。私のような二言を簡単になしてしまう者にそんな言葉をかけてくださるなんて」

「いや、優しいとかじゃなく本当に思ってるよ、本当に」

実際、アリーに言った『また何かしら一緒にやれたら』という言葉は嘘じゃない。俺の知ってる中でトップクラスに力のある冒険者、興味がわかないはずない。

それに、そうじゃなくともアリーと一緒に冒険できれば面白くなるに違いないしね。

アリーはまだ顔を赤くしつつも頷《うなず》く。

「そこまで気をつかっていただいたのに、意固地なのも失礼ですね。エイシ様の厚意に甘えさせていただきます。お詫《わ》びに全身全霊でやらせていただきますね！」

「いやそこまで気合い入れなくてもいいけど」

そんなわけで、俺たちは一緒に依頼をやることになった。

前は迷宮に行ったので、今度は依頼をしてみようということになったのだ。

そして受ける依頼を決めようとリストを見ているとき、奇遇なことに、同じ依頼を気にしていたことがわかった。

それは、スノリ村からの依頼。

家畜や人間が襲われるから、原因を解明して助けてくれという依頼であり、犠牲者の中には血を吸われて死んでいたものがいたという。

解決したはずなのに、どうしてまた？

あれで終わったんじゃないのか？

気になる。非常に気になる。

以前俺が受けたときにモンスターの巣は間違いなく処理したはずなのに、以前よりもさらに被害が拡大しているという。

俺もあの村の人も気付いていない原因があるのかも知れないと思うと、もう一度様子を見てみたくなったのだ。吸血という点も一致しているし、以前の依頼と無関係ではないだろう。

吸血——他者の血を吸うことで自らの糧とする魔物、少し気になる。

アリーの方も、血を吸われた死体というワードが気にかかっていたらしい。

果たしてあの村でいったい何が起きているのか。

数週間ぶりに、俺は再びスノリ村へと向かうことになった。

☆

スノリ村の吸血事件を調べに、俺とアリーは早速馬車での旅をはじめた。

時間もあるし、依頼の前に今回の計画で上昇したステータスを復習しておくことにする。

《名前》　エイシ＝チョウカイ
《クラス》　パラサイト32　マーシナリー16　魔道師14　剣士16　神官21　狩人《かりゅうど》14　呪術師22
闘士15　鉱員18　シーフ19　精霊使い18　エンチャンター20　ファーマー20
《体力》　２２１
《攻撃力》　２１２
《防御力》　２０４
《魔力》　２３０

《魔法攻撃力》　229
《魔法防御力》　245
《敏捷《びんしょう》》　210
《スキル》　ステルス歩法　器用な指先2　呪術強化　衰弱の呪《しゅ》　諸共の法　不屈　火事場　農具マスタリ　目利き（土）　養分変換　対呪障壁　スピードブースト　ステータスドレイン　促成栽培　目利き（植物）　ファストアタック　目覚める野性　闇特効　亜竜特効　植物特効　サーヴァントの召喚　石囓《かじ》り　生命の息吹《いぶき》　エレメントアタック　精霊魔法2　精霊感知　地形適応：畑　地形適応：部屋　パラサイト・インフォ　パラサイト・ゴールド　近接武器マスタリ……

初期に比べるとかなり基礎能力も高くなったな。

クラスのレベルアップではそこまで能力は上がらないのだけれど、数が多いとさすがに結構上がる。

それにしてもバランスのとれた能力だ。

クラスがたくさんあるから平均的になってるんだろうな、俺の場合は。普通にクラスが一つだけとかだったら、魔力だけ高いとかになるんだろうけど。

基礎能力は普通に鍛えても当然上がるので、トレーニングしても上がるというか、そっちで上がる方が普通は多いらしい。

それに能力値の平均は低くても魔法攻撃力だけ才能か鍛錬かの成果で異常に高い相手とかもいるかもしれない。そういうやつが相手だと、総合力で勝っていてもやられることは十分ありうる。

かなり強くなったとは思うが、油断は禁物だ。

そのためにはスキルをちゃんと活用していかないとね。

結構色々身につけたけど、特に面白そうだなと思っているのは。

他者に気付かれにくく歩ける《ステルス歩法》。

呪術の効果が上昇するが自分にも呪いが一部かかるようになる《諸共の法》。

ファーマーのクラスで手に入れた《目利き（土）》。

一時的に相手の能力値を奪える《ステータスドレイン》。これは呪術師とエンチャンターの複合スキルだ。

人工物が周りに少ないほど能力が上がる《目覚める野性》。これは三クラスの複合スキル、ファーマー＋鉱員＋精霊使い。三つだからきっと強い。

そして、久々にパラサイトで身につけたスキル、《地形適応：部屋》。

……おい。

これ、いくらなんでも酷くない？

部屋がホームグラウンドって、そりゃまあパラサイトらしいけど、なにその内弁慶みたいな微妙に情けないスキル。

ただこのスキル、補正は実際優秀で全能力値が25％もアップし、さらに自然治癒力がアップ、感覚も鋭くなるというガチスキルなのである。

ただ、発動条件がある程度狭い閉じた空間内にいるときのみなので、モンスターと戦う時になかなか役に立たないのが難点ではあるのだけれど……。

屋外は問題外だし、洞窟《どうくつ》や迷宮も屋内だけど広いからアウト。

発動するところがあまりなさそうなんだよな。本当に自分の部屋に敵が攻めてきたときは輝くんだろうけど、そんなことないよな普通。やっぱりネタスキル？

まあ、そんなこんなで色々スキルは増えたけれど、前も思ったけど、本格的にこれ全部使いこなせるんだろうかって感じてきた。

使い勝手いいのだけを使ってもいいんだろうけどね。

ゲームやってても、一回も使わないでもクリアできる魔法とか結構あるし。

まあでもせっかくだし一回くらいはどのスキルも使ってみようかなあなどと考えつつ、俺は馬車の外の景色を見る。

今日は天気もよくて道行き快調。スノリ村までは問題なく着くだろう。

☆

程なくして馬車はスノリに着いた。

「んー、体をようやく伸ばせる」

「ふう、生き返りますね」

スノリの入り口で固まった体をほぐす俺とアリー。

一緒の馬車に乗り合わせていた他の客も同じように背骨を伸ばしている。

「せっかくだし、ちょっと色々まわってみる？　時間はあるし」

「ええ、そうしましょう。私もここを見てみたいです」

依頼人のところに行く前に、スノリを見て回ることにする。馬車の中で話したところ、アリーはここは初めてらしいから。

「しばらく前にも来たんだけど、ここのソーセージがすごく美味《おい》しいんだよ」

「そういえば、ここは豚や羊がたくさん飼われていますよね」

「そうそう、名物なんだって。行ってみない？　というか絶対行った方がいい」

「もちろんです。美味しいものは大歓迎です」

そうしてこの前の露店へと、俺はアリーを案内していく。

どっちかというと俺がまた食べたいと思ってたんだよね。あれ本当に美味しいし。

とそのとき、聞き覚えのある声が飛び込んできた。

「うまいっ！　これは何度食べても美味しいなあ、ゲオルグ」

「ああ。しかし三本は食い過ぎだと思うぞ」

「いいのいいの、美味しいものはいくら食べても。あー幸せー、三倍幸せー」

そこにいたのは、ソーセージをほおばるミミィとゲオルグだった。

俺は足を速めて、声をかけた。

「ミミィ、ゲオルグ、二人もここに来てたんだ」

「ん？　ああっ、エイシ！　エイシも来てたのか？」

「おお、エイシか。久しぶりだな。それに――あんたはまさか迷宮で会った」

ゲオルグとミミィが顔をアリーの方へ向けた。

アリーは優雅に頭を下げる。

「はい。冒険者ギルドの依頼を受け、ここに来ました。アリー＝デュオと申します。お久しぶりですね」

アリーとゲオルグ達が自己紹介しあってから、俺たちはこの前の蜘蛛《くも》退治をアリーに話した。

ゲオルグ達は迷宮でのことをアリーにあらためて礼を言っていた。

どうやらアリーが貴族で冒険者というのはゲオルグは知っていたようだ。コールとの関係も知っていて、他にも結構知っている人は多いらしい。

まあアリーは普通に冒険者ギルドを使っていて、身分を偽ったりもしてないし、コールも冒険者達の間では有名だ。それなら知られていても何もおかしくはない。

その後、今回スノリに来た理由を二人に話すと――。

「エイシ達もそうなのか。俺たちもだ。ただ、俺たちは夜に襲ってくる何物かから村を守れって依頼だったがな」

「そうそう、それで夜まで一眠りする前に、腹ごしらえしてるってわけ」

ぽんと勢いよくお腹を叩《たた》くミミィの動作に、アリーがおかしそうに笑う。

「私たちはこちらから出向いて調査するという趣旨の依頼でした。詳細はこれからですが、同じ事件に違うアプローチで対策を試みている人がいるようですね」

「そういうことみたいだねー。んー……夜の依頼があるにしても、まだ寝るには少し早いかな。アリーはこれからどうするの？」

「馴染《なじ》みのない場所ですし、私達はしばらくここを見てまわろうかと。せっかく来たのですから、ギルドの調査だけでは物足りません」

「お、ここは初心者？　それじゃあ、あたしが案内してあげなきゃだなあ。行こ行こ、アリー！」

ミミィがアリーの手を引いて露店の並ぶ通りをずんずん進んで行く。

なにげに気が合うようだ、あの二人。

俺は、俺と同じくのこっている隣のゲオルグに目をやった。

ゲオルグは真面目な顔をこちらに向ける。

「悪いがエイシ、俺は手をつなぐつもりはないからな?」

「望んでないよ!」


それから俺達はスノリを見物してまわった。

スノリには冒険者ギルドはなく、だからローレルに依頼が来たのだろうが、それに伴って武具の店もほとんどなかった。

だが日用品の店はローレルと比べても遜色《そんしょく》は感じられず、観賞用の魚が放されている池がある大きな広場なんかもあり、村と呼ばれている割に発展していないというわけでもない。

村の周囲には畑が広がり、家畜が多数飼われている。

なかなか住みよい所のようだ。

一通り村を歩いて見て回った俺たちは、村はずれで羊や馬が草を食むのどかな光景を眺めながら、彼らと同じくのんびりと買ったものを食べている。

「は〜こっちもおいしい」

「これも美味しいですよ、いかがですかミミィ様」

口にソースをつけながらミートパイを食べているミミィに、アリーは野菜のパウンドケーキを勧める。

だがミミィは首を激しく振った。

「あら、お嫌いですか?」

「ニンジン無理、絶対」

その野菜のパウンドケーキはニンジンが練り込んでありほんのり橙色《だいだいいろ》。見た目は割と美味しそうだし、ニンジンならけっこうありじゃないか。

「ミミィ、いい加減に好き嫌い無くせ、冒険者ならなんでも食えるようになっとけって言っただろ」

「ニンジン食べるくらいならのたれ死ぬ！」

やれやれと首を振るゲオルグ。

アリーはそれならと俺の方を見た。

「エイシ様は大丈夫ですか？」

「うん、基本的には好き嫌いないよ」

「それでは、是非食べてみてください。美味しいんですよ、本当に」

どれどれ、と一切れ野菜のパウンドケーキを口に放り込む。

おお？　なんだか不思議な味だ。野菜の苦みと甘みとが同時にあって、でもなぜか美味しい、こういうのもあるんだな。

村の味を楽しんでいると、こちらを見た馬と目が合った。

あらためて見ると、馬って賢そうな顔してる。愁いを帯びた哲学者の目だ。

そういえば俺も昔は哲学者の本を読んだりしたなあ。高校生の頃に、キェルケゴールとかニーチェの日本語訳を読んでたんだよなあ、意味もわからず。ああいうのは現地の文化とか時代とかそれまでの流れとかをわかってないと、ちゃんと理解できないだろうから、素直に解説本を買えばいいのに、俺は原本そのままが一番かっこいいという思想に染まっていたのである。なぜ人は理解できないと賢くなった気になるのか。どう考えても理解する方が賢くなっているのに。

これは哲学的だなと考えていると、アリーが同じ方を見て話しかけてきた。

「ここは作物も畜産物もたくさん新鮮なものがあるんですね」

「うん。あ、これアリーも食べてみ」

「ハムとチーズと野菜とを挟んだパンですね、私これ好きです。しかもここのなら絶対に美味しいですよね……あっ」

俺が渡したサンドイッチ的なものを口に入れようとした瞬間、何かを閃《ひらめ》いたように口を開いたままアリーが固まった。

「何か思いついたの？」

「いいえ、なんでもありません。ふふっ」

頬を緩めて、ごまかすようにパンをぱくりと口に入れる。

絶対思いついてる、この顔。

何を企んでるんだいったい。

と思っていると、ゲオルグが立ち上がった。

「さあて、たらふく食ったし、そろそろ夜に備えて寝るとするか」

「あたしもお腹いっぱいになったら眠くなってきた。ふああ～」

ミミィも大あくびをしながら立ち上がる。

二人は夜が本番だもんな、そろそろ休まないと居眠り間違いなしか。

それじゃあ俺たちも、そろそろ依頼人の所へ行こうとしよう。

名前は――リサハルナ。

☆

「もう一度、君が来てくれるとはな。心強いよ」

「そう言っていただけるとありがたいです。期待に応えられるよう頑張ります」

「お二人は、お知り合いなのですか？」

そんなやりとりから、依頼のための打ち合わせは始まった。

今回のミーティングは、リサハルナの家で行われている。

大きくはないが、真面目な造りの家に住んでいた依頼人は、リビングのような部屋に俺たちを通すと、茶を出して話を始めた。

依頼人はリサハルナ——そう、以前に蜘蛛退治で会ったリサハルナだ。

驚くというほどではなかった。似た事件に関する依頼だから、似た人が依頼主なのはある意味自然。アリーとリサハルナもすでに紹介は終えている。

「君たちに頼みたいことは、東のはげ山にある廃墟《はいきょ》の調査だ」

「はげ山……あ、あそこか」

「知っているのですか？」

「うん、以前依頼がらみでふもとまで行ったんだ。でもその時はそれらしい廃墟には気付かなかったな」

「スノリから見て反対側の斜面にあるからだろう。そこにヴァンパイアがいないことを確認して欲しい」

おお、来た来たヴァンパイア。吸血事件って聞いたとき、来るんじゃないかと思ってたんだ。暇なときに何種かのモンスターのことを調べたことがあるのだけれど、ヴァンパイアもその中にいた。おおむね俺の思ってたのと同じで、人型の高位のモンスターで、知恵も力も高く血を好むという。ただ、珍しいらしいからこんなにすぐ会えるとは思わな……あれ、でも、いないこと？

「疑問に感じているようだね。だが、言い間違いではない。私はヴァンパイアがこの事件の犯人ではないと考えている」

リサハルナが説明したところによると、はげ山の廃墟はかつては立派なお屋敷で、ヴァンパイアが住んでいたという伝承がスノリにはあるらしい。

ただ、廃墟になっていることからわかるとおり、あくまでかつて住んでいたという話であり、これまで実際に何かが起きたことはないという。

たしかにそれはおかしな話だ。もしそこに今でもヴァンパイアがいるなら、以前にも同じような事件が起きてしかるべきだろう。それに、住んでるなら廃墟になってるってのも変だし。

「たしかに、つじつまがあいませんね」

「ああ。ヴァンパイアが廃墟にいたのは過去の話。今の事件とは無関係だと考えるのが合理的。だが一度思い込むとそれ以外の可能性を頭から排除してしまうのだな、多くの者は」

リサハルナは呆《あき》れたように嘆息し、それから俺を見つめる。

「つまり農業をまとめている別の依頼者のことだが、彼らに知らしめるために、実際に廃墟に行き、いないということをはっきりさせて欲しい」

「でも、信じるでしょうか。その反対している人が直接行った方がいいんじゃ？」

「怖がって行かないとさ。今回は人間の被害者も出ているからね」

そりゃそうか。

怪物がいると思ってる人が行くはずがない。

「被害はかなり大きいようですね」

「いったんおさまる気配もあったが、拡大している。家畜はもちろん人間にも被害は出ていて、村民は日が暮れれば皆家の中から一歩も出ず、夜はもはや廃墟のように静まっているよ」

「そんなに、ですか。それは早くなんとかしないといけませんね」

「そのためにも、間違った認識をまずは正さないといけない。君たちが件《くだん》の廃墟に行って無事に帰ってくれれば、ヴァンパイアがいなかったか、倒したか、いずれかということになるわけだ」

「無事に帰ってこれなかったら？」

「花ぐらいは手向けるさ」

花瓶の中の朱色の花に目をやるリサハルナ。

悪い冗談やめてください。

でもまあ、正直いるとは思えないから問題はなさそうかな。何か別の原因があるんだろう。

「廃墟ではないとして、本当の原因はなんなんでしょう。それは調べなくてもいいんでしょうか」

アリーが尋ねる。

それは俺も気になっていた。特にこの前のことと、どう絡んでいるのか、裏に何かあるのか、好奇心がくすぐられている。

「無論、それも知りたいところではある。先回りして気付いてくれて助かるよ」

リサハルナはにやりと口角を持ち上げた。不敵な感じがする笑みだ。

「私は廃墟が関連があると思っている。あの場所には今でも亡者やモンスターがいるらしい。瘴気《しょうき》が濃いということだ。ゆえになんらかの関連はあるだろう。たとえば、大きな力を持つ魔物がいて、それが他のモンスターに影響を与えた結果、吸血モンスターが凶暴化している等はあり得る話だ。手がかりになりそうなものがあれば持ってきて欲しい。そして詳細な情報を私に教えて欲しい。それが私の依頼だ」

瘴気——魔元素のようなものかな。ダークな魔元素って感じか。

「わかりました。色々調べてきますね。楽しみに待っていてください」

「助かるよ。調べたところ地下室があり、その奥にある部屋に棺《ひつぎ》があるそうだ。その棺を、それとわかるように削るなり砕くなりして一部持ってきてくれ。もしその棺に何か入ってれば、それはそのままにしておいてくれてかまわない。触らぬ神にたたり無しさ」

俺とアリーは頷く。

と、アリーが小首を傾《かし》げた。

「ヴァンパイアはいない可能性が高いというのは残念ですね。私、気になっていたのですけれど。血を吸われたらどういう感じがするんでしょう」

「興味があるのかい？」

「はい、少々。珍しいことにはだいたい興味を持ってしまう性分なんです。少しだけ、吸われてみたいですよね、エイシ様」

なんか物騒なこと言ってる人がいるんですが。そして目をキラキラさせてるんですが。

「いや何言ってるのアリー。さすがにないでしょ」

「え……？　エイシ様は吸われたくないのですか？」

「そんな不思議そうに首傾げる場面じゃないと思うんだ」

「不思議な方ですよね、エイシ様って」

「こっちの台詞《せりふ》だよ！」

俺の言葉にも負けず、アリーは目を輝かせている。

前もこんなことあったような……ヴァンパイアがいなくてよかった。

「くくっ。変わった冒険者だ。君がヴァンパイアに出会えることを祈っているよ」

「いや、祈らないでくださいよ、そこは」

「いたら、倒してしまえばいい。無理なら逃げればいいさ。それくらいはできるだろう。そのために冒険者に頼むのだから」

リサハルナは再び笑い、俺たちに廃墟の場所の詳細などを伝え始めた。


詳しい話を終えた俺とアリーはリサハルナの家をあとにした。

それから宿を選び——今回は結構いい宿をとった。なんと風呂《ふろ》付きだ。

お嬢様のアリーもいるしちょっと奮発した方がいいかと思ったんだけど、でも違うところでも割と気にしなそうだったな。もっとお手頃なところでもいいのではと言っていたし。

でも特に別のところを探そうという感じでもなかったのは俺がコールに珍品を売ったことや迷宮で強いモンスターの素材を取れることを知っているからだろう。

それなりに懐が温かいとわかっているわけだ、お互いに。

それに俺には《パラサイト・ゴールド》もあるしね。

ただ、《パラサイト・ゴールド》に関しては少し気になることがある。

あれで手に入るお金は、誰かからもらうのではなく降って湧いたお金ってことだ。

貨幣っていうのは、多分この世界でも何かしらの認められた機関が流通量を決めて、それに従った量だけ作ってるはず。

だが俺のスキルで生まれた金は、その計画をこえた、本来存在しないはずの金。

それが市場に入っていくというのは何か影響あるんじゃないかなあと、ちょっとばかり思う。

といっても、俺一人が慎ましく生活する程度の金が余分に流れても誰も気付かないしなんの影響もないだろうけど。

ただ、これを利用して凄《すご》い大金を生み出すってのはちょっと考えた方がいいかもしれないなとは思ってる。出所不明の大金が突然あらわれたらいらぬ疑いをかけられるかもしれないし。

だから、あまりにも金に糸目をつけず手に入れるってことは今のところやるつもりはない。たとえば、いまだ見つかっていない魔結晶を金に糸目をつけずに探すとか。ある程度までなら金を出してももちろんいいけど。

俺の生活じゃお金なんてあんまりかからないし、馬車の運賃や食事代くらいなら怪しまれることも経済が混乱することもないし、今くらいに節度を持って暮らせば多少使っても大丈夫だろう。

たとえば、たまの遠出の時にいい宿に泊まるくらいなら。

というわけで、これくらいならバチは当たらないだろうということで、この、庭も外装も綺麗《きれい》な宿に今日は泊まらせていただこう。

☆

宿を確保した俺とアリーは、明日《あした》のことを話し、夕食をとり、各々部屋に戻って英気を養うことにした。

「ヴァンパイアのいない廃墟か。しかし、血を吸う何かしらはいるんだよな」

窓の外の町並みはすっかり暗くなっている。

そろそろゲオルグとミミィは仕事の時間だろうけど、あの二人、大丈夫かな。

少し様子が気になり、俺は《パラサイト・ビジョン》でゲオルグの視点に宿った。

映し出されたのは、野っ原に俯《うつむ》いて座っているミミィと、急造りの柵《さく》に囲まれた狭い範囲に追いやられている羊や馬や豚たち。

夜の間は、こうしてまとめて守るってことね。

視界はたまにゆったりと動き、周囲を見渡している。だが、何も見当たらない。今のところはまだ何も起きていないようだ。

ミミィの視点に移動すると、ゆっくりと上下に移動して舟をこいでいる。

やれやれ、これもう半分眠ってるな。

依頼中何かあったときの様子を見るために、二人とアリーにはパラサイトしておいたのだ。こういう使い方もできるのがパラサイトのいいところ。やっぱり便利。

他に寄生中の呪術師もついでに見てみると、どこぞで肉団子をフォークに刺した瞬間だった。ごく普通だ。

そのままアリーも見てみると、前に伸ばした腕が見えて、その先に放物線を描く布が見えた。

腕は素肌が露《あら》わで。

放られているのは、今日着ていた服。

ちょっちょっちょ、これはまさか、これから風呂に入るところじゃないですか？

服は籠《かご》の中に無事入った。

嬉しそうに視線が揺れるが、前の方を見ているので体は見えない。

と、視線がちょっと後ろを振り向くように動いた。

肩と鎖骨のあたりの美しい曲線が、白く滑らかな肌が視界に入り、胸の左端の方、膨らみの裾野《すその》が隅に見えた。

これは——っ！

近くにいるわけでもないのに思わず息を潜めてしまう。

これは凄い、凄いけど、もうちょい右下を見てくれれば……って違うだろ！　これまずいって、完全に覗《のぞ》き、ただの犯罪行為じゃないか。

俺の動揺を知るよしもないアリーは真っ直ぐ前を向き、浴室へ歩いて行く。

前を向いているのでアリーの体は今は見えないが、風呂に入って体でも洗えばすぐに全身見えるだろう。

でも顔が見えないと物足りない……じゃなくて、スキルを解除しなければ。

欲望に負けて犯罪を犯すなど言語道断、パラサイトにだって矜持《きょうじ》はあるんだ。

スキル解——くっ、なぜ俺はできない。

踏ん切りがつかないうちにもアリーは進み、ついに風呂のドアに手をかけ、開く。

もうあと少し、猶予はない——ぐっ！

「はぁ……はぁ」

俺の視界には、宿の壁だけが映し出されている。

ギリギリ、踏みとどまった。

人の道を踏みはずさずに済んだ。

ああ～、なんで俺はもう少し遅くスキルを使わなかったんだ。

使った瞬間に風呂の中にいれば、不可抗力で裸を見られたのに。そしたら自分に言い訳が立ったのに。自分の意思で見たわけじゃなくて事故だからしかたないって言えたのに。

……って、その思考自体が割とだめですね。

ベッドに横になって気を落ち着けようと目を閉じるが、ちらりと見えた柔らかそうな素肌はなかなかまぶたの裏を離れてくれそうにない。

俺はベッドの上でしばし悶々《もんもん》とする羽目になったのだった。


「ダメだ、気が散る！」

とても眠れそうにないし、忘れられそうにもない。

これはいったん明日の対策を考えよう。うん、そうしよう。

ヴァンパイアじゃない吸血モンスターねえ……そうだ、ルーに聞いてみようかな。

ルーならきっと何かしら知ってるだろう。なんせ神様だし。

俺はベッドから立ち上がり《通神》のスキルを使った。

以前と同じように、空中に映像が浮かび上がり、今回はちょうどルーが正面にあらわれた——いつもの薄着で。

忘れてた……こいつこそ煩悩製造神じゃないか。

「なんでそんな格好してるんだよ！」

「いきなり罵倒《ばとう》!?」

こちらに気づいたルーが声を上げ、そして頬を膨らませる。

「いきなり呼び出しておいてずいぶんじゃない、エイシ。私の格好のどこに問題があるというんだい、ええ？」

画面の間近まで詰め寄って、顔を近づけてくる。

もうちょっとカメラさんひいて。

「どこって、その、薄着なところというか、肌を出しすぎというか……」

アップになりすぎたきわどい格好のルーにしどろもどろになりながら言うと、頬を膨らませていたルーは、意地の悪い笑顔に豹変《ひょうへん》する。

「ほほう、そういうこと。さすが変態出歯亀男は言うことが違う」

「な」

一瞬言葉につまり、慌てて両手を激しく振り否定する。

「何をいきなり⁉　変態なんて、いわれない誹謗《ひぼう》中傷をしないでくれ」

「いわれない？　さっき何かを覗いていなかったっけ」

「な」

またもや言葉に詰まる。

そうだ、ルーには神眼があった。

もしやさっきの姿を見られていたのか。

「違う、あれはちゃんと踏みとどまったから。鎖骨くらいしか見てないから」

「あ、やっぱり見てたんだ。エッチだなあ、エイシは」

「へ？　やっぱりって……かまかけたのか⁉」

「見るには見てたけど、スキル使ってる対象まではわからないよ、私には。なんか何もないところで固まって変な動きしてるなあと思って怪しんでたけど、やっぱりあのスキルを使ってたんだ。まったく、エイシも好きだなあ」

まるで同志を見つけたみたいな笑顔やめろよ、俺は一応踏みとどまったんだから。踏みとどまれなければよかったとちらっとは思ったけど。

だがそんなことはいい、とにもかくにもこの話題は終わらせたい。

「そんなことを話したくて連絡したんじゃないよ、もう終わり、この話は終わりです！　——吸血について聞こうと思ったんだ」

「吸血？」

「うん、この村を襲ってるそういうモンスターの対処をしようとしてるんだ。もっとも、ヴァンパイアとは限らなくて、別の吸血モンスターかもしれない。ルーは神眼使えるでしょ、それでちらっと見て正体暴いたりできない？」

ルーは身につけている薄布をくるくると指で絡めながら、体を左右に揺らす。

そしてちょっと考えるようなそぶりを見せ、首を横に振った。

「だめだめ、それはできないね」

「なんで？　難しいの」

「超難しい。神眼で地上のことが見られるって言っても、私が見たい場所を見られるだけだから、どこにいるかわからないものを探そうと思ったら、世界中を走査しなきゃいけない。不可能じゃないけど、かなり手間だってことはわかるでしょ」

ああ、そりゃ大変だ。

宿を拠点にしてることがわかってる相手とかなら簡単だけど、そうじゃないと厳しいだろうな。

「それにもう一つ、人間の一つの町で起きた一つの事件に私が関わるってのはよくない。不公平だし、きりがないし」

「ええ、そんなけちなこと言わないでさあ。俺は助けてくれたんだし」

「ケチ言うな！　私は女神だよ。世界か自分が関わってないことには、手をむやみやたらに出すべきじゃないんです。エイシは私がやったことだから特別だけど、今回のことは関係ないし、傍観が一番いいんだよ」

ルーは、久しぶりに見た気がする真面目な顔で言った。

うーん、たしかに正論のように聞こえる。

俺は凄い気軽に話してるけど、この世界じゃ神様だもんな。それが特定のこととか町とかに肩入れしない方がいいってのはそうかもな。

「わかった、たしかにそうだね。じゃあ、そこまでは頼まないよ。でもちょっとどういうのがいるかくらいなら教えてくれてもいいでしょ？　吸血モンスター。そしたら俺も、俺の世界のそういう伝承とか教えてあげるから」

俺の言葉を聞いたルーは目を細め、ゆらゆら揺れながら俺を見る。

「というかそれ、事件とか関係なくエイシが興味あるだけでしょ」

ばれていたか。

ヴァンパイアって、こう、心のどこかをくすぐるものがあると思うんだ。

「でもそれくらいなら全然オッケーよ。私もちょっぴりエイシの知ってる話にも興味あるし。そうだなあ、ヴァンパイア、巨大ヒル、マックスケラ……私が知ってる範囲でも結構いるなあ。じゃあ、どれから語り合おっか？」

☆

「え、太陽の光あびても大丈夫なんだ」

「そだよ。夜の方が調子はいいらしいけどね」

吸血トークをしていた俺とルーは、この世界のヴァンパイアの特徴を話していた。どうやら、光を浴びるとすぐに灰になるほどじゃないらしい。

「それじゃあ、にんにくとか十字架は？」

「何それ？　ヴァンパイアと何か関係あるの？」

「……いや、なんでもない」

効き目なしと。まあ、十字架はともかくにんにくでどうにかなる方が不思議な話だよな。あれってどういう由来なんだろう。

「それにしてもヴァンパイア退治か。なんか面白そうじゃない」

画面に向かって身を乗り出してくるルー。

俺は少しあとずさりしながら頷く。ぶつからないけどぶつかりそうだ。

「ヴァンパイアじゃない可能性の方が高いけどね。興味があるなら手伝ってくれてもいいんだよ。下界におりてきてさあ」

「それは面倒くさいからやだ。怠《だる》いし、ここで捧《ささ》げ物《もの》食べたり読んだりしてる方が楽でいいし」

「……ルーにもパラサイトの才能あると思うな」

「なんだとぅ？　こう見えてもたまには働いてるんだから。まあ、そういうことだから、とにかく死なない程度に頑張れ、頑張れ、エ・イ・シ。それじゃ、またね」

欠伸《あくび》をしながら手をひらひらと振るルーの映像を最後に、俺はスキルを解除した。

そんなに有用な情報は得られなかったような気もするけど、まあ気は紛れたかな。鬼が出るか蛇が出るか、さてどうなるかねえ。


翌日、俺とアリーに廃墟《はいきょ》を実際に見せて教えるために、リサハルナは村の近くの丘へと俺たちを誘った。

小高い丘に登り東を見ると、太陽を背にした岩山を目にできる。リサハルナの指を差した場所には、崩れかけている石の壁が岩肌に寄り添うようにあった。

「あれが目標ですか。なかなか趣がありますね」

「ふふ、少しばかり怖いかも知れないぞ」

「えっ、怖いって……？」

「さあ、私も資料で見ただけだから詳しくは。ただ、廃墟に入る前にはきっちり用を足しておくことを薦めるよ。恥をかきたくないなら」

肩をすくめるリサハルナ。廃墟とかただでさえ不気味なのに脅かさないでください。アリーはどうかなあと見てみると、なんだかずいぶん力強く頷いている。

「そんな遠足に行く前の注意事項みたいなことを」

「君たちの力量ならちょっとした遠足のようなものさ」

「知っているのですか？　私たちの力を」

「蜘蛛退治の際、少しばかり彼の様子を見ていた。アリー君も同等の力を持っているのだろう。だとしたら大丈夫だと思う。ただ、危険を感じたら逃げるべきだね。調査までが君らへの依頼なのだから」

ふんふん、なるほど。まあ、無理をしない程度に頑張ろう。

そういえば。

「蜘蛛退治をこの前やりましたけど、あそこにその親玉の大蜘蛛でもいるんでしょうかね」

「さあ、どうだろうか。仮にいるとしたらもう少し高等なモンスターじゃないかと思うけれどね。アリー君は蜘蛛は好きかい？」

アリーは遠い目をして、何かを思い出したようにつるつるした眉間《みけん》にしわを寄せた。

「あまり……苦味がきつくて」

「そっちの意味⁉　食べたことあるの⁉」

「はい。以前南方の密林に冒険しに行ったとき、現地の狩人はおやつ感覚で食べると教えていただき、いただいたのですが、苦い液がまるいお腹からぷちっと……」

アリーは苦虫を噛《か》みつぶしたような顔で苦虫を噛んだ時の話をした。さすが冒険いろいろしているだけのことはある。経験豊富だ――が。

「いー、いいです、それ以上。想像しちゃいそうだから、うん。アリー」

「そうですか？　もっと詳しく語ることもできますが」

悪戯《いたずら》っぽく笑うアリー。わかって言ってるな、これは。たまにこういうところあるんだよね。まあ、気を許してくれてるってことかな。

「はあ、はあ。リサハルナさん！」

そのとき、丘を駆け上がってきた者がいた。

俺たちが振り返ると、そこには村の青年が息を切らし肩を揺らしていた。

「連日の襲撃で家畜が怯《おび》えているんです。このままだと暴れたり、逃げ出すかも知れません。そしたらモンスターに襲われるかも――何かいい知恵ないでしょうか」

「いつもの倉庫に乾燥させたハレト草があるはずだ。それを湿らせて体にこすりつけるんだ。あの匂いはオーガや大蜘蛛系統のモンスターが嫌うから、それらから守れる。それと、頃合いのものは早めに商品にすることも考えるべきだ」

「あ、はい。わかりました」

「群れの中に恐慌が起きると一斉に暴れ出すから、重要な個体は別管理する方が安全だろう。暴れたら浸眠の鈴を使っていい。そしてなるべく村に近づける。すぐにできるのはこのくらいか」

「はい！　わかりました、すぐかかります！」

青年は丘を駆け下りていく。リサハルナの言った対策をとるのだろう。

俺はリサハルナの様子にほれぼれと見入っていた。

落ち着き払い、バシバシと指示を出していく様子は格好いい。

蜘蛛退治の時も思ったけれど、色々知っていて、モンスターについての知識も豊富なんだな。

なんで冒険者でもない村人が知ってるのかと疑問ではあるけれど、他のスノリの人が頼ったりしてるあたり、昔からそういうタイプなんだろうな。

「村に入れればモンスターからは逃れられるんですか、やっぱり」

「絶対ではないが、だいぶ安全度は増す。モンスターというのは、人の住処にはそうそう近づかないものだ。人だって魔物の住処に自分から近づく奴はそうそういないだろう？　人がモンスターを恐れるように、モンスターも人を恐れている。お互いにとって天敵というわけさ」

なるほど。たしかに、野生動物も食糧不足とかにならなければ基本山にいる個体の方が多いらしいしな。未知の危険に突っ込んではいかないということか。

ともあれ、村のことはリサハルナがいれば大丈夫みたいだし、俺たちは言われたとおり原因究明に行くとしよう。出発は、明日だ。


翌日、俺とアリーは予定どおり朝すぐに宿を発《た》った。

向かうははげ山の廃墟。

道中モンスターが襲ってくることもあったけど、今更並のモンスターじゃ相手にならない、片手で撃退。

そしてまだ太陽がそう高くない位置にあるうちに、俺たちは廃墟にたどり着いた。

石柱、暖炉、屋根の一部、色つきのガラスの破片、崩れた壁、途中で途切れた階段——。

まさにそこは廃墟と言うにふさわしい場所だった。

いや、もはや廃墟とすら言えないかもしれない。ただの残骸《ざんがい》というべきかな。

「これが、言ってた廃墟だよね」

「はい。位置的にも間違いありません。……予想以上にぼろぼろですね」

「うん。まずは地上を調べよう……っと、やっぱりいるのか」

壁の影から、グレーターインプが姿を現す。

なんだかんだ、そこそこの強さのモンスターはいるのか。誰でも簡単に調べられるってわけじゃなさそうだ。だが俺たちにとってはたいした相手ではない。あっさりグレーターインプを真っ二つにぶった斬り、調査を始めた。

太陽が真上に来るくらいまで調べたが、特に怪しいものは見つからない。そもそもだいたいのものが原型をとどめていないほど風化していて、やっぱり相当昔に破棄された館のようだ。

遺っている部分の造りからすると、結構しっかりしてて、住んでた人……というかヴァンパイアの当時の威光はかなりのものだったのではないかって感じだけど。

見つかったのは割れたツボとかフランス人形みたいなものとか。

とはいえこんなものでは特に手がかりにもなりそうもない。

地上での調査はもう十分と、俺たちは地下への入り口を探す。

「ありましたよ、エイシ様。リサハルナ様がおっしゃっていたとおりです」

階段の裏から北に十メートルほどの場所。

砂や草で覆われていたが、そこには重たそうな石の蓋《ふた》があった。

慎重に二人でどけると、ぽっかりと開いた穴があらわれ、太陽の光が地下への道を照らす。

リサハルナから教えられた情報の通りだ。

「よし、じゃあ、アリー」

「はい、エイシ様」

俺たちは顔を見合わせ頷《うなず》きあう。

リサハルナは吸血騒動の元凶となっているモンスターがいるかも知れないと言っていた。この先の地下にこそ、それがいるかもしれない。

だとしたら、気合い入れないとな。

地下――ここからが、吸血騒動解決の本番だ。

「わかっています、エイシ様。お弁当の時間ですね」

「……はい？」

「お弁当ですよ、お昼御飯です。お腹が空いては戦はできませんよ」

平らなところを選び、スペースバッグから敷物を取り出し、さっと場所を整えるアリー。

おお、手際いいなあ。

……じゃなくて！　これからいよいよ気合い入れようって時にお弁当かい！

暢気《のんき》すぎないかと一瞬と思ったものの、よく考えてみれば食べられるときに食べておくことって結構大事だろうし。暢気だけど、いい判断かもしれない。

冒険者歴が長い分、こういうことにもぬかりはないいんだな。単にマイペースなだけかもしれないけど。

俺は敷物に腰を下ろし、携帯食料を取り出そうとする。

が、それをアリーが押しとどめた。

「お待ちください。今日は私が用意したんです」

スペースバッグから取り出したのは、パンに色々な食材が挟んであるもの。

サンドイッチだ。

「昨日、思いついたのです。スノリには素晴らしい食材がたくさんありますし、せっかくの久しぶりのエイシ様との冒険です。それなら食事を自分で作るのもいいのではないかと」

「アリーが作ったの、これ」

「はい。よろしければお召し上がりください」

アリーは並んだサンドイッチを俺に向かって見せびらかすように腕を広げる。とっても得意げな顔をして。

まじで？　手作りお弁当？

これはちょっと、いやかなり嬉しいぞ。

「もちろん、いただくよ。それじゃあ、早速」

俺は意気揚々と野菜とタマゴが挟んであるサンドイッチを口に入れた。

……あれ？

これは。

何かおかしい……味がしない。

もう一口食べてみる。

やっぱり味がない。

これはちょっと、失敗してるんじゃないかなあ……とちらっとアリーの顔をうかがうと、目を輝かせて手を組んでこちらを見ている。

めっちゃ感想期待してるよ、どうしよう。

「ええと……そう、結構あっさり目の味だね。アリーも食べて食べて」

「それでは、いただきますね……あれ？　これ、味がありませんよ？」

どうやら、自主的に気付いてくれたらしい。困惑したように眉《まゆ》をひそめている。

先に気付いてくれたら、俺も多少言いやすい。

「アリー、これ味付けは？」

「せっかくスノリには豊かな素材がありますし、素材の味を楽しもうと思いまして、何もしていません」

真面目な顔で即答するアリー。

いやそれはちょっと素材すぎませんか。どうりで味がほとんどしないわけだ。

「アリー、ああいうのは素材の味を生かす味付けってのをしてると思うんだ」

「そうなのですか⁉　私、料理はまったく普段はしないので存じていませんでした……エイシ様はそのようなこともご存じなのですね。勉強させていただきました」

俺じゃなくても知ってるというか、誰でも知ってるというか。

アリー、料理はダメだったんだな、珍しく貴族の箱入りお嬢様っぽいところを見た気がする。

「今度教えてください、次は美味しく作りますから。そしてエイシ様に美味しいものを食べていただきたいです」

気合いのこもった目で見つめてくるアリー。

そう言われても、俺もただの受け売りレベルで全然できないんだけどね。料理人のクラスを持ってる人とかいないかなあ。

なんて思いつつ、俺たちは問題なく？　腹ごしらえをすませた。味が本当に素材の味しかしないだけで、幸いにも調味料入れすぎ系のまず味ではなかったのは不幸中の幸いだったな。

そして、腹ごしらえを済ませた俺たちは、いよいよ地下へと足を踏み入れた。

ここの地下は真っ暗だったので、魔法のランプという魔道具を点《とも》す。

光量も多く、火事にならない優れものだ。

廊下は石造りのしっかりしたもので、一歩ごとに自分たちの足音が幾重にも反響していく。

「地上とはまったく違いますね、凄く綺麗《きれい》にのこっています」

「風雨にさらされてないとこうも違うものなんだな。これなら何か残ってそう」

「はい。期待できますね」

古墳なんかも、外気が入ってこなければ千年以上前のものでも結構綺麗に遺ってるらしい。大気の浸食作用って凄い。

しばらく進むと、重たそうなドアが右手にあらわれた。

俺たちは慎重にドアを押す。

蝶番《ちょうつがい》がきしんだ音を立て、ドアが開き、二人並んで中に入る。

が、その部屋には特に何もなかった。

「何もありませんね。空っぽの部屋です」

「うん。……いや、待って。何か聞こえない？」

「……何かを引《ひ》っ掻《か》くような音、でしょうか、これは」

瞬間、ドアが大きな音を立てて閉まった。

俺たちは同時に振り返る。

「ドアに触った？　アリー？」

「いえ、私は何も。エイシ様は？」

「俺も触れてないよ。なんで、いきなり」

ランプの灯がゆったりと明滅を始める。

石壁に映し出される光と影が、明るくなったり暗くなったり波打つ。

まるで俺たちをあざ笑うように。

「エイシ様。私、なんだかとても嫌な予感がしてまいりました」

「俺も――猛烈に帰りたくなってきた」

どこからともなく聞こえてくる引っ掻くような音は、途切れ途切れにまだ続いている――。

☆

「とにかく、部屋を出よう」

「はいっ！」

俺たちは急いでドアを開け、廊下に出た。

部屋を出ると、引っ掻くような音は消え、ランプの明かりも安定した。

廊下には何も異常なものは見あたらない。

「あの部屋が問題だったのでしょうか」

「多分。何か……何かいるのかも」

何かについて、お互い口にはしなかった。

無言の同意をしたあと、今の部屋のことは忘れて廊下を先に進む。

しばらく進むと、左手に鉄格子があった。

牢獄《ろうごく》のようなその奥には、フランス人形のような人影が、何体も行儀よく座っている。ランプに照らされ、青いガラス玉の目を嘘くさいほどに美しく輝かせて。

でも、美しい以上に不気味だ、皆してこっちを見ている。

素早く視線を外して、鉄格子の向かいにあるドアに手をかけようとした瞬間、何かが動いたような気がして振り返った。

特に何も変化はない。

そうだよな、まさかだよな。気のせいだよな。人形が動くはずないない。

「どうかいたしましたか、エイシ様」

「いや、なんでもないよ。そっちの部屋を見てみよう」

「ええ。早く入りましょう」

さっと中に入ったアリーに続き、俺も入る。

今度の部屋は空ではなかった。

机や椅子があり、棚があり、壺《つぼ》が棚に並んでいる――カリカリ。

「な、なにか壺の中から音がしています、エイシ様」

「だ、大丈夫でしょ。俺たちはモンスター倒してきたんだから」

「そ、そうですよね。そうですよね？」

自分にも言い聞かせながら、二人でそっと壺の中を覗《のぞ》き込もうとした時――。

ヤスデが壺から顔を覗かせた。

「……もう。驚かせないでくださいよ」

アリーが胸に手を当て、長々と息を吐く。

そうしてヤスデをひょいとつかみ、棚のわきに置く。

「ちょっと探索するから邪魔しないでくださいね」

あんなに足がたくさんある虫も平気なんだな、たくましい。まあ蜘蛛食べたくらいだし余裕か。

アリーが壺を調べている間に、俺は机の引き出しを調べることにしたが、何かが引っかかっているようで、引っ張っても半分弱しか開かない。

腕を突っ込んで奥に何か無いか探ってみる。

ん～……何かないか……お、あった。

細いさらさらしたものが手に触れた。さて何が入ってるのかなと引っ張り出してみると——。

長い長い髪の毛が、俺の手指に絡みついていた。

「ひぃっ！」

思わず奇声を上げて後ずさってしまうと、アリーが駆け寄ってくる。

「エイシ様、どうしました……髪の毛⁉　い、いや、来ないでください」

アリーは俺の手に絡まっている髪の毛から逃げようとする。そんな薄情な！

「くすくすくす——」

「しくしくしく——」

「笑い声が！」

「泣き声です！」

もう部屋の中を探ってる場合じゃない。

俺たちは大慌てでドアへ走る。なんとか髪の毛もふりほどきつつ、脱出して廊下に出た。

「エ、エイシ様……」

が、震える指先で、アリーが正面にある鉄格子を指さしていた。

そこにいたはずの人形達が、今はもういない。

……もうやだ、帰りたい。

もう心の中では半べそかきそう——でも。

ここで戻って、お化けが怖いので探索は諦《あきら》めましたとリサハルナに報告するのは恥ずかしい。俺にだって空豆くらいのプライドはある。一寸のパラサイトにも五分の魂なのだ。

俺は自分に言い聞かせるように、アリーに言う。

「大丈夫、アリー。人形がいなくなっただけだ」

「だけと言っても、普通いなくなりませんよ」

「突然あらわれたら怖いけど、いなくなったなら害はない。そうだろう」

「……はい！　そうですね。このまま帰っては冒険者の名折れ、ですよね」

「うん。行くぞ、俺たちは行ける、絶対行ける」

「はい。行けます。必ず行けます。きっと行けます」

俺達は意地で先に進んでいく。ゆっくりと、耳を澄ませて、肩を寄せ合いながら。

「人形、出てこないでください……人形、出てこないでください……」

アリーはつぶやきながら、俺の服の袖《そで》をぎゅっとつかんできた。

そんなに人形が怖いのか？　俺は髪の毛の方がダメージ大きかったけど。

恐怖から気を逸らすために、話しかけてみる。

「アリーって人形苦手なの？」

ぴたり、とアリーの足が止まった。

あ、やっぱりそうなんだ。

アリーがゆっくりとこちらに顔を向けた。結んでいるポニーテールが小刻みに震える。そして、少し俺の表情をうかがい逡巡《しゅんじゅん》したそぶりを見せた後、静かに口を開いた。

「私の家には、母の趣味で人形がたくさんありました」

「貴族の家だもんなあ。いい人形をたくさん収集してたんだろうね」

さすがアリーの母でコール＝ウヌスの妹。

コレクター気質は持っているらしい。

「一般的には、おそらく、質のいいものだったのだと思います。でも、だからこそ私は怖かったんです。まるで人間のようで」

「ああ、わかる気がする。俺も静かな部屋で人形に見つめられてると落ち着かない」

「ですよね！　……すいません、興奮してしまいました。それら人形は、廊下にもたくさんおいてありました。飾り棚にたくさん人形が並んでいました。さきほどの鉄格子の奥にあったような人形が、廊下を歩く者をいつも見つめていたんです」

「それはちょっと怖いな。しかも廊下だから生活してたら絶対逃れられないし」

俺の言葉に頷いたアリーは、しばし無言になった。

逡巡するように目線を左右に振れさせ、胸の前で強く手を組んでいる。

しばらくそうしていたが、何かを決意したように大きく深呼吸をして、再び口を開いた。

「それは、ある夜のことでした――」

☆

アリーは意を決したように、人形の恐怖を語りはじめた。

「子供の頃、私は夜中に目が覚めました。そしてお手洗いに行こうと廊下に出て、その人形達と目が合いました。ランプに照らされ、目を光らせて物言わず、薄い笑いを浮かべてこちらを見つめていました。私は、体がすくみ動けなくなり――それから、本当に人形はダメなんです」

アリーは俯いて黙りこくってしまったが、その話の流れから行くと、論理的に考えて。

「怖くて漏らした？」

「口に出さないでくださいよ！　聞かないで察してくださらないと言葉を濁した意味がないじゃないですかぁ」

アリーは顔を赤くして俺を糾弾し、恥ずかしそうに俯いてしまう。

「あ、なるほど。ごめんごめん。気になると聞いちゃうたちで。でも気にしてないから大丈夫。子供の頃ならそういうこともあるし」

「うう……。こうだから人形は嫌なんです。あの時の忌まわしい思い出が蘇《よみがえ》るんです。だからエイシ様、ここはお任せします。また人形が来たらお願いします」

「ええっ！　俺に!?」

「お願いします。そのために、恥ずかしい思い出をお話ししたんです。もし見捨てられたら、恥のかき損です」

「いやそう言われても、勝手に話されただけだし」

「そんなあ……私も貴族の女の端くれ、あのようなことをお話しするのは心臓を差し出すようにつらいんです。生き恥をさらしてまで告白したのですから、勝手は百も承知ですが、なにとぞお願いいたします、エイシ様」

俺の腕をとり、涙目で訴えてくるアリー。

そんなこと言われてもと思うけど、そこまで言うならまあ仕方ないか。

……でもそれよりも、いつものほほんとしたアリーがこうも涙目になっていると、どうにも嗜《し》虐心《ぎゃくしん》がくすぐられてきてしまって。

「あっ、あそこに人形が」

「え⁉」

「なんて冗談、冗談——アリー、さん？」

アリーが全身を震わせていた。

恐怖ではなく、怒りで。

「ノーム様！　この男に大地の怒りの鉄槌《てつつい》を！」

「わー、待って！　ごめん調子に乗りすぎた！　本当ごめんなさい！　わかった、人形からは俺が守るから許して！」

地面から伸びてきた岩のハンマーは、俺の手前でギリギリ止まった。

はー、危なかった。やりすぎだな、いけないいけない。

「もう、エイシ様、私だって本気で怒ることもあるんですよ」

「いや本当ごめん、やりすぎまし——」

パン！

平身低頭謝る俺の耳に、通路の後方から、何かが破裂する音が聞こえてきた。

俺たちは石像のように固まる。

「あの……後ろで音がいたしましたよ」

「うん、アリー、気になるなら見ていいよ」

「いいえ、エイシ様こそ、ごらんになってください」

「譲り合ってちゃきりがないし、それじゃあ、せーので振り向こう」

「そうですね。せーので一緒にですね」

「せーの！」

「せーの！」

…………。

俺たちは二人とも、前を向いたままだった。

「どうして振り向かないんですか、エイシ様！」

「そっちこそ、俺にだけ後ろ確認させようとしてただろ！」

「た、タイミングがずれただけです。というかエイシ様もじゃないですか！」

俺たちは責任をなすりつけあう。恐怖の前では人は見苦しくなるのであった。

とはいえこれでは埒《らち》があかない、今度こそ一緒に確認することにする。

「せーのっ」

今度こそ一緒に振り返った。

そこには一体の人形がいる。

「やっぱりいます！」

「だ、大丈夫。俺が約束どおり——そう、一人なら呪われたって」

すでに腰のひけているアリーの前にじわりと一歩出る。

とそのとき、人形の背後の闇がうっすらと光を持った。

そして俺たちは目にする。

そこには、目から血を流す笑っている人形と、中身のない甲冑《かっちゅう》と、宙に浮かぶ火の玉が、総出で俺たちを出迎えていることを。

「ひいいいい！」

もう俺たちに言葉はいらなかった。

全力で逃げるのみ。

もう依頼とか恥とか考えてる余裕なんてない。

走っていると通路は直角に曲がり、行き止まりに両開きのドアがあらわれた。

一体だけ細身の騎士鎧《よろい》が守るように右側に立っているそのドアを開き、迷ういとまもなく、俺たちはそこに飛び込んだ。

「はあ……はあ……はあ……」

「見てください、棺です」

「おお」

最後に入った部屋には、棺があった。

部屋の中央にワインレッドの棺がどんと鎮座し、壁際には石の棚がある。

「これがリサハルナさんの言ってた棺だよね」

「きっとそうです。見たところ、何の変哲もない棺ですね」

たしかに、何の変哲もないただの大きな棺だな。

周囲を見てみるが、そこにも特に変わった様子はない。

棚には、楯《たて》やブローチ、かさかさの巻物、コップや水差し、風化した花、などが隙間を空けておいてあるけど、どれも変な感じはしない。

「棺の表面だけを削っていく、というわけにはいきませんよね」

「アリーがそれでいいなら俺もそれでいいけど」

「いいはずありません。中に何があるか見ないで帰れるはずが」

「だよね。必死の思いでここまで来たんだから」

俺たちは棺の前後にスタンバイし、蓋に手をかける。

そして、息を合わせて棺を開く。

「……何もない？」

だが、棺の中には何もなかった。

わざわざ息をのんで開けたのは何だったんだ。

「エイシ様、これを」

アリーが見つめていたのは、蓋だった。

蓋の内側に、無数の切り傷や刺し傷がついている。しかも傷はかすれて消えかかっているということもなく、最近ついたように新しい。——まさか。

俺たちは顔を見合わせ、どちらからともなく声を出した。

「何かが、この中から出て行った……？」

☆

一番奥の部屋にたどり着いた俺たちは棚にあるもので価値のありそうなものを回収し、そして棺の一部を削り、ワインレッドの木片を無事に回収し、そして任務達成。

あとは帰り、棺の謎を報告と質問をするだけだ——が。

「また、ここを通らなきゃならないんですよね」

そう、あのお化け達がいる廊下を。

帰りたくないが帰りたい。

アリーは俺の方を縋《すが》るような目で見つめている。

今日は帰りたくないのと目で言っている。ニュアンスは全然違うけどね。

さてさて、どうしたものか。

しばし考えた後、俺はアリーを見返して頷いた。

「アリー、霊には霊だ」

「どういうことでしょうか？」

「精霊だよ。アリーはもう人形を見たくもないでしょ」

「はい。お恥ずかしい話ですが……」

「だったら、目を瞑《つぶ》って精霊魔法をガンガン使って欲しい。幽霊でもなんでも蹴散《けち》らして、魔法の音で耳も塞《ふさ》いでしまえばいいんだ。存在に気付かなければ、怖いと思えない。存在してないんだから」

お化け屋敷で怖いときにずっと足下見ておくという対策のようなものだ。苦手なものからは目をそらして気付かないふりをしてやり過ごす。これが処世術というものさ。

アリーは、はっとしたような顔になる。

「そうですね、それなら――でも、それでは前に進めませんよ」

「俺が引っ張っていくよ。俺につかまってれば、迷うことはない」

「エイシ様が？　いいのですか？　それだとエイシ様はまともに見ることに」

「大丈夫大丈夫、お化けの一人や二人」

あんまり大丈夫じゃないけど、アリーが恥を忍んで話したことを無にするのもパラサイトの名が廃る。

それに、精霊なら幽霊より上位のような気がするし、お化けが消えてくれたりするかもしれない。

「行こう、嫌なことは間を置けば置くほど躊躇《ちゅうちょ》して動けなくなる」

「……はい。ありがとうございます」

アリーは俺の手をとり、目を閉じた。

そしてドアを開き、廊下に出る。

まだ奴らはいない。

俺は前に進み、奴らが見える前にアリーに合図を出す。

ノームを呼び出したアリーは岩弾を前方にどんどん飛ばしていく。

石壁にぶつかり大きな音が立ち、砂煙が舞い、視覚も聴覚も制限される。そのおかげで恐怖の存在にも気付かずにいられる。

「アリー、軽く急ぐよ」

アリーは答えるようにぎゅっと俺の腕をとり、体を密着させる。

怖いのと、離れて俺に攻撃をぶつけないためだろう。

さらに急ぎ足で進んで行く。何かちらちら影が見える気がするが、確認する前に砂煙の中を後方へと消えていく。

うめき声らしきものが聞こえる気がするが、石の音にかき消されてよくわからない。

作戦はうまくいっている。よし、あと少し――う。

俺たちは出口寸前まで来ることができたのだが。

最後の関門のように、人形達が床から俺達を見上げていた。

今にも血を流したり、髪を伸ばしたり、笑い出したりしそうに。

「止まるな、止まっちゃダメだ」

一回足を止めれば動けなくなる。目をそらし、壁沿いをすり抜けるように駆け抜ける。

うめき声や赤く歪《ゆが》んだ目が視界に入ってくるが、それでも駆け抜ける。

——出口だ。

アリーに合図をして目を開けさせ、急いで地上へと上がる。

夕日が眩《まぶ》しく照りつける。

風が吹き抜ける。

俺たちは、ついに地上へ帰還した。

「はあ。……あはは、奇跡の生還だね」

「エイシ様、ありがとうございました。私一人では生きて帰れませんでした」

「そんなおおげさな」

「おおげさではありません。だって、一人ではあの部屋から動けなかったと思いますから」

俺は地下のかび臭い匂いではなく、新鮮な空気を胸一杯に吸い込んだ。

アリーは俺の腕をがっちりと両手でロックしたまま、涙目で笑う。

ちょっと頑張ってよかったかな。

「やはりエイシ様はお優しいのですね」

「いや、別にそんなこともないと思うよ」

「いいえ。勝手に自分のことを話しただけなのに、私の意を汲《く》んでくださいました。以前も、自分の身の危険を顧みず死地へと赴いたこともあります。それにスノリに来ていたゲオルグ様やミミィ様に信頼されているのも、きっとその人柄故です。間違いありません」

「さすがに持ち上げすぎじゃないかなあ」

「そう思うのならば、それは私たちから思えば尊いことがエイシ様にとって当たり前ということなのでしょう。なおさら素晴らしいことです」

アリーはじっと俺の顔を見つめて言った。

その目は真剣に言った言葉だと主張しているようだ。

その時の成り行きだったり、自分の利益を考えたりで、他人のために何か深いことを考えてたわけじゃないんだけどなあ。

俺はアリーをしばし見返し、口を開いた。

「そう思うなら、アリーがそうなんだよ。人がどう見えるかは鏡だってよく言うし。でも、ありがとう。素直に受け取らせてもらうよ。さて、いつまでもここにいるのもなんだし、スノリへ戻ろう」

「はい！」

そして戻り始めた俺たちだが、村まで行く間もアリーは俺の手を放さず、腕のロックこそ外したものの、手はずっと握っていた。

もう廃墟をでたのにまだ怖いのかな、相当だなこりゃ。なんて思いながら横顔を見ていると、アリーが嬉しそうな緩んだ顔でこちらに振り向く。

なんだかあまり怖がってそうではない顔である。やっぱりアリーの頭の中に何があるかを知るのは俺には難しい。

そんなことを話したりしつつ、そのまま歩いて行き、スノリの村まで俺たちは無事帰還した。

その頃にはもう日がすっかり暮れていたので、報告は明日にし、今日は休むことに決めた。

何よりもう憑《つ》かれました。


「エイシ様のように、私も勇気を持ってお化けを克服してみせます。お休みなさい」と言ってアリーは自分の部屋へと戻っていった。

俺も自分の部屋に戻り、ベッドにダイブする。

はぁ……ようやく心が安まる。

ゆっくりしようと思っていると、すぐに眠気が襲ってきて、俺は目を閉じた――。

コン、コン。

コン、コン。

俺は飛び起きた。

夜中に、突然聞こえてきた物音。

まさか。

「いったい何の音――って、なんだノックか」

驚かせやがってと、ありがちな台詞《せりふ》を胸中でつぶやきつつドアを開ける。

そこには寝間着姿のアリーがいた。

「あれ、アリー。こんな夜中にどうしたの？」

尋ねると、言いにくそうに、俺から目をそらして口を小さく開く。

「あの……お手洗いに……ついてきてくださらないでしょうか」

克服は遠い。

☆

廃墟に行った翌朝、俺とアリーは吸血騒動の調査の依頼人、リサハルナの元へと向かった。

「そんなわけで、棺は無事見つかりました。これが棺の欠片《かけら》です」

「たしかに、それらしいものだ。どうだった？　廃墟の感想は」

最初の時と同じように、お茶をいただきながら俺たちは廃墟でのことを報告している。

興味深そうに聞きつつ、たまに質問を差し挟んできていたリサハルナは、棺の欠片を手にとり、角度を変えて眺めている。

「心霊現象が起きて大変でしたよ。モンスターよりある意味怖いです」

「心霊か、それはポルターガイストの仕業かもしれないな。音を出したりして驚かせるのが精一杯の、人間に危害を加えることすらできない最下級のさらに下のモンスターだが、どうやらいっぱい食わされたみたいだね」

くくっ、と喉《のど》をふるわせて笑うリサハルナ。

俺とアリーは微妙な表情の顔を見合わせた。

あんなに慌てたのに、正体は最下級以下のモンスターだったなんて、なんだろう凄い敗北感。

「なかなか大変だったようだけど、棺の中身はどうだった？」

「空でした。何も入ってません」

「空だって？　たしかにかい」

「はい。間違いなく」

「……他に何か気付いたことは」

「そうですね、棺の蓋に傷がついてました」

「棺の蓋に？　詳しく教えてくれないか」

「何かで切ったりついたりしたような傷が蓋の内側に無数にあって、でも中には何もなかったんです。いったい何か、気になるところですけど他に手がかりはありませんでした」

リサハルナは俺の言葉を聞くと、笑みを潜め、沈思黙考を始めた。口もとに手を当て、探偵のようにじっと俯き加減に何かを考えている。

「なるほど。わかった、ありがとう」

しばらくして、ゆっくり顔をあげると何事もなかったかのようにそう言うが――。

「どうかしたんですか？　気になることでも」

「棺の様子が少し、な。ただ、君らに出した依頼はすでに果たされた。君らに頼んで廃墟にもう一度行ってもらうようなことはない。あとで私が確認しておこうと思っただけさ」

「そうですか。そこは気になりますけど、何もいなかったのだから結局、ヴァンパイアとは無関係なモンスターの仕業ってことですよね」

「ああ――おそらくは。いずれにせよこれで私の依頼は終わりさ、あそこが関係無いことを証明できたのだから。……気になる、という顔をしてるね。それなら自由に調べたまえ。私はそれを咎《とが》める権利はない。ボランティアでやってくれれば皆喜ぶ」

リサハルナが冗談めかして口角を持ち上げると、形のいい歯がちらりと見えた。

俺たちは依頼終了のサインをもらい、依頼を終えた。

たしかに気にはなるけれど、リサハルナの言うとおりそれはそれで別にやることだろう。この依頼はここで閉じられる。

でも、少し気になることがある。

リサハルナはどうしてヴァンパイアの廃墟について詳しいのだろう。

調べたと言ってたけれど、ただの村人がそんなに詳しく調べるかな。

モンスターとかも含めて物知りだから、そういう意味ではおかしくないけれど、むしろモンスターとかについても詳しいのがそもそも不思議という話でもある。

冒険者とかならわからないでもないけど——もしかして昔冒険者やってて今は隠居したとかそういうパターン？

依頼を終えた礼と別れの握手をアリーとリサハルナがしている。

次は俺の番だろう、ちょうどいいタイミングなので、リサハルナにパラサイトをしかけ確かめてみることにした。元冒険者なら、クラスレベルが高いはずだ。

俺はスキルを発動し、リサハルナの白い手を握——え？

どういう、ことだ？

「どうした、エイシ君。そんなに名残惜しいかい？」

「あ、い、いえ、すいません」

いつまでも手を放さない俺をからかうようなリサハルナの声に、俺は慌てて手を放す。

そして俺は可笑《おか》しそうに笑うアリーとともにリサハルナの家をあとにした。だが、宿に戻る途中の俺は笑うどころじゃなかった。

——パラサイトできなかった。

リサハルナにパラサイトのスキルを使ったとき、そこにはなんの手応えもなかった。それは物や動植物、そして、モンスターにしたときのように。

どうして失敗したのだろう。

これまでパラサイトが失敗したことなどないのに。

考えるが、それらしい原因は思い浮かばない。失敗したことが初めてなのに、失敗した理由が思い浮かぶはずもない。

結局なにも思い浮かばず、俺はその日一日スノリで頭を悩ませていた。

せっかく来たのだから、すぐにローレルに戻らず二、三日スノリを観光しようとアリーが提案したこともあるし、俺もこの謎がとけるまで離れたくなかったから。

そうして考えつつスノリで一日過ごした翌日のことだった。

通りを歩いていると——聞き覚えのある声が聞こえてきた。

通りに面した宿の窓から聞こえてきた声に目を向けると、ミミィの姿があり、その腕に包帯が巻かれていたのだ。


俺はすぐさま声をかけ、そしてすぐに宿の中に入り部屋へと駆けつける。

そこには窓際にいるミミィの姿と、ベッドで安静にしているゲオルグの姿があり。

「ゲオルグ！　その怪我は！」

「エイシか。不覚を取った」

ゲオルグは肩から胸にかけ、血がにじんだ包帯を巻いている。ミミィも腕に包帯をしている。こちらはさほど重い怪我ではなさそうだが、二人そろって怪我を負ったらしい。

「どうしたんだ、その怪我。もしかして依頼中に？」

「そうだ。昨日の夜、村のまわりをいつもどおり見張ってたら、突然襲われた。普通のモンスターなら何度か来て、退治したんだが、そいつは全然違ったんだ」

違った？　何が違うというんだろう。

「力も速さもこれまでにやりあったことのある魔物とは大違いだった。夜の闇に紛れていて姿はよく見えなかったが、細身の人のような姿をしていて、手にした槍《やり》だけが輝いていた」

「槍ってことは、道具を使う――」

「ああ、知能のある人型のモンスターってことになるな」

どんなモンスターかと自然に俺の考えは向かう。

インプの類いなら、人影という感じに見えるかも知れない。ただ、あれらは小さい。背格好だけでなく人間サイズとなるとあまり見たことはない。

いや、それよりもまずは二人の怪我だ。

「大丈夫？　怪我の具合は？」

「あたしは全然平気だけど、ゲオルグが結構痛い目にあわされたんだ」

「ゲオルグ――」

「むしろ逆だ。この程度で済んでよかったってのが、俺の感想だ。以前の俺たちだったら、逃げることすらできず、やられて羊と一緒に血を吸われてただろう。この前スノリに来たことをきっかけにかなり強くなったが、それのおかげで命からがら逃げることができたわけだ。不幸中の幸いってとこだな」

「おー、たしかに。前よりあたし達だいぶ強くなったもんなー。それでもかなわなかったけど、弱いままならもっとやばかったのはたしかにたしかに。ってことは、エイシのおかげだな！　二度も助けてもらったとは、足を向けて眠れないぜ。本当に、ありがとな、エイシ」

ぴこっと頭を下げるミミィ。

俺はそんなのいいと手を振るが、照れるなよ~と肘《ひじ》で突いてきた。

うぐっ、みぞおちに！　まあ、たいしたことなさそうでよかった、ミミィは。ゲオルグもしばらく休めば回復するということだし、たしかに不幸中の幸いだ。

……しかし、こうなるとまずいな。ここを襲っている本丸らしき何者かはかなり強力で、かなり危険ってことになる。

これ以上は依頼じゃないけど、二人が被害にあってしまったし、なんとかできるなら、なんとかしたくなってきた。

退屈そうに窓の外を眺めるミミィと、ベッドで半身を起こしているゲオルグ、二人には包帯をしていない場所にも小さな傷がいくつかある。

この傷……疵痕《きずあと》……。

「棺？」

俺の視界に、廃墟にあった棺の疵痕がダブる。

人型のモンスター、槍、棺の疵痕。

まさかあの棺の中にいたものが、二人を襲ったんじゃないか。

そう考えた瞬間、気になり始めた。

どうして、リサハルナは棺のことを調べろといったのか。

ヴァンパイアがいないことを確かめて欲しいという依頼をしたのか。

考えてみれば妙だ。あのモンスターを見ても動じない態度、知識。やけにヴァンパイアの住んでいた廃墟にも詳しかった。

そして――パラサイトできなかった。

リサハルナにパラサイトのスキルを使ったとき、そこにはなんの手応えもなかった。それは物や動植物、そして、モンスターにしたときのように。

間違いなく彼女はこの事件に関わっている。事情を深く知っている。

もしかして。

リサハルナ、彼女が――ヴァンパイア。

六章　寄生対吸血

その夜、俺は宿を抜け出した。

向かった先は、リサハルナの家。

……まさか本当に出てくるとは。

物陰で待ち構えていると、リサハルナが家から出てきて、周囲をうかがう素振りを見せると、彼女はいずこかへと歩き出す。

《ステルス歩法》発動。

俺は気配を殺して歩くスキルを発動し、追跡を始めた。

深夜のスノリの村、俺はリサハルナの後を追っていく。人波に紛れることができないが、この前身につけた気配を消すスキルのおかげでばれずに後をついて行っている。

静謐《せいひつ》な空気を感じながら、息を潜めて後をつけていくと、リサハルナは村外れに出て、眠っている家畜の側《そば》へと歩いて行く。

全ての家畜を守るには人手もかくまう場所も足りないので、重要な個体以外はあいかわらず放し飼い。そのためあぶれた家畜たちもいて、リサハルナはそれらのもとへと歩いて行く。

息を呑《の》み、少しずつ距離を詰めていく。

闇に目をこらすと、モンスターが村の外から近寄ってきているのが見えた。

挟み撃ちのように、両者は家畜に近づいていく。

これって、やっぱり——。

地面を蹴《け》って飛びだそうとすると同時に、リサハルナが手を振り上げる。逆からやってきたモンスター――オーガもまた棍棒《こんぼう》を振り上げる。

次の瞬間、リサハルナが家畜に襲いかかったオーガを弾《はじ》き飛ばした。

「え？」

襲撃を防ごうと間近に跳んできた俺は、動きを止めて間抜けな声を上げてしまう。

「君は――どうしてここに」

当然リサハルナが振り返り、眉間《みけん》に皺《しわ》を寄せる。

しまった、さすがにここまで近づいたらスキルをつかっていてもばれるか。

……でも、いいか。見つかってしまっても。

だって、リサハルナはたった今モンスターから家畜を守ったのだから。俺の予想は、少し間違っていたってことになるわけだから。

「ちょっと夜の散歩をしていたら、リサハルナさんを見かけて、様子に妙なものを感じてついて来たんです」

「つまり、私が吸血事件の犯人だと思ったわけだね」

「え？　いや、そこまでは……」

「君は嘘はあまり得意ではないようだ。私と同じで」

リサハルナは、雲に隠れ行く月を背に、彼女がよくやる口の片側を持ち上げる笑みを浮かべた。

その姿は驚くほど美しく妖艶《ようえん》で冷たく、俺はしばし見とれてしまう。

と、月が完全に雲の中に隠れた。そうなると途端に、夜の闇の匂いが際立ってくる。

「はい、たしかに関わりがあるんじゃないかと思って、怪しんで後をつけました。でもここで見たリサハルナさんは逆のことをやっていた。でも、あなたは普通の人間じゃないことは間違いない。僕にはわかるんです。いったい、何者なんですか。何が目的なんですか」

「なんだと思う？　君は」

「——吸血鬼」

「正解だ」

犬歯を見せつけるようにして、リサハルナは笑った。その姿は、言われなければ人間とまったく見分けはつかない。そして驚きや動揺も、すでに全く見られない。

「でもどうやって私がそうだと見抜いた？」

「僕はちょっとしたスキルで、人間かそうじゃないかわかるんです。リサハルナさんは、人間じゃなかった。動物かモンスターか何かまではわからないですけどね」

「なるほど、そんなスキルがあるとは私でも知らなかったな。こう見えて結構長い間生きているのだが」

リサハルナは俺に近づいてくる。

家畜はもう逃げ出し、吹き飛ばされたオーガは、未だに気を失って地面に倒れている。

うーん、凄《すご》い膂力《りょりょく》。と、それはともかく。

「どうして、正体を隠して村に？」

「別に隠していたわけではないよ。誰も私にお前がヴァンパイアかと聞かなかっただけさ」

リサハルナは軽く言い放つ。

「いやまあ確かに聞きませんでしたけど、普通聞きませんよ」

「ふふ、ともかく別にこっそりと村人の血を吸おうなどと思っていたわけじゃないから安心したまえ。理由は一つではないが、一番大きな理由は興味本位さ」

「興味本位？　そんな理由で？」

「君達人間には理解しがたいかもしれないが、私達ヴァンパイアは悠久の時を持っている。軽い気持ちで何かを行なった結果、失敗したところで痛手ではないのさ。急いで何かをやる必要など私にはない。戯れに人に交じって見るのも悪くない、そう思いあの廃墟《はいきょ》を捨て人の振りをしながら方々を転々としていたが、この頃またここに戻って来た」

「そういうことだったんですか」

「ああ。依頼をしたのは、人として暮らすためさ。かつてこの村の側にいたヴァンパイアというのはおそらく予想がついてるだろうが私のこと。無論その頃のことを知っている者はとうに寿命を迎えたが、しかしヴァンパイアのせいだとなれば、万に一つ私に疑いがかかる可能性もある。そうなれば少々面倒だ」

だから、いないことを証明して欲しいというわけだったのか。

あの廃墟には、詳しい者が見たらリサハルナに繋《つな》がるものがあったのかもしれない。よそ者に見させて、何も無いことを証明させて先手を打ったのだろう。

「詳しいことは置いておいて、だいたい事情はわかりました。でも、一つわからないことが。なんでリサハルナさんはここに――」

アガアアアア！

そのとき突然、モンスターの叫び声が聞こえた。

俺は急いでそちらに目をやる。

目を覚まして逃げようとしていたオーガが倒れる姿と、飛び散る鮮血を浴びる人影が飛び込んできた。その手には一振りの深紅の槍《やり》が握られていて、モンスターを貫き浴びた血をゆっくりとすするように赤い光を脈動させている。

「槍が血を吸ってる⁉」

「やはり、あれが騒動の原因か」

リサハルナがじっと、槍を見つめていた。

俺もどこかで見覚えがあるような気がして、目を凝らす。

そのとき夜風が吹き、月を隠していた雲が流れ、夜の闇を月明かりが照らしだした。

「あれは——甲冑《かっちゅう》？」

槍を持った人影とは、槍を手にした甲冑だったんだ。しかも、その中身は空っぽの。

それにあの甲冑、よく見てみると廃墟地下の棺のあった部屋の前に飾られていた鎧《よろい》だ。扉の片側にしかなくてバランスが悪いと思っていたが、まさか片方が自分で動いていたってことか。

棺——そうだ、棺には無数の切ったり突いたりしたような傷があった。

棺の部屋を守っていた甲冑が、棺に傷をつけられそうなものを手に持っている。

「もしかして、あの槍が棺の中に？」

「そうだ。私がかつて所持していた《秘宝》ブラッディリコリス。血吸いの魔槍《まそう》」

ブラッディリコリス——思い出した。

＊＊＊

「ええ。たとえば武器なら、宝刀クトネや魔槍ブラッディリコリスというものがあります」

「やっぱり凄く強力な武器なんですか」

「強力なだけじゃないらしいですよ。たとえばブラッディリコリスはいわく付きでして、持ち主から精気を奪い自らの輝きを増すとか、手にしたものは不幸になり財を失い家も崩れ去り没落するとか、手にした者は自らの槍に貫かれ命を落とすとか、不幸なエピソードが色々と」

なるほど、まさに魔槍。負の伝説になっているというわけか。

＊＊＊

アリーと共に倉庫整理をした時に耳にした、魔槍。

持ち主を不幸にするといういわく付きの槍。

でもそれはどうやら……持ち主以外にも見境無く食いつくらしい。

リサハルナが一歩前に出た。

「槍が甲冑を操り、自らの望みを果たさせているようだね。血を吸い渇きを癒やすという欲求を」

「なっ、槍が？」

「力ある物が満月の光を千度浴びれば霊性を身につけ意志を持つようになると、聞いたことはないかい？　武器や石像がモンスター化することは、ままあることだ。特別な力を持つ秘宝ならばなおさらのことさ」

「そんなことが⁉」

リサハルナは頷《うなず》く。

その瞬間、虚《うつ》ろな甲冑が、槍をこちらに気付いたように構え、素早く近づいてきた。

来る——と俺が構えると同時に、リサハルナの手のひらが、薄い朱色の結晶に覆われていく。

おお、きれい……って、暢気《のんき》な感想持ってる場合じゃないな。魔槍と同じルビーのような輝きだ。

これがヴァンパイアのスキルなのか。

「どうするんですか」

答えるより先にリサハルナがさらに足を踏み出し、甲冑と槍の元へと走って行く。甲冑が振り抜いた槍を、リサハルナは赤く染まった手で受け止め、さらに素手で甲冑を掴《つか》み。

「決まっている。奴が私たちにしようとしていることと同じことをするだけさ。破壊する」

力任せに投げ飛ばした。

「おお！」

「ヴァンパイアの武器はその膂力。肉体も鋼より強く、武器など必要ないが——さすが秘宝は並の武器とは違うか」

リサハルナの手から、赤い雫《しずく》がこぼれていくのが見えた。

さらに間髪入れず、投げ飛ばされた甲冑が体勢を整えリサハルナに襲いかかる。動きが鈍る様子もなく、さらに速度を増している。

「リサハルナさん！」

「はぁっ！」

リサハルナは身を躱《かわ》したり、赤い手で攻撃を逸らす。

そして反撃で投げ飛ばしたり、単純に蹴り飛ばしたりしていく。甲冑はひしゃげるが、しかし本体の槍にはダメージがない。

むしろ、槍を攻撃するとその硬度に負けて怪我をするほどだ。

しばらく攻防は続くが、だんだんとリサハルナは攻撃を捌《さば》ききれなくなり、槍を受ける度に傷が増えていく。

いったん間をとろうとしたのか、舌打ちをしながら鎧を大きく蹴り飛ばした――が、同時にリサハルナもその場に膝《ひざ》をついてしまう。

「大丈夫ですか⁉」

「あまり、大丈夫ではないな。やはり長らく血を吸っていない今の私よりはあれの方が上のようだ。予想はできていたが」

駆け寄って見ると、色々なところが切れて、紅の血が月明かりを反射している。

「結構な出血ですよ。休んで治療に専念していてください、あとは僕がやります」

「あれは強力だぞ。大丈夫なのかい？」

「ええ、見ていて強さはわかりました。……でもまあ、なんとかなると思いますよ」

俺は剣を抜いた。

そんなに長いつきあいでもないけれど、傷と血を目にして見てるだけってわけにもいかない。リサハルナさんをこれ以上傷つけさせない。

――それに、チャンスだ。思ってたのとは少し違うけど、吸血鬼とやり合う。

この魔槍は突き刺した者の血を啜《すす》り他人の力を得る。

俺も方法は違うが他人の力を得るパラサイトの能力を持つ。

他人の力を自分の内に取り込むという点では、ある意味で似たもの同士。相手にとって不足は無い。

寄生を『させて』得た力、試させてもらう。

☆

速攻で決める。

俺はひしゃげたまま槍に操られ動く空の甲冑に向かっていき、先手をとって切り込み鎧を横薙《よこな》ぎに切り裂いた。

攻撃と同時に放たれた槍の攻撃は回避し、操られている甲冑の腕が切り裂かれる。

多くのスキルを身につけ、基礎能力はかなり上がった。

様々なスキルで能力に倍率がかかるということは、基礎能力があがればそれだけ能力をブーストした後の最終的な能力も大幅に上昇するということを意味する。

今の俺には、この敵の動きも十分追えるし、回避もできる。

切断された甲冑の腕から槍が地に滑り落ちる。

よし、これで終わり！　――なわけはないか、やっぱり。

槍はオーラのようなものを纏《まと》い、浮かび上がった。

魔力で甲冑を操れるなら、そういうことをしてもおかしくないとは思ったけど、やっぱりここからが本番か。

槍が単体で浮かぶと、その姿がよりはっきりと見える。

銀色の金属質の柄と朱色の穂先はまっすぐに繋がり、その境目には宝玉が埋め込まれている。そして、そこを中心に柄と穂先全体に伸びるように刻まれた紋様が、まるで血管のように赤く輝いている。

「なかなかに禍々《まがまが》しいな。いくよっ！」

再び先制攻撃をしかけるが、今度は俺の剣を槍がしっかりと受け止める。

――うわっ、剣の刃がこぼれた⁉

相当いい剣のはずなんだけど、秘宝っていうだけあってこの槍は凄《すさ》まじい品質だな。

返す刃で反撃してきたのを受け止めるが、それでも刃が少し欠けてしまう。

うわー、いい剣なのにもったいない。

って、そんなこと言ってる場合じゃないか。これは受けるのは、少しきついな。

「気をつけろ、並の武器ではボロボロになるだけだぞ」

後からリサハルナのアドバイスが聞こえてきた。

はい、身を以て体験しました。

できれば受けたくないが、しかしこれまで以上のスピードで槍は攻撃を仕掛けてくる。動きも自由な分読みづらく、当たらないよう回避だけするのは困難。

鎧を使っていたのは省エネのためってことか。

「槍自体を破壊するしかないか、《アタックエンハンス》《マジックエンハンス》――」

敵の攻撃を受けつつ、俺は自分にエンハンス系スキルを一通りかけ能力を強化。

さらに呪術スキルを魔槍にかけるが、いまいち手応えがない。

物にも効くことは実証済みだから、この槍が特別に特殊な魔法に対する抵抗を有しているようだ。

当然相手もだまってかけられているわけではなく、攻撃を仕掛けてくる。

かなり厳しい攻撃だが、魔法盾のスキルを使い勢いを殺すと多少受けやすくなった。完全には防げないが、速度を減らすだけでも有用だ。

そうして相手の攻撃を何度もかわしつつ、諦《あきら》めずに呪術スキルを掛け続けていると、何度か目に少し手応えがあった。

よし、入った！

やっぱり完全無効化できるわけじゃない。

呪術スキルを強化していたのが効いたのもあるだろうけど、《諸共の法》——呪術の効果を上げるがリスクとして自分にも一部呪いが返ってくるという新しく身につけたスキル——のおかげで弱体化が入ったんだと思う。

その代償として俺の能力は——下がらないんだな、これが。

なぜならエンチャンターと呪術師の複合スキル《ステータスドレイン》が、呪術をかけた相手の能力値を吸収するからだ。

吸収と反動で相殺しあい、相手の能力だけを大きく下げることができる。

これが似たもの同士の俺と魔槍の違うところ。力だけ上げるんじゃなく、他人の使うスキルも身につけられる。

「じゃっ！」

魔槍に向かって剣を振り抜く。

すんでの所で魔槍は反応し刃で受け止めるが、今度は俺の剣の刃はこぼれず、同等以上に打ち合うことができている。

これで相手に攻撃を通すことも攻撃を防ぐこともできるようになった。

ここで一気に、攻勢に入る！

大胆に斬りかかり、魔槍の刃を受け止める。受けられても受けてもいけない状況からすると、圧倒的に余裕がある状況だ。

その余裕の中で俺は気付いた。槍が動き出すときに、柄と刃の間にある石が赤く輝き紋様が脈動することに。

もしかしてあれ、力の源か？

槍が宙を舞い、俺と距離を取る。

俺は呼吸を整え、迎撃のタイミングをはかる。

確証はないが、やってみる価値はある。

次で決めると決意し、俺はさらにエンハンスと呪術を行使する。

これにほとんど効果は無い、すでにかかっているから。効果時間が少し延長するだけ。ほとんど無駄うちのようなものだ。

だが、無駄使いこそが狙い。

この二重の寄生中にゲットしたスキル《火事場》。

それは、魔力や体力が減るほどスキルの威力が上昇するというスキルだ。

俺は自分の能力をあげるスキルを使って魔力を減らすことで、さらにスキルの威力を上げることができる。

残った魔力を集中すると同時に、槍は俺の心臓をめがけて飛来してきた。

落ち着いてタイミングをあわせ、攻撃を勢いよく弾く。

槍自体にある程度のダメージを与え、さらに弾かれた槍は軌道を変更しようとする。

「ここっ！」

その瞬間が狙いだ。速度を落とし防御が薄くなるその瞬間に、魔力を集中した魔法の矢を、赤く輝く一点を狙って射出する。

矢はあやまたず命中し、要となっている宝玉が砕けた。

血の如く紅い光は蛍のように夜の闇に散っていく。

そして魔槍は光を失い、地面に落ちた。

☆

「よっし、終わっ――っ⁉」

拳《こぶし》を握りガッツポーズをしかけた俺は中途半端な手の形で固まった。

これで終わったはず。俺も、表情からしてリサハルナも、そう思ったその瞬間。

ギイイィィ――と金属の歯車が軋《きし》むような音が闇をつんざき、魔槍ブラッディリコリスが再度浮かび上がった。血のような赤いオーラにその全身を包み込み、砕けた魔石のかけらをまき散らしながら、真《ま》っ直《す》ぐに飛び去る。

地面には砕けた宝玉の欠片《かけら》が散らばっている。

だが、魔槍にもまだ半分よりずっと多くの宝玉が填《は》まり込んだままだ。

まさか、まだ死んでいない、魔物としての力が残っているのか。秘宝のもつ力ってのはこんなにも強いってことか、少し砕けたくらいじゃ死にきらないと。

「心臓刺されたら死ななきゃ嘘だろ。リサハルナさん、止めを刺しに行きます！」

「待て！　慌てる必要は無いさ」

後を追おうとした俺を、リサハルナが止める。

抗議するような目を俺はしていたのか、リサハルナはゆっくりと首を振って説明した。

「慌てて追うと待ち伏せされて不意を突かれる可能性がある。追うにしろ、落ち着いていくべきだ。それに、おそらく相当スキルを使っただろう、君の体力と魔力は相当消耗しているはずだ。回復した方がいい」

「でも、見失っちゃいますよ」

「その点に関しては問題ない。私の血を奴につけている」

リサハルナの片目が、朱の光を帯びる。

そして身体《からだ》の向きをゆっくりと変え、指を伸ばした。

「あっちだ」

「わかるんですか？」

「私の《眼》のもつ力の一つさ。血で結ばれた相手の場所をトレースすることができる」

ほー、俺のパラサイト・ビジョンと同じようなことができるんだな。視界を頼りに場所を推定しなくても位置がわかるのは便利だな。一方で相手が見ている物が見えるわけではないからそこはパラサイト・ビジョンの方がいい。

「へえ。それは便利ですね」

「ああ、恋人が浮気《うわき》していればいつでもわかるというわけさ」

リサハルナがくくっと喉《のど》を鳴らす。

ははは、吸血鬼ジョークは難しいぜ。恋人いないしな！

「それでは行こう。闇の戦いは慣れていないだろう、十分警戒を解かずにね」

「これは、いったいどういうことですか――？」

そのとき、闇から突然声が聞こえた。

出発しようとしかけていた俺とリサハルナは、足を止めて振り返る。

「アリー？　どうしてここに？」

そこにいたのは、アリー＝デュオだった。


「まったく気付きませんでした。私はまだまだですね」

俺たちは、はげ山へと向かっていた。

リサハルナに導かれ、魔槍ブラッディリコリスを追いながら、道すがらでアリーに今夜あったことを説明すると、アリーは驚きつつ、特にリサハルナが吸血鬼だということを聞いて驚いていたが、嫌悪感と言うよりは好奇心を見せていた。

細か……くもないことだけど、あまり気にしないところは割とアリーは俺と似ていると思う。

後で少しだけ血を吸って貰《もら》おうかなあとつぶやいてたけど、それはさすがにやめておいた方がいいと思います。

「まあ、俺もスキルのおかげで気付けただけだから同じようなものさ。それがなければわからなかったしね」

「どんなスキルなんですか？」

「え？　ええ、それはまあ、ちょっと特殊な。それはともかく、アリーならきっと吸血鬼で喜ぶと信頼してたよ」

「それ、褒めてるのでしょうか？」

「八割くらいは」

アリーは口元を複雑に歪《ゆが》める。

その様子を見て、リサハルナはくつくつと笑っている。

「君らは吸血鬼になってもやっていけるよ」

「それ、褒めてます？」

今度は二人の声がはもった。

「ははは、褒めてる褒めてる。そんなアリー君も追撃に協力してくれて頼もしい限りだ」

アリーも力のある冒険者だから、協力して真の吸血鬼である魔槍を倒すことになっている。アリーはリサハルナに尋ねる。

「この方向って、もしかしてあの廃墟ですよね？」

「おそらくそうだろうね。あの近辺に根城があるのだろう。待てと行ったのは、そこを突き止めるためでもある」

「何かあるのですか？」

「これまでモンスターが村に襲撃をしてきただろう。あれらの巣にもなっている可能性がある。どうせやるなら、全て潰《つぶ》しておく方がいい。だろう？」

なるほど。

ニヤリと歯を見せて笑ったリサハルナを見て、俺は納得する。

……ん？　でもそれって。

「魔槍以外のモンスターも襲ってくるってことじゃないですか……？」

「こちらも仲間が増えたしね？　大丈夫さ」

「はい。おまかせください！」

「幽霊が出るかもしれないけどね」

「……っ！　だ、だだ、大丈夫です」

ぷるぷると震えつつ、自分を奮い立たせるように足を速めるアリー。それを見て笑っているリサハルナ。

なんか緊張感が抜けていく。まあ、堅くなりすぎない方がいいと言うからこれでいいのか。

「しかし、驚きました。秘宝と戦うことになるなんて。私も冒険者としていつか自分で見つけたいと思っていましたけれど、こういう形とは」

魔道具はリサハルナも使っていた。あれをはるかに強力にし、それこそ人もモンスターも扱いきれないほどの力を持つに至ったものが秘宝だという。

あまりにも強力すぎて、国が管理するものもあるという。

「そんな大したものを壊しちゃっていいのかな」

「人に危害を加えるならしかたありませんよ。でも、壊す前によく目に焼き付けておきましょうね、エイシ様。……でも少し、怖くもあります。それほど強力なものならば、並のモンスターよりはるかに強い力があるでしょうし」

「うん。気を引き締めていこう」

警戒しながら歩き、俺たちははげ山を登っていく。

「あれは血を吸うことで力を増す武器。戦場で切れ味が落ちない秘宝として使われていた」

山を登りながら、リサハルナは彼女が知る俺たちの『敵』の説明をあらためてはじめた。

魔槍ブラッディリコリスは、血を吸う秘宝。

その力を元は１００％引き出すことはできなかったが、それでも戦闘をすればするほどより大きな力を得るという特異な能力を有していた。

その美しさと能力から、リサハルナにかつて献上され、コレクションとして愛でていたが、館を捨てるときに封印したのだという。

「それが、永い時を経て自らが意思を持つに至り、そして真の力を発揮できるようになったというわけですね」

ブラッディリコリスの真の力、それが吸血。斬れ味が落ちないどころか、むしろ血を吸うほどに力を増す。血によって他者の力を奪う能力。

俺たちは廃墟の脇を通り過ぎた。

今では雲はすっかり晴れ、月明かりが煌々《こうこう》と朽ちた建物を照らしている。向かうのは、もう少し先にある岩場だ。

「もしや、と思ったのさ、吸血騒動を耳にした時にな。長い時のうち、それ自身が血を求める魔物と化したのではないかと。だが、私はただの村人で通っている。廃墟に行ってみることはできればしたくない」

「それで僕らに頼んだんですね」

「そうだ。多少不自然な依頼ではあるが、よそ者ならばそこまで突っ込んでこないだろうというのもあった。……だが、ことここに及んでは静観するわけにもいかなくなったというわけだ。あれは私があの廃墟に住んでいた頃に献上されたもの。人の間に交じることを決めた時に棺の中に封印していたのだが――。思った以上に強い魔性を帯び自ら外に出たらしい。魔物の襲撃もあれの放つ瘴気に中《あ》てられてのことと、あれに魔力を通じて単純な精神構造の魔物が操られていたからだろう」

アリーが納得した声をあげた。

「それでですか。魔槍や吸血する魔物が血を吸ったり、血を吸わない魔物も暴れていたから、両方のタイプの犠牲が出ていたんですね」

「そうさ。つまり、ここで一網打尽にしてしまえば、人里の味を覚えた魔物も消えて話は終わるということになる――そろそろだ」

先導するリサハルナが足を止める。

それは、先日訪れた廃墟の奥の、さらに岩が多い岩場。

そこに――俺達は足を踏み入れた。

「うっ――。これは――いったい」

「酷いな」

そこには凄惨《せいさん》な光景が広がっていた。

岩に血や脂が飛び散りべっとりとつき、赤黒いまだら模様を作っていた。

引き裂かれた魔物達の死体が地面に無造作に散乱し、平らな地面に凹凸を作っている。

そして、それらの合間に、生きている魔物が仲間の肉や臓物をむさぼり、口にくわえて目を怪しく光らせている。

そして岩場の最奥に、月明かりに照らされ、穂先から鮮血を滴らせる魔槍があった。

血を吸ったた？

そうだ、血を吸ったんだ。

俺にやられたダメージを癒やすために、自分の影響で凶暴化し力を増した魔物の血を飲んだ。そのせいかさっき見たときより、穂先の輝きは冷たく鋭くなっているように思える。

おぞましい、と思った。

目の前に広がる凄惨な光景は、こいつは俺がなんとかしないと、と俺にさえ思わせる。

さっき、似たものだと思ったのは少し取り消そう。俺は自分の力の源を傷つけるようなことはしてない。命を奪ったりはしない。むしろ相手と共存共栄の方法を思いついたんだ。

だから、なんといえばいいだろう。奪うのではなく、共にある方が上ってことを示すためにも――誰に示すわけでもなく、俺に示すために、負けるわけにはいかない。

俺は一つ深呼吸をする。

殺されなかったモンスターが眼を赤く光らせ、俺達の元へと襲いかかってくる。

俺達もそれぞれ戦闘態勢に入り、向かっていく。

第二ラウンドにして、最終ラウンドが始まった。

☆

「私では奴に手が出せないことは実証済みだ。残念だが、露払いに徹させてもらうよ」

言うが早いか、リサハルナは先と同じく赤い結晶を手にまとわせ、大蜘蛛《おおぐも》やグールといったモンスターを切り裂き、たたきつぶし、蹴散《けち》らしはじめた。

「お強いんですね、リサハルナ様って」

ちょっとのんきなアリーの声。

そういえば、アリーは戦うのを見るの最初だっけ。

「これがヴァンパイアの力らしいよ。それでも血を吸ってないせいで最盛期に比べると全然らしいけど。俺たちは開けてくれた道を通って、今も血を吸ってるもう一体の吸血鬼をやりに行こう」

「はい！」

俺たちはリサハルナの開いた道を通り魔槍の元へと進んで行く。

ありがとうございます、リサハルナさん――って、でも、よく考えたらやばい敵の相手をうまくさせられているだけでは……？

一瞬疑念が浮かぶが、首を振って気分を切り替える。

ええい、どうせやらなきゃならないんだから同じことよ。

魔槍は俺たちが向かって行くと、穂先をこちらに向けてくる。

相手も臨戦態勢か。よし、こうなったらケリがつくまでやってやる。

「《ハイエンハンスオール》、《地霊の護り》。エイシ様、援護します」

剣を抜いたと同時に聞こえたアリーの声とともに体に力が満ちてくるのを感じる。能力向上スキルを使ってくれたようだ。

アリーはエンチャンターと精霊使いのレベルなら俺よりも上回っている専門家だ。ということは、俺が使うよりその系統のスキルならより上位で効果の大きいものを使える。

それに加え、俺が自前でもっている《目覚める野性》などの自動強化スキルもあわさり、さっきの戦闘よりも相当強化された状態で戦える。

「ありがとう、アリー。はぁっ！」

魔槍が飛来してくるのに合わせ、剣を振るう。

さすがに、重いな。

打ち合いは互角、槍をはじき飛ばし、こちらも剣に手応えを感じる。

俺は間合いが離れたと同時に魔力の矢を撃つ。狩人《かりゅうど》のスキルで射撃が強化されている分、速度も命中も強化されている矢だ。

魔力、体力は完全にではないが、そこそこ回復した。ガス欠にならない程度で、かつ多少は威力アップの効果がでるくらいに。

矢は槍の刃の横腹にぶち当たり、そこを欠けさせる。

魔槍は鳥の鳴き声のような高い音を立て、俺に向かって突進してくる。

欠けたところをさらに狙って俺は剣を振るう。

赤い穂先が大きく欠け、柄とのつなぎ目がぐらぐらとする。

代償に俺の体も腕の上の方を軽く切られたが、たいしたダメージじゃない。

うん、いける。

アリーのかけた防御力アップが効果覿面《てきめん》だ。あてにして攻撃優先で行って正解――。

「正解じゃ、ない？」

俺が目にしたのは、穂先についた少しの俺の血が魔槍に吸収されていく光景だった。

喉《のど》を鳴らすような音とともに、魔槍の一番深く折れかけていた傷が治癒されていく。

「戦闘中でも血を吸って癒やせるのか。しかも結構もりもり治ってるし」

「エイシ様の血は栄養がたっぷりなんですね」

「そういう問題？」

「ええ、そういう問題です。回復させずに勝負を決めたいところですね。《風霊の加護》！」

追加して補助がかけられる。これは敏捷《びんしょう》にプラス補正だったはず、とっておいたのは、不意打ちでスピードをあげて敵の目をくらますためか。

再び戦闘を仕切り直すが、しかしあと一歩で当たらない。

槍も先ほどより強く早くなっていたのだ。さらに俺とタイミングを合わせアリーも精霊魔法で攻撃を加えるが、それも決定打にはならず、防がれてしまう。

――まずいかもしれない。思ったより、相手の吸血によるパワーアップが急激だ。回復力も凄《すご》いし、これは結構心が折れる。回復するボスって嫌いだ。

俺は周囲を見渡す。リサハルナはモンスターと戦いを演じ、アリーは俺に向かって補助魔法を集中し続けている。そして岩場にはいくつものモンスターの死体。

折れてる場合じゃないか。

折れたら間違いなく俺たちがあのモンスター達みたいに血を吸われる。

結構切羽詰まった状況ってことを忘れるな。

自分の頬を軽く叩《たた》き、槍をにらみつける。

気合い入れろ、緊張感持て、エイシ。やられる前に、やるしかない。

俺は血吸いの魔槍に向かい、走って行く。


「はっ!」

剣と槍が交錯する。

直後に槍から赤い魔力の結晶弾が撃ち出され、俺はひやりとしながら足に力を入れて横っ飛びにかわす。

ここがチャンス!

俺は返す刀で魔力の矢を放つ。アリーも岩石弾をあわせて撃つが、魔槍はそれを斬り払って防ぎきる。

俺はもどかしく思いながら魔槍の元へ跳びかかり、再び剣を振るう――。

お互い決め手がなかった。攻防を繰り返し互いに傷は受けつつも、魔槍は俺の血で回復し、俺は回復スキルで回復し、進展がない。そんな状態が続いていた。

現状は俺の方が優勢、魔槍は回復しきることはできず、徐々に傷が増えてきている。

でも、心配だ。ここまで長引く戦いは始めてだ。段々と集中力が欠け始めてきてる。このままじゃ、しんどいことになっていきかねない。

「はっ！」

互角の一撃を打ち合った俺と槍はいったん互いに様子を見るよう間合いをとる。

考えろ。

じり貧にならないように手は打てないか？

俺には槍と違って頭と多くのスキルがあるってさっき言ったばかりだろ――。

――そうか、これだ。

直後、俺はアリーの側へと素早く移動した。

「粘りますね、さすが秘宝です」

アリーは槍に目を向けたまま、口を開く。

「うん。しかもかなりの治癒力と、力の増加量だ」

「それは、エイシ様が強いからではないでしょうか。とても強いモンスターを倒せる力を持つ物の血だからこそ、その分大きな力を得られるのだと思います」

「いやあ、照れるなあ……って、照れてる場合じゃない。アリー、作戦があるんだけど――」

小声で、槍から目を離さずに素早くやりとりをする。

俺の推測と予測をアリーもすぐに理解してくれた、というか俺と同じようなことを考えていたため、すぐに作戦はまとまった。

「じゃあ、やるよ、アリー！」

「はい！」

俺は再び槍へと向かって行く。

さあ、のるかそるか。最後の賭《か》け、始めよう！

俺は槍に向かっていき、これまでより接近戦で剣技中心に刃を数度交わす。

火花を闇に散らす中、動きは突然起こった。

魔槍が俺を迂回《うかい》するように飛び、アリーに向かって攻撃をしかけたのだ。

来たっ！

「今だ、アリー！」

「ノーム！」

俺が叫んで振り返った瞬間、アリーが凛《りん》とした声を上げる。

地面が隆起し盾となる。その速度と硬度は普段以上で、槍は岩に食い込み動きを止めた。

そう、俺との戦いが膠着《こうちゃく》するなら、先にアリーを突き刺し、その血でパワーアップしつつ俺への補助を消そうと考えるのは自然だ。補助役回復役から倒せってのは、基本中の基本だしな。

だからあらかじめ予測し、攻撃される前から大地に働きかけて力をためて迎撃準備していたのだ。

俺は岩に突き刺さっている槍を見て、勝利を確信し頬を緩める。

「勝った――なっ⁉」

だけど。

魔槍は再び動き出す。

強化された岩すらお構いなしに魔槍は貫いていく。

まずい！　思った以上のパワーがある。

焦る俺の目に槍が土をどんどん抉《えぐ》りアリーに迫る光景が映る。

俺は足に全部の力を込めて駆け出す。

『ガチン！』

その瞬間、金属室な音がして、槍の動きが一瞬止まった。

「止まった――？」

「今です、エイシ様！」

「あっ、うん！」

一瞬の戸惑いを振り払い、俺はあらかじめ練っていた力を注ぎ込み、マジックウェポン、強撃、連続剣、いくつもの攻撃スキルを重ね、全ての力を込めて。

くらえ！

穂先と柄のつなぎ目に剣を、宝玉ごとたたきつけた。

岩場に高い音が響きわたる。

イイイィィイ――という甲高い、金属の崩壊するような、獣の断末魔のような音を立て、魔槍は真っ二つに折れはてた。

「終わった――」

まじまじと魔槍を確認。

間違いなく折れている。ぴくりとも動かない。

………………。

終わったー！

つっかれたー！

「予想と作戦がうまくいってよかったです」

アリーがこちらを見て、胸に手を当てほっと息を吐く。

「ひやひやしましたよ。自分にかけている強化のうち防御と魔法関連のものを私にかけ直すようおっしゃったときは。もし狙いがはずれてたら、エイシ様が血まみれでした」

「まあ、ちょっと危なかったかもね。でもそのおかげで、魔法の準備もできたし威力も増した。今なら少しくらい危ない橋を渡ることもできるよ。それでも危なかったけど、さすが秘宝ってことなのかな。――って、そういえば妙な音がしたけど、なんだったんだろう」

言うと同時に、岩の壁が砕ける。軽く硬い音が足下から聞こえた。

目を下に向けると、そこには青く光る短剣が。

「これ、もしかして」

「はい。エイシ様と出会ったときに見つけ出した、あの短剣です。言いましたよね？　青霊鉄でできた、非常に硬度が高いナイフだって。岩の中に、いざというときのために隠していたんです。よかったです、無理を言ってでも私がいただいていて」

アリーが拾い上げ短剣を俺に見せる。

アリーと会ったときに土の中から掘り出したそれは、今も変わらず三日月のようなフォルムを月明かりに青く輝かせていた。

☆

「見事だよ。あれを破壊できる者がいるとは」

背後からの声はリサハルナ。

鷹揚《おうよう》に手を叩き、真っ二つに折れた槍を見下ろす俺の側に来る。

「秘宝は人や魔物より旧《ふる》き力あるもの。それを上回ることなど普通ではありえない。賞賛に値するよ、あるいは畏怖《いふ》か。いったいどういう人間なんだ？」

リサハルナは俺の肩や首を何かを確かめるように触る。

血の確認とかしてるんじゃないだろうな、目が真剣でちょっと怖いんですが。

「ちょっと、くすぐったいです」

「ふふ、そこは普通だな。いずれにせよ、来てくれたのが君たちでよかった。そうでなければ、私もやられていただろう。感謝するよ。……さて、問題は解決したわけだが……私をどうする？」

笑みをひそめると一転、挑むような姿勢をリサハルナは俺とアリーに向けてきた。

俺は『どう』の意味がわからず首を傾げる。

「私はヴァンパイアなんだぞ。そのままでいいのか？」

「あ」

「……忘れていたのか。暢気《のんき》というか大物というか、たいした男だ」

額に手を当て首を振るリサハルナ。

そう言われても、目の前の戦いに集中してたんだから仕方がない。

しかし、実際どうしたものか。

アリーに目を向けると――あ、その表情。うん、そうだよな。

「まあ、別にいいんじゃないですか？」

「なに？」

「別にヴァンパイアでもいいんじゃないかな、悪いことしないなら。廃墟にいたころは血とか吸ってたのかもしれないけど、そんな昔のことは歴史の書籍の内容みたいで実感なんて無いし、もう時効ってことで、今やってないならいいと思います」

「はい。リサハルナ様のおかげで、スノリは救われたんです。あなたが動かなければ被害は際限なく拡大したはずです。あなたがどんな種族であれ、誰が罰することができるでしょうか」

俺とアリーは断言する。

リサハルナは目を見開いて俺達の顔をまじまじと見つめる。その驚いたような表情は、少し幼く見えた。

「変わった者達だ。恐ろしくはないのか？」

「全然。俺はそう思わなかったし、俺は俺の目を信じます。それにある意味俺も似たようなものだったりするかもしれませんよ」

リサハルナはしばらく見つめると俺に近づいてきて、首筋を指で撫《な》でてきた。

「ふふ、たしかに私と同じく変わり者だ。やはり人間に交じっていると面白いことがある。かなり長いが、君のような者は初めてだ。来てくれてよかった」

「そんなたいしたもんじゃないですよ」

「味見をしてみたくなったよ、ずいぶんと久しぶりに」

「いや本当たいしたもんじゃないですよ!?」

「アリー君も、吸われてみたいと言っていたね」

「え。ええー、どうしましょう。少し怖いような、でも興味があるような――」

「いや真面目に考えちゃだめでしょ」

「ええっ、冗談なんですか？」

俺のツッコミにアリーが顔を赤くし、リサハルナはアリーのうなじをぽんぽんと叩いて離れていった。楽しそうだね君たち。

全てが終わった俺は壊れた魔槍の前に行きどうするかリサハルナに尋ねると、もう自分には必要無いし、吸血事件の犯人として突き出すと言った。

だがそのコアの宝玉は価値があるし、戦利品として持って行けと言う。

手にとってみると、槍のコアである宝石からは大きな魔力を感じる。

「きれいですね――」

「これって、もしかして魔結晶ですか？」

「ああ。秘宝に使われるほどだから、素晴らしく高純度高濃度だ。欠片《かけら》にはなっているが、その性質は失われてはいないはず。報酬としては悪くないだろう。これが私からの追加依頼報酬さ」

俺は速攻で砕けた魔結晶を手に取り、アリーと分配した。

やった。こんなところで手に入るなんて。これは嬉《うれ》しい報酬だ。これがあれば特別製魔道具が完成の目処《めど》が立ちそうだぞ。

そして俺たちはスノリへと帰る。

パラサイトで得た力も試せて、前々から欲しかった魔結晶も手に入れられて、いい夜だった。

それに、同じタイプの力を持つ敵に勝利した。

やはり他人の力を借りるなら寄生が最高だな！

☆

吸血村スノリの真相を知って解決もした俺は、宿に戻り気分よく眠りについた。

謎が解けた後ってのは気持ちがいいもんだ。

そのまま翌朝までぐっすりと眠り、リサハルナの正体に関してはぼかしつつ、事の真相をスノリの主立った者にリサハルナとアリーとともに説明した。

反応は結構凄かった、何がっていえば感謝と歓待が。

代わる代わる偉そうな肩書きのある人に礼をされて、さらに食事やお礼の品やら。そんなたいしたことをしたつもりでもないので俺は辞退したのだけれど、そうするとますます相手は感心して多くを渡そうとしてきた。

そんなわけで最終的には断り切れず、色々な野菜やらベーコンやらハムやらが大量に俺のスペースバッグに入ることになった。

「やるじゃねえか。いや、当然か。エイシ達なら」

「うんうんっ、やるじゃん！」

バンバンと背中を叩いてくるミミィ。

吸血事件が解決したことをこの二人の泊まっている宿に行き伝えに来た俺は、お褒めの言葉にあずかりました。ゲオルグは笑って見てるけど、ガチで強烈な叩きっぷりで結構痛いです。まあ、褒められてるから多めにみよう。

「俺も驚いたよ、まさか武器が魔物化して襲ってたなんてね。でもこれで魔物も何もいなくなって、村も平和になる。ミミィ達とスノリに来たことも生きたよ」

「おおー。言ってくれるじゃん。感謝していいよ、あたしにも」

「調子がいいな、本当にミミィは。さあて、俺たちも仕事終えたし、傷がある程度癒えたらローレルに戻る。エイシのおかげで力もついたし、また一仕事やってやるつもりだ」

「うん、お互い頑張ろう」

俺達はしっかりと握手をして別れを告げた。

相変わらずのナイスコンビ、相変わらず気を使わなくて済む二人だ。はやく怪我が治ればいいなと思いながら、俺は自分の宿へと戻っていく。

「やあ」

と、その途中に顔を合わせたのはリサハルナ。

「ありがとう。君の活躍は素晴らしかったよ。これで私も枕を高くして眠れる」

「あはは、それはよかったです。お互い無事でよかったですね」

「ああ。またこの村に来るといい。いつでもいいさ。宿代がもったいないなら、私の家に泊めてやろう。用もなく滞在するにも、なかなか悪くないところさ」

リサハルナは自分の家の方を指し示す。

俺は頷き、笑いながら返答する。

「ええ。また必ず来ます。むしろリサハルナさんが来てくださってもいいんですよ。まあ、ローレルに家があるわけじゃありませんけど」

「ふむ。それも悪くないね。……それじゃあ、また会おう、エイシ君」

「はい。また！」

と、色々な人達に会い色々な話をしたあと、俺は宿に戻った。

ふう、ようやく落ち着いたな。

ベッドに腰掛け一休みしながら、長々と息をつく。

それにしても、本当に夢みたいだったな、何気なく受けた依頼だったのに、ヴァンパイアや秘宝やら。夜や赤い光も夢っぽさに拍車をかけてる気がする――コン、コン。

部屋のドアをノックしたのは、アリーだった。

人に会う時って集中するもんだなあと思いつつ中に招くと、一礼して部屋に入ってくる。

もちろん話題になるのは、先日の夜の戦いのことだ。

「今でも夢みたいです。秘宝と戦って倒すなんて」

「お、アリーもそんな感じしてたんだ。たしかに手強かったよね。これまでのモンスターの中でも一番。でも、協力したら倒せたし、俺たち結構ナイスコンビネーションだったと思うんだ……なーんて言ってみたり」

「はい！　私たち、息合ってたと私も思います」

身を乗り出して言うと、勢いに照れたように体をゆっくり戻すアリー。

そんなアリーに、俺は手を差し出した。

「一緒に冒険しようって誘ってくれてよかったよ。色々見たことのないものを見ることができたし、試したいことも試せた。アリーのおかげだ」

「私もです。私も色々と、エイシ様のことも知ることができてよかったです。私のことも知っていただけて。……これからも、よろしくお願いいたします。ふつつか者ですが」

「うん、よろしく」

俺は手を差し出す。

アリーと俺は、強く手を握った。


そして――夕暮れ時。

部屋でベッドに座りながら、俺はとりとめなく思考を発散させる。

俺も結構育ってきたよな、実際。

ちょっとうぬぼれてもいいかな。凄いって噂《うわさ》の吸血鬼も倒せたし。

この世界でも寄生していけばやっていけそうだ。そのためにも、もっと育ちたいよなあ。

「誰か新たなパラサイトできそうな人、いないかなあ」

思い立ったが吉日、俺はあらたなる宿主を求めて外に出た。

すると早速珍しいものを見つけた。スノリでは珍しい大きな武具の店の前に、これまたスノリではもっと珍しい甲冑を着こんだ騎士がいたのだ。

銀色に磨かれた鎧に身を包んだ騎士は今まで見たことがない壮麗さ。

明らかに普通の冒険者という感じじゃないな、この辺では見ないタイプなら、この辺では見ないクラスがあるかもしれない。

見るからにナイトとかパラディンとか、そういうクラスをもってそうじゃないか。

うーん、いいね、聖騎士。絶対に強そう。

よし、決めた。今度はあの人にパラサイトしよう。

俺は騎士の方へと歩いて行く。

さらに育つために、まだまだ寄生、やっていきましょう。

あとがき

はじめまして、著者の伊垣久大《いがきひさひろ》といいます。

本書籍はWEBで公開した作品『寄生してレベル上げたんだが、育ちすぎたかもしれない』を、加筆修正したものです。

このお話は早く楽にレベルアップしたいというゲームをやったことのある多くの人が思ったことがあると思われることから着想し、私が書きたいことを思いつく限り書いていってできました。自分が楽しいことを書いていったので、読者の方も一緒に楽しんでいただけると同好の士が増えた気分で嬉しいです。

この小説を書籍にするまでには色々な方にお世話になりました。

色々なアドバイスをいただいた担当編集者のK様、素敵なイラストをつけてくださったそりむらようじ様、この本が世に出るのに携わった全ての方、ありがとうございます。

そして「小説家になろう」という場と、WEB読者の皆様。皆様の応援がなければこのお話が本になることはありませんでした、あらためてお礼を申し上げます。

まだまだ好きなことも書きたいこともありますので、再び会えることを楽しみにしながら筆を置こうと思います。

それでは、また。

カドカワBOOKS

寄生《きせい》してレベル上《あ》げたんだが、育《そだ》ちすぎたかもしれない

平成28年11月15日　初版発行

著者／伊垣《いがき》 久大《ひさひろ》

発行者／三坂泰二

発行／株式会社KADOKAWA
http://www.kadokawa.co.jp/

〒102-8177
東京都千代田区富士見2-13-3
電話／ 0570-002-301（カスタマーサポート・ナビダイヤル）
受付時間 9：00〜17：00（土日 祝日 年末年始を除く）
03-5216-8538（編集）

印刷所／大日本印刷

製本所／大日本印刷

Printed in Japan
ISBN 978-4-04-072106-4 C0093

新文芸宣言

かつて「知」と「美」は特権階級の所有物でした。

15世紀、グーテンベルクが発明した活版印刷技術は、特権階級から「知」と「美」を解放し、ルネサンスや宗教改革を導きました。市民革命や産業革命も、大衆に「知」と「美」が広まらなければ起こりえませんでした。人間は、本を読むことにより、自由と平等を獲得していったのです。

21世紀、インターネット技術により、第二の「知」と「美」の解放が起こりました。一部の選ばれた才能を持つ者だけが文章や絵、映像を発表できる時代は終わり、誰もがネット上で自己表現を出来る時代がやってきました。

UGC（ユーザージェネレイテッドコンテンツ）の波は、今世界を席巻しています。UGCから生まれた小説は、一般大衆からの批評を取り込みながら内容を充実させて行きます。受け手と送り手の情報の交換によって、UGCは量的な評価を獲得し、爆発的にその数を増やしているのです。

こうしたUGCから生まれた小説群を、私たちは「新文芸」と名付けました。

新文芸は、インターネットによる新しい「知」と「美」の形です。

2015年10月10日

井上伸一郎

最強の少年が
冒険者養成学校に
通う理由、それは――
「友達が欲しい」!!
1〜3巻
好評発売中
!!!!
職業無職の俺が冒険者を目指すワケ。
著:スフレ
Author:Soufflé
絵:猫猫 猫
Illustration:Nekobyou Neko
最強の戦闘力を手に、ひとり魔物を狩って生活していた無職の少年マルス。助けた女性の誘いを受け、冒険者育成学校に通うことになった彼には、願いがあった。それは、「友達が欲しい」というもので……!?
四六単行本
カドカワBOOKS

異世界でスキルを解体したら
チートな嫁が増殖しました
isekai de skill wo kaitai shitara
cheat na yome ga zoushoku shimasita.
概念交差のストラクチャー
奴隷嫁を強化しまくって、気ままなチート旅！
千月さかき illust. 東西
異世界召喚されたナギが手にしたスキルは、奴隷契約した人間のスキルを組み替えて、超・強化すること。どうせ奴隷を増やすなら、美少女【嫁】に限る！　ダークエルフ嫁とのいちゃいちゃ冒険譚、ここに開幕！！
四六単行本
カドカワBOOKS

デスマーチからはじまる異世界狂想曲
Death Marching Parallel World Rhapsody
愛七ひろ Hiro Ainana
Illustration・shri
最強LV《レベル》と財宝を手に!?
ほのぼのの異世界観光へ!!
ドラゴンエイジにて連載中!
コミック版も大好評!
続々重版!!!
『デスマーチからはじまる異世界狂想曲①〜③』
作画：あやめぐむ　原作：愛七ひろ
キャラクター原案：shri
デスマーチ真っ只中のプログラマー、”サトゥー”こと鈴木。仮眠を取っていたはずの彼は、気がつけば見たこともない異世界に放り出され、そして目の前には蜥蜴人の大軍？
夢か現実か、ここにサトゥーの旅が始まる!
1〜8巻
絶賛発売中!
ネット発!!
超人気の話題作
PV数
3億1,000万
超!!
四六単行本
カドカワBOOKS

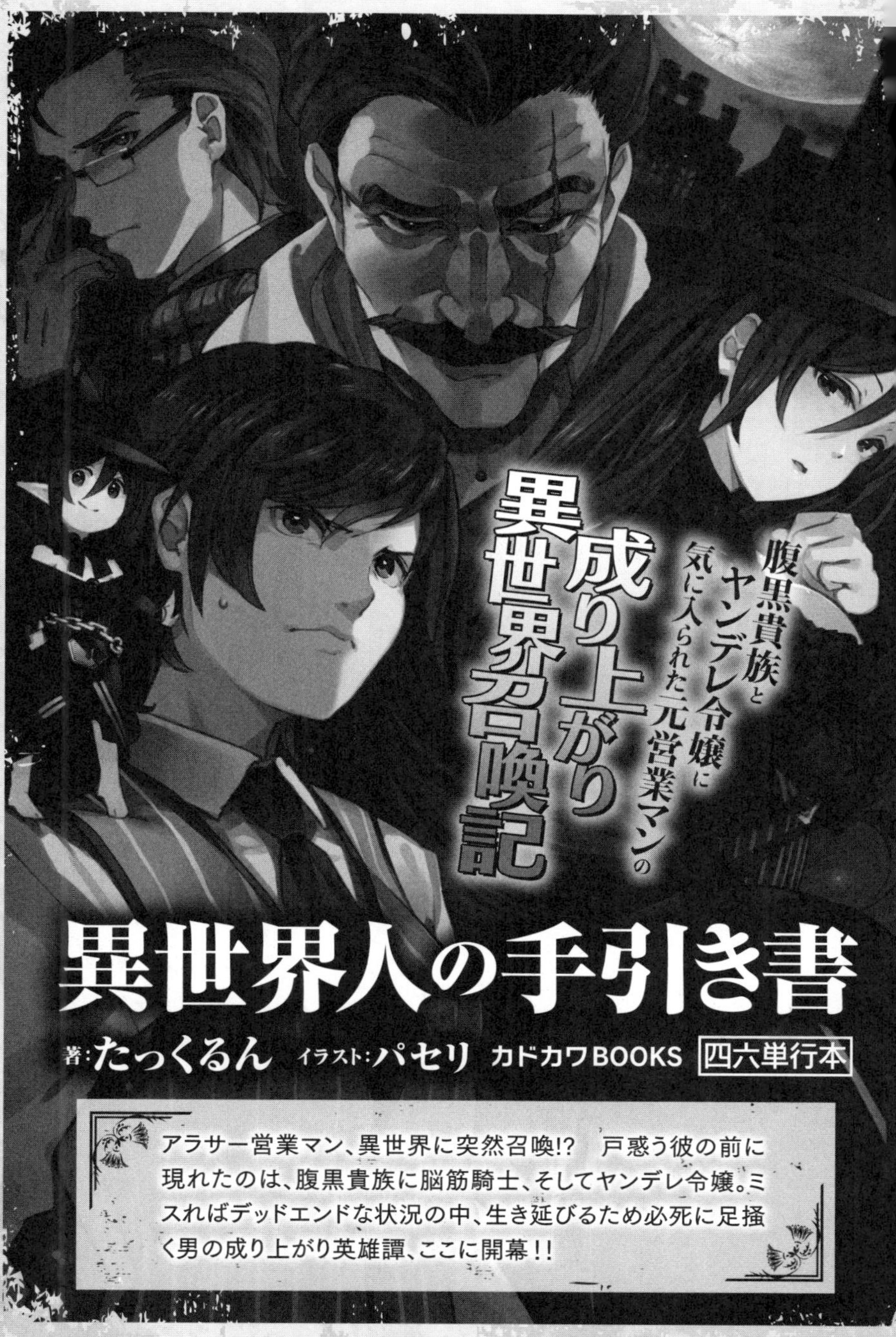
腹黒貴族とヤンデレ令嬢に気に入られた元営業マンの成り上がり異世界召喚記
異世界人の手引き書
著：たっくるん　イラスト：パセリ　カドカワBOOKS　四六単行本
アラサー営業マン、異世界に突然召喚!?　戸惑う彼の前に現れたのは、腹黒貴族に脳筋騎士、そしてヤンデレ令嬢。ミスればデッドエンドな状況の中、生き延びるため必死に足掻く男の成り上がり英雄譚、ここに開幕!!

田舎町のおんぼろな自動販売機、そのそばには着物姿の女がいる。軽やかに歌う彼女は、人ならぬもの。そんな「自販機」にうっかり恋をしてしまった"ぼく"の片思いを描いた、笑って泣ける青春恋愛劇。